第一章

就在露拉接到律师来电，得知自己已取得合法身份的第二天，三个阿尔巴尼亚男子开着一辆崭新的黑色雷克萨斯越野车出现了。那天下午，露拉一直凝视着窗外的蒙蒙细雨。斯坦利先生庭前草坪上的那棵桑树上，最后的几片枯叶正摇摇欲坠，仿佛非要等她来看才会落下。显然，这完全是她胡思乱想，而且有点自作多情了，但她还是在日记里写道："2005 年 10 月。如果无人观赏，新泽西的树叶会落吗？"这日记是她的移民律师唐·塞特贝洛和雇主斯坦利先生嘱咐她记的。

要是看见她写了这么一行字，他俩不抓狂才怪。他们总是苦口婆心地劝导露拉，让她把早年在阿尔巴尼亚的生活，还有如今在美国的新生活记录下来，写本回忆录。唐甚至连书名都想好了，就叫《我的美国新生活》。可露拉想到个更好的，叫《人在异乡为异客》，但好像在公共图书馆里见过雷同的书。不过不要紧，也许她照样能用，没准没人会注意呢！

那辆越野车在这栋房子前缓缓驶过，雨点像断了线的珠子，

1

噼噼啪啪地打在车身上。这房子就是露拉落脚和谋生的地方，她的工作是照看斯坦利先生的儿子齐克。齐克已经读高中了，仅需要最基本的照料。其实齐克会做很多事情，露拉反而不会，比如开车。可是斯坦利先生觉得，他每天去华尔街工作早出晚归的，总不能把十几岁的孩子单独留在家里，所以就雇了露拉来照料齐克的生活起居和一日三餐，还有监督他完成家庭作业。斯坦利先生安全意识很强，这一点露拉既钦佩，但又觉得这实在是典型的美国做派。在她的故乡阿尔巴尼亚，没有一个父亲会这么宝贝自己的儿子，以免他变成同性恋。

保证家里的食物供应也是露拉的分内职责之一。下午，齐克多半会开着他那辆1970年的老爷车，载着露拉去逛超市。其实冰箱里已经冷冻了一大堆吃的，而且每次去也只买那么一点点，他们一个月只要去一趟就够了，但是他们喜欢逛超市，并且成了固定节目。去超市的路上，齐克会给露拉讲一些驾驶技巧：十字路口谁先行谁避让，如何不发一言、靠打手势就能避免发生在地拉那①司机之间屡见不鲜的恶性斗殴事件。齐克兴许还会讲些天体物理学原理，露拉很领他的情，但其实并不感兴趣。齐克在露拉面前也很有优越感，有个大自己九岁的保姆让他感觉很不错，只是他从来不提"保姆"这个字眼儿。露拉也会跟齐克解释，在她的祖国，以前只有党派大佬才会开这种黑棺材似的老爷车，成群

---

① 阿尔巴尼亚首都。（本书所有注释均为译者注。）

结队地在地拉那市区里飞驰而过，后来遇到经济危机，没人买得起车，所以现在的阿尔巴尼亚人开着新款或二手奔驰的那副得意劲儿，就好像刚拿到驾照才五分钟的孩子。

齐克也是一样，他还没到法定的夜间驾驶年龄①。但他是在一个汽车文化盛行的国度长大，开车是他与生俱来的权利。每个国家都有自己的问题，可是当露拉看见美国人是怎么开车的，美国的孩子是怎么开车的，她不禁有种上当受骗的感觉，为啥自己没有投胎在美国？露拉的父亲以前曾借她姑父的车开过，后来差不多算是把这辆车偷来了，开着它从阿尔巴尼亚出境，偷渡到科索沃地区，结果，她的父母双双死于车祸。这段伤心往事露拉从未向斯坦利先生或齐克提起过。这只会令斯坦利先生感到难过，并让齐克开始怀疑他一路上讲的那些驾驶知识，是不是足以让露拉有本事开车上路。

斯坦利先生说，齐克要是想要那辆超级耗油的老爷车也可以，前提是只能偶尔开开。如果他经常开，那宁可给他开坦克，这车也不能给他。齐克太喜欢这辆老爷车了，于是他把老爷车停在车库里，自己上学放学都乘公交。斯坦利先生则把自己那辆开了七年的本田讴歌厢式旅行车泊在车道的尽头。按规定，齐克只能开车到"好地"超市，他爸爸对这里情有独钟，一是因为近，

①　在美国，对未满 18 岁的青少年独自开车有一些限制规定，如晚上 12 点以后和早上 5 点之前不可以开车。

二是因为这里有有机食品可供挑选，齐克也喜欢这里（实际上这是他们爷俩唯一的意见统一之处），是因为他觉得超市还是规模小点、本地经营、不上市比较好，尽管他其实挺喜欢吃牧豆口味的玉米片和微波炉速食拉面这类大超市才有买的食品。周围其他的顾客都是住在郊区的富有白人，他们低下头用异样的眼光看着齐克和露拉买的食物，齐克也没注意。一个阿尔巴尼亚女子领着一名美国少年购物，他决定买什么就买什么，这样的家庭在这里恐怕是绝无仅有。有好多次，露拉煮了蔬菜，但齐克就是不肯吃。算了，让他未来的老婆去操心吧。

从超市回来，露拉给他俩各兑了杯莫吉托鸡尾酒，齐克那杯加了一份朗姆酒，为了健康起见，自己的那杯只加了少量酒，多加了些糖和薄荷。露拉做晚餐的时候，齐克就坐在厨房的高脚凳上看她忙活。晚上，他们多半会就着罐装番茄酱，或者不知道冻了多久的陈干酪，吃些速食匹萨，就算打发了晚餐。有时候，露拉会拆一包上面全是冰碴的小汉堡，放微波炉里蒸一蒸，味道居然出奇得好，居然跟地拉那街头小食摊的一样可口。吃劣质食物让齐克有种叛逆的快感，每个青少年都需要这种叛逆感。齐克自我感觉越是良好，露拉的"饭碗"就越有保障，留在美国的几率就越大，虽然斯坦利先生和唐·塞特贝洛都坦承，他们帮助露拉，跟她是不是为斯坦利先生工作、是不是为齐克好这些都无关。

现在好了，她终于是合法居民了！露拉深吸一口气，身体一抖，一半是因为看到那辆簇新的黑色雷克萨斯仍在小区里逡巡，另一半是因为她的日常生活，老年人的生活！

昨晚，露拉和齐克的晚餐都是在电视机前解决的，每个工作日的晚上都这样。露拉让看的是晚间新闻，两人都可以长点见识。新闻播报中，美国总统警告人民预防禽流感。"禽类"这个词对他来说似乎很困难。每次一提到这个词，他就眉头紧皱，眼皮眨个不停，莫非在他所受的教育中，鸟类这个词会勾起某种可怕的回忆？

"在我老家，"露拉赞叹道，"美国总统就是神！"

"你天天晚上都这么念叨。"齐克说。

"我是在提醒我自己，"她会这么回答。她们国家对美国的爱慕不是一天两天了，早在伍德罗·威尔逊①时期就开始了，后来到了克林顿和小布什总统时期，又分别通过轰炸塞尔维亚和从米洛舍维奇的敢死队手中拯救科索沃的阿尔巴尼亚人这两件事②，他们对美国更死心塌地。虽然在老家时，她就已经对"美国遍地黄金"这种说法半信半疑，可一旦她终于来到美国并在拉尚吉塔餐厅打工，端盘子送菜的工作迅速让她明白过来，这就是所谓的"机遇的国度"。跑堂的也好，打杂的也好，尽管对这个国家既爱又恨，每个人心中最强烈的愿望也还是留在这里，不要回家。那

---

① 马斯·伍德罗·威尔逊，1856—1924，美国第 28 任总统。
② 北约在科索沃冲突中支持阿尔巴尼亚族人独立。

不就好了！在露拉看来，纠结乃是成熟的表现。

昨天晚上，跟平时一样，她为总统感到难过。他简直像个愚蠢的小男孩，因为撒了谎，引起一场战争，导致新奥尔良市所有无辜的人们丧命，现在正惴惴不安地等着看还会发生什么更坏的恶果。他似乎特别害怕副总统，露拉也怕这个人，他撒起谎来冷冰冰的小眼睛眨都不眨一下，要是没有那头乱蓬蓬的头发，简直就像一个集团独裁者。

"哪有什么禽流感。"露拉对齐克说道，"伊拉克战争、卡特里娜飓风倒是肯定有。说不定就是一只鸡感冒发烧，喉咙哑了。"

可这时候，市警察局长出现在屏幕上，宣布有可靠消息称，恐怖分子企图袭击纽约地铁系统，防范级别上升到橙色预警。

露拉说："根本没什么恐怖袭击。"

"你怎么什么都知道？"齐克问道，"当然我也同意这全是瞎扯。"

她本来准备再跟齐克唠叨一遍，她长大的地方是在欧洲最极端最疯狂的社会，这里被变态的独裁者恩维尔·霍查①统治了几十年，虽然露拉还是个孩子的时候他就死了，但他造下的孽并没有随他而去。在那个比新泽西州还小的国家，他造了七万座馒头似的水泥碉堡，整个国家就是个为他竖立的纪念碑。还没等她重

---

① Enver Hoxha, 1908—1985, 阿尔巴尼亚政治家、国家领导人，掌权达40年之久。

复这堆老生常谈，她的注意力就被新一季的《急诊室故事》的预告片给吸引走了。

"快看，齐克，"她说，"你看到所有的护士都急吼吼地推着轮床奔走，冲进手术室，围在病人身旁忙忙碌碌这情形吗？这也就是在美国了，换作别的国家，谁会为你奔忙啊？你要是找不到人帮你付医药费，连看都没人会看你一眼。"

齐克乖乖坐着看完了新闻，作为奖励，他可以看会儿最喜欢的频道。这个频道正在重播二十世纪七十年代的小成本黑白电视连续剧，画质十分模糊，讲的是在一个小镇上，一对母女同时爱上了一个长有獠牙、专咬女子脖子吸血的警察。吸血鬼和七十年代这两个元素都令齐克着迷。他还预言吸血鬼将会大行其道。

"吸血鬼有一个麻烦，"露拉告诉齐克，"在我们国家，一直有无辜的人被绑在火刑柱上烧死，就单单凭邻居怀疑你是吸血鬼。"她讨厌对齐克说假话。但动用私刑处死吸血鬼确有其事，她只不过换了个说法而已，把"过去"换成了"一直"，并把过去时态换成了现在时态。以前在家乡的时候，她从不，或者说几乎从未撒过谎。而其实在那里，几十年来，人们都在撒谎，撒谎已经成了一种生存之道。在那里，如果撒谎能保护自己的孩子免受伤害，谁都不惜颠倒黑白，信口雌黄。她却从来没有说过假话，直到去申请美国的旅游签证。可从那时起，一旦开了说假话的先河，她好像再也停不下来了。

齐克问道，"他们为什么要干这种坏事？"

"可能是因为想霸占邻居的房子，抢人家的丈夫或妻子吧？"

齐克说，"这种事我们这儿可没有。吸血鬼不过是个比喻而已，又不是真的。"

"比喻什么？"露拉问道。

"随便什么。"齐克答道。

吃完晚饭，露拉用保鲜膜把吃剩的匹萨包起来，万一斯坦利先生回到家肚子饿了还能吃，虽然他从没饿着肚子回家过。她已经在斯坦利先生家当了快一年的保姆，可到现在也搞不清楚，他的一日三餐和性生活都是怎么解决的。说不定他就是个吸血鬼。斯坦利先生的皮肤白得透明，露拉喜欢站在背光处看着他，看够了为止，他那对招风耳迎着光闪闪发亮，就像黑夜里的两盏灯。

现在，看着那辆崭新的越野车慢慢行驶在郊区的小道上，她很肯定，或者说几乎可以肯定，这车跟她毫无关系。首先，郊区人际疏远，她谁也不认识；再者，也没人认识她。妈妈走了，爸爸走了，愿他们的在天之灵安息，虽然她并不相信有灵魂之说。她希望父母死后能上天堂（虽然她也不信有天堂之说），那里跟阿尔巴尼亚有着天壤之别。但这是他们的本意吗？她想起以前，父亲经常喝醉，一醉就会说些什么要用自己的方式为国捐躯之类的胡话，谁知竟一语成谶。

其实露拉还有几个伯父伯母、堂表兄弟姐妹之类的亲戚，散居在阿尔巴尼亚和科索沃，但都已失去联系了。一个阿尔巴尼亚人，举目无亲的，有悖常理。这一点当然不能对地拉那的美国大使馆签证官讲实话，还指望他批准她的旅游签证呢。她带了几张邻居小孩的照片，谎称是自己的侄子侄女，说什么自己马上要回家乡，跟青梅竹马的恋人结婚，这是婚前最后一次度假狂欢，真舍不得离开他们云云。她故意把"圣诞婚礼"这个词提了十好几遍，这样签证官就不会起疑，因为她其实是半个穆斯林信徒。她爸爸的妈妈，也就是她的奶奶信仰基督教，这难道还不够吗？管它呢，在阿尔巴尼亚，无论现在还是过去，穆斯林毫无意义。他一个美国人怎么会明白个中含义？穆斯林这个词对他来说就是穆斯林，仅此而已。

她说，"我想看看外面的世界，就从底特律开始，我伯母住那里。"签证官笑了。真可爱！他放心了，这个阿尔巴尼亚小姑娘太天真了，居然以为底特律就是"外面的世界"！只消看一眼底特律，她立马会跳上最早的回程航班，不到三十五岁，就会皱缩成一粒葡萄干。露拉不停地跷起二郎腿，再把腿放下。签证官办公室的墙上挂着一幅自由女神像的招贴画，上面还写着"送给我，你受穷受累的人们，你那拥挤着的芸芸众生"的诗句。为了骗他相信自己不会滞留美国，露拉也是逼不得已才撒谎。反正人人都不会对大使馆讲真话，所以自己也算不得撒谎。自从9·11事件以后，你不撒谎还不行。就算如此，这也无法阻止任何一个阿尔巴尼亚少男少女对纽约的向往。

那辆雷克萨斯调了个头，从屋外驶过。

斯坦利先生曾给过露拉一部手机，让她保管，可她从来没给谁打过电话，自从她的好友丹妮娅离开美国回老家之后，再也没人打给她过。斯坦利先生把家里电话、自己的手机及办公电话，还有齐克的手机和唐·塞特贝洛的办公室电话号码全都输进了这部手机。她是世界上唯一一个手机里只有五个电话号码的人！

她简直像是童话中的女孩，塔楼里的公主。她还为斯坦利先生和唐·塞特贝洛编过些莫须有的传统民间故事，其中之一就是讲一位美丽的少女，被囚禁在一座城堡里。一位王子从窗外看见她，爱上了她，却无法接近她，于是从他的故乡移植了一棵能够迅速生长的粗壮藤蔓。好消息是，王子爬上巨藤救走了公主；坏消息则是巨藤越长越大，把当地的农民都赶尽杀绝了，不过他们囚禁公主有错在先，也算罪有应得。唐尤其喜欢这个故事。他说，这个故事证明，土生土长的民间文化预见到了物种引进和基因工程的威胁。

明年秋天，齐克就要离开家去上大学了，露拉也得考虑，她在美国的新生活下一步该何去何从了。也就是说，事情会不会按计划进展？但到底是什么计划，谁定的计划，露拉也说不出个所以然来。她已经存下了五千美元，这笔钱虽说离她在看到拉尚吉塔餐馆的酒水账单之前想到的那个天文数字还差很远，但让她感到很安心。她把这笔现金藏在自己房间里一张老式桌子的暗格里，她的房间其实就是所谓的会客室，虽然齐克说家里从不来客人。明年九月是结算工钱的日子，她就该离开这里了。到那时，她在斯坦利先生家服务就快满两年了，两年啊，这个现实她想都不愿多想。她还太年轻，怎么能让自己那宝贵的生命，如同"自然频道"里的冰山一样，日日夜夜地分崩瓦解，大块大块地消融殆尽？

去年也是在这样的深秋，她答复了斯坦利先生在分类广告网站上的招聘广告。那个时候，丹妮娅还在美国，她俩的旅游签证都面临到期，她俩的身份，也还是汤普金斯广场附近拉尚吉塔餐馆的非法女招待。每天晚上，露拉和丹妮娅都从渗着水珠的笑脸猴图案的杯子里喝着饮料，这都是那些既招摇又吝啬小费的华尔街年轻人剩下来的。等餐馆老板"鼠脸"和"斜眼"这两人回家以后，厨子路易斯就会做一道他的拿手好菜"番茄沙司烩牛柳"，来款待这些服务员。大家都喝得醉醺醺的，开始赌谁会第一个被驱逐出境。

大家都知道这可不是闹着玩儿的。勤杂工爱德华多旷工的第二天，他老婆哭着来到了餐馆。爱德华多本来是去处理一张停车罚单的，结果就踏上了从纽约遣送回墨西哥格雷罗州的路上（他老婆是这样以为的）。大颗大颗的眼泪从她年幼的儿子长长的睫毛间滚落下来。露拉和丹妮娅心肠一软，差点就决定收留爱德华多的老婆孩子，让他们住进她俩在勒德洛街那间狭小的无电梯公寓里，这公寓甚至都不是她们自己的，俩人相互劝导了半天，只得打消了这个不现实的念头。

从那时起，签证问题就成了露拉的心头大患，令她夜不成

11

寐。她告诉自己，不需要担心，政府要驱逐的人多了去了，比如像爱德华多这样的勤杂工、学土木工程的阿拉伯学生，还有成群结队的出租车司机和清洁工，要轮到她还早着呢。再说了，一边是爱德华多这样头戴瓜皮帽的也门怪老头儿，一边是她们这两个风华正茂、身材窈窕的阿尔巴尼亚金发辣妹，你觉得移民局的无聊猥琐男会让谁去谁留？

　　露拉和丹妮娅跟另外两个姑娘在下东区①合租了间一室户，其中一个是乌克兰人，以前当过牙医助理，现在待业，几乎从来不着家；另一个来自白俄罗斯，是个身材瘦长的姑娘，一心想成为秀场模特，总在卫生间大声呕吐减肥。她说如果她俩不在乎这一点，房租问题上就能让她俩缓一缓。露拉对丹妮娅说，总得想想办法，改变现在的移民身份。丹妮娅却不以为然，她觉得不去想办法，反而会有好运降临。丹妮娅的妈妈是个基督教信仰疗法信徒，这样的人在阿尔巴尼亚可算得上凤毛麟角。有时候，从丹妮娅那被香烟熏得沙哑的破锣嗓门里，露拉似乎能听得到她妈妈那柔声细语的祷告声。露拉相信凡事还是小心为妙，要未雨绸缪，以防万一，要相信直觉。丹妮娅则常劝露拉不要总那么悲观，凡事要尽量往好处想。其实露拉看来，她跟丹妮娅要是互补一下，一半悲观一半乐观就好了，可她争不过丹妮娅，算了，随她去吧。

―――――――――

① 纽约市曼哈顿区沿东河南端一带，犹太移民聚居地。

露拉给丹妮娅看斯坦利先生在分类广告网站上的招聘广告，上面写着："离异男子为未成年儿子寻陪护，新泽西州贝沃特，距曼哈顿市中心十英里。"丹妮娅当时的反应是：十英里？除非游过去吧！她还说，她认识的一个斯洛伐克女孩回复过这么个广告，原来是找社交伴侣的。如今，丹妮娅这机灵鬼已经回地拉那去了，谁知道呢，反正露拉希望如此。这之后，露拉搬到了新泽西，没过多久，丹妮娅来电，电话里她的嚷嚷声都压过了餐馆的嘈杂，只听她用阿尔巴尼亚语（她们那时大都不说母语了）叽里咕噜地说什么有两个黑衣男子到餐馆里找她，她要赶在被驱逐出境之前自己回老家。打那以后，露拉的电子邮件都被系统自动退回，打电话到培拉特找丹妮娅的母亲也无人接听。脸书和聚友网上也找过了，可丹妮娅不在线。她总忍不住想，自己的朋友可别遇到什么不测。可万一那两个黑衣人不是移民局的人，而有更可怕的来头呢？露拉实在束手无策，除了回阿尔巴尼亚去雇一个私人侦探，到底该怎么才能找到丹妮娅？

　　按照约定，露拉和斯坦利先生第一次见面是在金融区喝咖啡。即使在星巴克幽暗的灯光下，也显而易见斯坦利先生并不是来找女朋友或者一夜情的，而确实如他广告上列出的条件，是为给儿子找一个有责任心的看护。远远一打量，露拉以为此人是个郁郁寡欢的中级会计师，但近距离接触下来发现，他确实郁郁寡欢不假，但身份比会计师级别更高，这就意味着，露拉几乎不需要干什么活儿，就能从他那儿拿到高薪。面试时，斯坦利先生解释说，他的妻子离开了——其实是抛弃了——他和儿子齐克，独自去了挪威海峡，因为她想找一个清清白白的地方重新开始生活。

"金姜，"他说，"我妻子叫金姜。"他说话时像是被人捏住了鼻子，带有慢性鼻炎患者那种微微的鼻音。

"这倒滑稽，"露拉应道。真可笑，一个女人名叫"生姜"①，跟取名叫"食盐"如出一辙。更可笑的是，斯坦利先生已经够白了，竟会有女人想要比他还清"白"的东西。

接着，斯坦利先生又告诉她，金姜离家出走之前，就已经有——或者说已经开始有——严重的心理问题。他的头微微靠近露拉，看她是否能听懂他的语言，看他话里传达的意思露拉是否明白。露拉话是听懂了，但又不明白其中的含义。她这才发现，斯坦利先生怀疑她的理解能力，虽然他没明说，这个国家的很多事情都是如此，露拉立即感到这种关心其实很伤她的自尊。这种病，斯坦利先生说，目前还无药可医，甚至查不出病候。

斯坦利先生说，到圣诞夜，他妻子离开就满一年了。他和齐克，父子俩相依为命，这一年好歹挺过来了。但还是放心不下儿子，担心他独处的时间太长了。接着，他又问到露拉的过去。他的意思是，露拉来自哪个国家。说真没想到会是阿尔巴尼亚。似

---

① ginger，有生姜之意。

乎觉得很有趣。

露拉说："我自幼在阿尔巴尼亚长大，但父母在科索沃，他们本来是去看望伯父，不料战争爆发，被困在那里。接着塞尔维亚人入侵，见人就杀。我父母回不了地拉那，后来在北约轰炸中送了命。"斯坦利先生脸上的微笑渐渐消失。露拉抓住这个绝妙的时机，提到了她的签证马上要过期。斯坦利先生说，他有个打小一起长大的好朋友，叫唐·塞特贝洛，是位知名的移民律师。《纽约时报》上刊登过他的人物简介。有他在，就有奇迹发生。

几天以后，斯坦利先生开着车，带露拉出市区去看齐克，和他那栋战舰似的砖结构别墅。那房子装着波浪形铅框镶嵌玻璃窗，一侧设有弧形走廊，如同肿大的甲状腺似的向外凸出。前庭栽有一棵盘根错节的桑树，树上掉落的桑葚，把人行道都铺成了紫色。离市区这么近的地方竟有这样的房子，这出乎露拉的意料，更没想到桑树上还停栖着几只肥硕的乌鸦，似乎在警告她不要接这份工作。

"少管闲事，"她对那几只乌鸦说道。

"你说什么？"斯坦利先生不解。

"我们阿尔巴尼亚人迷信，乌鸦是不祥的鸟。"露拉脱口撒了个谎。

齐克的头发和乌鸦一样黑，只是更暗淡一些，一只耳垂被一根粗大的八角形银制耳钉洞穿。他满脸堆笑，带着挖苦似的虚情假意，强装出愉快、友善的样子，或仅仅是出于礼貌。他握了握露拉的手，瘦长的身体没精打采地弯成弓形，一边表现得见都不想见她，一边却又上上下下打量她。他不同意就没戏了。要是他喜欢她，事情就容易多了。他想象中，父亲会雇个凶神恶煞的老巫婆，管犯人似的看着他，而露拉一点也不像这种人。

斯坦利先生走了，留下他俩单独在客厅里。

"你是做什么工作的?"齐克发问了。

"我是个女招待。在莫吉托区上班。齐克是你的真名吗?"

"为什么这么问?"齐克一屁股坐在客厅中间的沙发上，眼睛躲在乌黑油亮的刘海后面瞅着她。

"因为这名字听上去就像一个人很害怕，吓得牙齿直打颤，咯吱咯吱咯吱。或者说像小鸟扑腾翅膀的声音。"

"我真叫这个名字。你在哪儿学的英语?"

"在学校里啊，阿尔巴尼亚的学校。"

"你英语讲得不错，听上去像个英国人。"

"谢谢。我们老师是英国人，而且我请的家庭教师是个澳大利亚人。"没必要告诉这个天真的孩子，她是去"吹箫"才付得起那些学费的。"比我年轻的那一代人，都是通过《海绵宝宝》① 学的英语。"

---

① 《海绵宝宝》是美国著名卡通影片，于1999年开始播出，原名是《穿方形裤子的海绵鲍勃》。

"海绵宝宝是个同性恋。"齐克说。

"那又怎么样?"露拉反问。

"我全名叫伊齐基尔①,"齐克说,"《圣经》里有的。"

露拉说:"我没读过《圣经》。我是个无神论者,一半信伊斯兰教,一半信基督教。"一般情况下,她对信伊斯兰教这方面绝口不提,这回肯定是觉得齐克可以信任,他才不会以为她会密谋到麦当劳去发动圣战呢。

齐克说:"我们班上有个伊朗小孩。他以前在公立学校总是被人欺负,于是转到我们学校,我们这里人人都超级宽容。他爸爸是个有名的眼科医生,他们住在一栋豪宅里。"

"阿尔巴尼亚是全世界最宽容的社会。"露拉说。

"那很好啊。"齐克应道。他打开电视跟露拉一起看,电视里放的是一个相貌冷酷的西班牙女人和她的一男一女两个追求者卿卿我的画面,齐克让她猜那女人会喜欢谁。露拉感到,齐克这是在试探自己,不是试探她对剧情的反应,而是试探她会不会反对他看电视。她该作何反应呢?她装出百无聊赖的样子,通过了试探。

这时,齐克听到父亲到了门厅,一边关上电视,一边问道:"你刚才说你在哪家餐馆打工?"

---

① 伊齐基尔来源于希伯来语教名,含义是"上帝将坚强有力"(God will strengthen),昵称 Zeke。

"拉尚吉塔，"露拉答道，"有小猴子标志的那家。"

齐克又问她能不能调点鸡尾酒。

她说："行啊，但需要新鲜薄荷。"

斯坦利先生出现在门口。"我看我们倒是挺有共同语言的嘛！"他说。

他常常说"我们"或者"有人"如何如何，其实是指"你们"或者"我"如何如何。有时候齐克会模仿他的口气，但只是压低嗓门，不敢大声，这样的话，当他学着斯坦利先生的口气说"有人会、有人也许、有人应该如何如何"的时候，他父亲就会装作没听见。一开始，露拉不明白这种用法对不对，还以为自己的英语出了什么毛病。华尔街的那些年轻人从来不会这么交谈。齐克解释说，他爸爸以前是个经济学教授，后来被招进银行工作，虽然这一行比教书赚得多多了，但他却懊悔不已。就这样，斯坦利先生的职业之谜也解开了。

也许除了露拉以外没人申请这份工作。也许没人愿意跟这对没用的父子生活在一起。也许斯坦利先生以为露拉是个战争难民，从严格意义上讲这是事实；也许他觉得雇佣露拉算是行善，从严格意义上讲这也是事实。要不是因为这些，露拉才不会签这份保姆的卖身契。她本来会多问些问题，相反斯坦利先生却问得很少。不要求出示公证过的推荐函也不像是他的为人。但她看来跟齐克相处得还不错，所以也许斯坦利先生能够感觉得到，虽然她经历过世事沧桑，心已不再柔软，并且性格也有诸多瑕疵，但她身上仍有点泛滥的母爱，或者说仍能保持一份清高和自重。

露拉二十六岁。每逢心情阴郁，她就觉得自己真老，而一旦心中放晴，她又会觉得，才二十六而已。大好日子还在后头，但如果能留在美国，大好日子就更长远了。她真羡慕美国人驻颜有方，不惑之年还能保持青春。有些美国女子反而越老越好看了。不像东欧女人，一开始冠绝群芳，接着急转直下，最后每况愈下，年老色衰得像个老太婆。或许是恨嫁心切，才让她们比真实年龄更显老。露拉却一点压力也没有。就算她的列祖列宗想要子孙，他们也最好闭嘴。

为了让一切显出公事公办的样子，斯坦利先生把她带进了所谓的书斋，里面阴冷潮湿，有股霉味，像某种雄性动物的巢穴，除了要付账单，他几乎从不光顾这里。书架上空荡荡的，只有几排尘封的书籍，大概是他在大学里教授的课本。为了缓解一下气氛，他引用了玛丽·豪威特的寓言诗《蜘蛛与苍蝇》中的诗句："'欢迎光临我的地盘儿'，现在我们来谈谈条件吧。"斯坦利先生的写字台上放着个古色古香的相框，里面是一幅火山喷发的照片。露拉看着照片中飞溅的火花时，斯坦利先生写下了一条条规章制度：齐克放学回来时你必须守候在家。不得在家里抽烟酗酒。天气不好时不得开车。（这条实际上是，除"好地"超市以外，不得开车到任何地方。）不定期让齐克吃顿蔬菜。不得留宿客人，亲戚除外，但需得到斯坦利先生许可。离家时一定要锁门。斯坦利先生以前还订过防盗报警服务，可结果发现反而引狼入室，于是就取消了。

她提出结算工钱都付现钞，斯坦利先生向她保证，钱存在银行很安全。她说，对不起，可在我们阿尔巴尼亚人心中，银行有一段不堪回首的历史……她声音越来越轻，述说着金融风暴引起的大规模社会动乱，就好像恐怖电影的片尾，杀人狂魔霍地从坟墓里跳出来。"你一定听说过我们国家的金字塔骗局吧？[①] 向投资者承诺 50% 的高收益。可当时大家都在想什么？这个骗局政府也有份儿，所有人的积蓄都化为乌有。"

斯坦利先生疲惫地点点头，"我当然记得。太可怕了。这种事情任何地方都可能发生。没问题，我们就现金结算吧。"兴许这也是明智之举，因为露拉现在还没弄到工作签证，虽然唐·塞特贝洛能帮她搞定。斯坦利先生说，"万一我哪天被政府工作牵扯进去了，你可别说认识我。"

"没问题，"露拉说，"我们素不相识。"

"开玩笑的。"斯坦利先生说。

露拉知道，每次移民局查抄工厂，推搡着把那些黑瘦的鸡肉打包工塞进卡车"屁股"的时候，都会有一些美国人拍手称快。她也看到福克斯新闻频道上的那些家伙叫嚣着要不问青红皂白，就把除德国超模和日本垒球选手以外的所有移民都赶出美国。而

[①] 金字塔骗局是一种欺诈性的投资计划，其所承诺的高收益率来自新投资者投入的资金，而并非来自稳健的投资所得。当新投资者的投入资金不足以支付老投资者时，这种计划即告破灭。也称"庞兹计划"。

其他人，像斯坦利先生和唐·塞特贝洛这种人，一听说你来自别的地方，就表现得好像你是残疾人或癌症病人一样。这意味着你勇气可嘉、坚韧达观。能帮助你，会让他们为自己以及为这个号称海纳百川的国家感觉好受一些。他们的动机很单纯，或者说基本上单纯。他们喜欢权力和人脉，很享受一切尽在掌握的感觉。

现在，露拉终于能名正言顺地留下来了。皆大欢喜。可惜巴尔干人的语言里没有"双赢"这个表达方式。用他们的话说，没问题。翻译过来就是，你死定了。

看着那辆黑色雷克萨斯越野车转了弯，在小区里慢慢行驶，露拉在想，齐克会不会遇到什么麻烦了？在她眼里，齐克仅仅是个闷闷不乐的美国少年而已。而要不是靠这些闷闷不乐的少年所洒下的鲜血，美国的电视台早就倒闭了。正如邻居一直说的那样，齐克是个好孩子，很安静。可是，将有一辆警车，带来那个难以置信的坏消息。

她下一个念头是移民问题。露拉想到打从昨天起，自己就是合法移民身份了，欣欣然地颇感轻松。可转念一想，这有什么大不了？这里可是迪克·切尼①当权的美国。那些土生土长的美国人成天提心吊胆地防着外来人口。迟早有一天，福克斯新闻频道上会有人想出妙招，要把慕名而来的外国移民统统赶回老家。

---

① 美国前任副总统，作风跟小布什和前国防部长拉姆斯菲尔德一样的鹰派人物，强调单边主义和以军事手段解决对外关系。

露拉的律师唐·塞特贝洛，自幼跟斯坦利先生在同一栋公寓楼里长大。露拉第一次到唐的办公室时，声情并茂地发表了一通长篇大论，发自肺腑地表示自己如何热爱美国，多么渴望能留在这个国家。唐举起手打断了她的话。他的时间宝贵，时不我待，无需废话。他的委托人个个都跟他说热爱这个国家。他有能力让当事人梦想成真，并且说到做到。他这回帮了大忙，办成了别人不可能办到的事。就这样，露拉得到了签证。真是英雄所为啊，斯坦利先生说。他三番五次地表示担心，怕唐操之过急，自毁大好前程，甚至更糟。

很可能到哪儿都一样。你不停地付出、付出，一旦你停止付出，恩惠也就随之而止。而且这里是新泽西州，黑手党的故乡。露拉曾经跟齐克和斯坦利一起看过《黑道家族》①。也许那辆黑色越野车的到来，正是因为斯坦利先生和唐几个月前停止了付出。

那越野车开到小区尽头，驶进车道。露拉看见它又调了个头，径直朝街道上开了回来。她多希望自己不是孤身一人在家啊。她为什么这么忐忑？是因为童年时代留下的阴影吗？要怪也只能怪她在那个社会长大，神经系统变得太过敏感脆弱。要怪也只能怪在地拉那时那个被拖走的女邻居。只因为她儿子转动了一下屋顶的天线，想听一听丰满的意大利女孩唱一唱他心爱的歌

---

① 《黑道家族》是美国近年来颇受欢迎的一套反映黑手党题材的电视连续剧，在美国有很高的收视率。

22

曲。即使接收信号很差，根本看不清楚，可那段音频就足以害他的妈妈在光天化日之下被强行拖走。这些都是露拉小时候最早的记忆。当时人人都活在恐慌之中。有一个晚上她父亲也被带走了，但还好第二天，他平安地回了家。

露拉的移民身份虽然暂时无虞，可她感到，未来捉摸不定，全取决于她第一次见斯坦利先生时就开始编的那一堆谎话。都是斯坦利先生不好，偏要明知故问，不过她也知道，任何人雇人前都会这么问。

"你为什么要离开阿尔巴尼亚？"

她定定地看着自己的星冰乐。"请听我说，斯坦利先生，您得理解我的苦衷。"

"叫我斯坦利就行。"

当然，斯坦利。斯坦利先生要消化的是，在阿尔巴尼亚，露拉长大的地方，世仇仍代代相传，仇杀、抢亲屡见不鲜。那里的婚恋观仍停留在先抢后奸的野蛮阶段。她的表哥乔治就是活生生的例子。他和恋人双双躲在山洞里，女方的亲戚用石头堵住了洞口，把这对情侣活活闷死在里面。所以露拉觉得，在还没轮到自己惨遭毒手时，还不如赶快移民，走为上策。

"天哪！"斯坦利先生叹道。

所以，这确实是他的错，谁让他这么轻信。他不是教授吗？教授不是应该更懂吗？她确实有个叫乔治的表哥。但她所讲的故事却发生在她曾爷爷那个时代，那时候全家人还都和驴共处一室，住在斯库台①的山顶上。而她的乔治表哥本人则是地拉那市一家奔驰轿车的大代理商。当露拉想象着他躲进山洞时，似乎能看见他本人正嚷嚷着手机信号太差，大声责骂他那个长得像年老发福版多娜泰拉·范思哲的老婆。除此以外，如今没人会为了妇孺动用枪弹或起歹念，因为不值得，女人的血哪有男人的值钱。如今的世仇都不是因为男女情爱，而是为了争抢房地产，毫无浪漫色彩。

斯坦利先生要想知道她为什么背井离乡，就应该自己去阿尔巴尼亚走一遭。在纽约这个城市里，有着衣着暴露的时装模特，跟她们的证券经纪人男友一起鬼混，从装饰着跳舞猴的酒杯里喝着鸡尾酒，谁会选择地拉那，而不选这里呢？这是个机遇之都。难道斯坦利先生没听说过吗？你要想崇尚物质，贪慕虚荣，就得先获得成功。等到功成名就以后，当着所有人的面招摇过市就成了名正言顺的义务。

撒那个关于世仇的谎是个错误。斯坦利先生听完有些担心，那些家族间的仇杀该不会追到美国来吧？露拉说，他们宗族很迷信，忌讳渡海这种事。更何况，她们家好几代人都早已不住在阿尔巴尼亚的那个地方了。她的曾祖父母那一辈，愿他们安息，已经离开北方，迁居首都地拉那了。她正是在地拉那的大学里学的英语。后来她父母身陷科索沃的时候，她还留在学校里读书。父

---

① 阿尔巴尼亚第二大城市，位于阿尔巴尼亚西北部斯库台湖畔。

母在战争中双双遇难以后，她大学毕业，搬去跟伯父伯母同住，继续上英文课，直到想好下一步的出路。

斯坦利先生称赞她英语讲得好。他说，"关于那个山洞的故事……你应该写下来。"

露拉说："我该等齐克去上学了再写。"

也许这就是她得到这份工作的一个原因。斯坦利先生没出多少钱，就收获到了一个保姆和一个私人艺术侨民——新泽西贝沃特的洛伦佐·德·美第奇①。

斯坦利先生一天到晚就是谈生意，兢兢业业地工作。星期六他通常整天都在睡觉。齐克则跟朋友们一起度周末，一群少男少女，全都染着黑发，脸上戴着各种金属饰品。斯坦利先生和齐克都不怎么喜欢居家生活，但露拉认为，如果周日主动为他们准备早餐会显得比较友好。斯坦利先生对此表示感谢说："那最好不过了。但是不要放培根和蛋黄，只要蛋白就好了。再来点麦片或燕麦粥。"他的胆固醇指标比较高。

周日吃早餐时，三人都一言不发。齐克甚至不坐餐椅，而是往餐桌旁拖了张扶手椅过来，这样他就能躺在上面打盹儿，或者装作打盹儿的样子。父子俩一个闷声不吭，一个在打瞌睡，对着这俩人吃着只有蛋白的煎蛋饼，别扭极了。齐克这孩子似乎有两

① 洛伦佐·德·美第奇，1449—1492，意大利政治家，也是文艺复兴时期佛罗伦萨的实际统治者。被同时代的佛罗伦萨人称为"伟大的洛伦佐"，是外交家、政治家，也是学者、艺术家和诗人的赞助者。

面：跟露拉相处时是个乖巧顺从的小男孩，一见到他老爸就变成狂躁的小恶魔。露拉劝他对爸爸友好一点，他觉得也对，但就是做不到。对他好点岂不意味着背叛自己的文化？

有时候，斯坦利先生也会被儿子惹恼。但他的不耐烦、失望或者伤心（很难说）通通表现为痛苦，而非愤怒。按照阿尔巴尼亚人的标准，露拉怀疑甚至按照美国人的标准，斯坦利先生都属于情绪波动不大的那种人。露拉过去从没见过这种性格像温吞水似的男人。在她的国家，尤其是喝了酒以后，她爸爸和叔叔们都认为没来由的发火不仅是男性的特权，更显得很爷们。他们动不动就大声嚷嚷，所以也没人当回事，因此他们嚷嚷到最后，跟斯坦利先生的不愠不火所起的效果也没太大分别。

在老家，家庭聚会往往以打闹收场，从不像斯坦利先生家的聚会这样。难道不是应该像在阿尔巴尼亚那样，有个寡妇姨妈或者老奶奶搬进来跟父子俩住一起，并照顾家里吗？可斯坦利先生无父无母，也没有兄弟姐妹，偶尔，金姜的父母会从印第安纳打来电话，想跟外孙说说话，但齐克让露拉跟他们说他不在家。

每逢周日下午，就是他们父子俩的活动时间——打打棒球、网球，逛逛公园之类的。露拉感到，他们之所以这么做，是因为需要证明给离家出走的妈妈看，没有她，他们过得有多好。斯坦利先生有个孩子气的爱好，就是买体育用品。每次他跟齐克试用了一副网球拍或接球手套时，算是他最开心的时刻了（但也不算很开心）。每次他们运动完回来，齐克总是会受点轻伤，需要贴个创可贴或敷个冰袋什么的，他爸爸就乐颠颠地去给他拿。而每周最开心的时刻，则是在周日晚上，露拉、齐克和斯坦利三人一起看《黑道家族》主人公托尼·索普拉诺，还有他那更一团糟的一家子开着豪车在贝沃特附近的邻里间招摇过市。

面试露拉的时候，斯坦利先生就提过他和齐克每周日的户外活动。言外之意是，他可不打算收养露拉，所以她也别指望他们会邀请她参加。"没关系。"露拉说。她趁机提到自己不会开车的事情。斯坦利先生当时说，他倒没关系，但就怕露拉会觉得行动不便，被困在郊区了。她说，不会，没关系，她很喜欢读书，她的英语就是通过读书学的。斯坦利先生说，那就再好不过了。齐克不怎么喜欢读书，也许你能感化他。附近有个很温馨的小型公共图书馆，步行就能到。露拉有点担心，他该不会希望她把书都摆在家里吧？但是斯坦利先生也没问她喜欢读什么书，于是她也就打消了顾虑。

露拉告诉斯坦利先生，她想看建筑一类的。这不，心想事成了。她果真得到了四面墙、一个屋顶、一个院子。看来提要求真得当心。

周末，露拉有时会去一趟市区。那些成双成对购物的情侣，那些谈笑风生的姐妹淘们，能看出她的孤独。有时她会以为他们在嘲笑她。流落异乡的陌生人。回新泽西她总是很开心。

撒谎带来的另一个后果是，谎言往往变成真的。就拿现在举个例子吧，因为公共图书馆是她步行就能到的一个地方，她还真的读起书来。她会查些关于阿尔巴尼亚的资料，花几个钟头读自己国家最伟大的作家伊斯梅尔·卡达莱①的小说。在这以前，她只是空口说说而已，并未真读过。在大脑里把那些文字翻译成阿尔巴尼亚语，对她提高英语有好处。自从到斯坦利先生家，她一封邮件都没收到过，更不用说公共事业费账单了，所以也没有资格申请一张图书馆的借书卡。不过现在她有工作签证了，也许应该再去试试。

她还开始写东西了，又一个谎话变成了现实。齐克答应去上学的时候把手提电脑借给她用。但让她保证不许偷看他的文件。对于他的信任，露拉很感动，所以看到屏幕上不断有约齐克聊天的美女头像蹦出来，她也绝口不提。谁知道头像到底是不是她们本人？或者她们以为齐克到底多大年纪？露拉在网上浏览那些她永远也不会买的奢侈品——园艺摆设啦、芳香蜡烛啦、汽艇啦，等等。或者比较那些她永远也不会去的旅游路线的价格。

最后，露拉终于定下心来，用英语写了个小故事。为此她还查了词典和一本从齐克房间里找来的百科全书。百科全书的扉页上有一行题字："赠与齐克，祝生日快乐，愿语言为你插上翅膀！——妈妈。"得是多么狠心的女人，才会送本百科全书给十几岁的男孩子当生日礼物啊？

露拉懒得费神，于是写下了一个关于她曾曾祖父那一辈发生的家族仇杀故事。在故事中，她把乔治表哥虚构成新郎的哥哥，

① 阿尔巴尼亚当代著名诗人、小说家。2005年获得布克国际文学奖。

并且加了一长段富有诗意的文字，来描述那个新娘如何被一块块石头垒起来的石墙闷死。还有很多关于火枪的描写，她也是信手拈来，因为她的爸爸以前对枪很在行。最后她又加了些民间传奇、诅咒和谚语之类，都是在阿尔巴尼亚在线论坛上搜来的。她把能放的都放上去，就差没放几首阿尔巴尼亚民间歌曲了。

结果，斯坦利先生很喜欢她写的故事。这样他们提供给唐·塞特贝洛的一系列信息里，擅长写作也被列为她的技能之一，其他还有两项技能是翻译和儿童教育。斯坦利先生和唐都曾建议过她写本书，说不定他俩商量过。露拉无法想象，为什么一个国家会想把一个跟自己有仇的外国公民留下？所以，为了让天平偏向自己，她写了一个悲伤的故事，写的是那天她听到了双亲在北约轰炸中罹难的噩耗。

"我很难过。"斯坦利先生读完后说道。

"我还好。"露拉宽慰他。

不错，他们是死于战争。但如果事实是，当战争爆发时他们并没有真正困在科索沃，而是战争快结束时就已经快逃出边境了呢？那时候，成千上万的难民从科索沃、从塞尔维亚和北约逃往阿尔巴尼亚，只有她的父亲发了疯，偷了自己兄弟的车，在酒精的驱使下，在爱国主义的误导下，开着车载着自己的妻子，驶往相反的方向。科索沃的兄弟需要他！父亲满脑子都是这个念头，科索沃解放军说不定能用得上他收藏的那些老火枪。所以，如果害父母送命的并不是北约的炸弹，而是父亲醉酒驾车，自己出了车祸呢？说不定是他们自己撞上了北约的坦克。露拉私下里猜想，他说不定是在执行一个自杀式袭击任务。父母已经过世六年了，这六年有时如白驹过隙般过得飞快，有时又漫长得恍如隔世。有时候露拉几乎记不起他们的样子，有时他们的音容笑貌却又不停浮现在眼前，挥之不去。每次一想到父亲头上那顶滑稽的平顶卷檐帽，她仍然止不住落泪。这种款式的帽子如今在布鲁克林的潮人中间越来越流行了。

"你应该写个回忆录，"斯坦利先生跟她的第一次谈话中就提过。

"兴许可以写点短篇故事。"露拉说。

"我不知道。"斯坦利先生说，"据唐说，纪实文学比较畅销。比如移民经历回忆录。从最落后的国家来到这里——"

"不算最落后的。"露拉说，"你忘了几个叫什么'斯坦'的国家比我们更落后，土库曼斯坦，乌兹别克斯坦什么的。"

"抱歉，"斯坦利先生说，"我没想到。"

"没关系。"露拉说。

露拉本来十分确定那辆雷克萨斯跟她一点关系都没有，可当它第四次驶过门前时，露拉开始意识到，没准儿这车就是因为她说了谎来惩罚她的。

雷克萨斯停下了。从车里下来三个男人，不慌不忙地走向斯坦利先生的家。连地址都不用再确认一下。好像他们就住在这里似的。三人都穿着黑色牛仔裤，上面满是一道道白色泥污。说不定他们是建筑工人。是不是斯坦利先生雇了他们来修缮房屋，却没告诉她？

其中一人穿着一件红色连帽衫，上面印有一只阿尔巴尼亚双头黑鹰。这身打扮完全不像移民局工作人员的标准穿着。那就合情合理。在这个大都市里，阿尔巴尼亚人也很多吧？这不大可能是一次偶然的入室抢劫。当然并不是说，她的同胞就不会将她先奸后杀并视同儿戏。但这三人跟她素不相识，也不太可能会对一个阿尔巴尼亚女孩下此毒手吧？

斯坦利先生有没有找阿尔巴尼亚人来帮他修理房子呢？他以前肯定说过。露拉偶尔也会看看电视节目，提醒你如何应对突发状况——电话诈骗、尘螨、黑霉病、劫车等。但因为都是重播的，无法给人身临其境的感觉。不久前她还看了一个片段，有个歹徒挨家挨户地提出帮人修房顶，谁要敢拒绝，他就放火把谁的房子烧成平地。

这一行三人颇像一幕喜剧。其中两个看上去就像双胞胎。他俩都戴着大黑墨镜，都是一头板寸，发胶涂得太厚所以钢筋似的根根竖立。体型相当，都是五短身材，臀部肥大。她读高中时班上就有这种男生。说不定她还认识他们。一人穿着连帽衫，另一个穿了件黑色长款皮夹克。

他们后面跟着的第三个人个子稍高，一头红发，两只手都插在口袋里，酷酷帅帅的样子。他眼睛朝窗户里一瞥，看见了露拉。他留着一撮小胡子，头发长长的，让露拉想起了她年少轻狂时交过的一个男朋友，那时他们一起吸胶毒，一起到碉堡里狂欢。现在，她已经被那个帅哥发现了，出于自尊，她不能再继续把自己反锁在卫生间里，装作没听见门铃声。

于是当门铃第三次响起时，她挂着防盗链，把门开了条缝儿，接着一个挨一个地，把三人仔仔细细打量了一番。都不认识。但不久她就会想起来的。

"你好。"他们用阿尔巴尼亚语跟她问好。

"你们好。"她于是也用母语回敬道。

"露拉，"那帅哥说，"小妹。"

这些人怎么找到她的？他们怎么会知道她的名字？也许他们认识丹妮娅吧。但她想不起来有没有把自己的新住址发给丹妮娅了。噢，丹妮娅，丹妮娅，你到底在哪儿？此时此刻还是别想这个为妙。

"你怎么样？"穿皮夹克的问道。如果在大街上碰到，他们兴许会说阿尔巴尼亚语，这是他们的秘密暗号，别人都听不懂。可现在不同，他们在美国人家门口，总得显摆一下到新国家学的街头俚语。

"我们是亲戚吗？我想不起来。"露拉问道。

"阿尔巴尼亚人天下一家亲，"穿连帽衫的那人说，"我们都是兄弟姐妹。"他身上那件印着双头鹰的运动衫拉链只拉到一半。脖子上挂了根银链子，上面吊着个银制双头鹰坠子。

帅哥指了指那辆越野车。"我们跟你表哥乔治都是好朋友，也是他的客户。"接着他噘起他那漂亮的嘴唇，把嘴努成乔治表哥那种猪肝色的肥嘴唇。露拉扑哧一声笑了，一半是因为好玩，一半是因为见有人模仿她表哥，让她感到亲切。

　　"都是好兄妹。""连帽衫"说道。

　　"好吧。"露拉说，"知道了。"

　　"皮夹克"说："恭喜！恭喜你拿到工作签证了。"

　　"你怎么知道的？我还没告诉表哥呢。"

　　帅哥咧嘴一笑，露出一颗金牙。"这你就不必操心了，我们自然有办法知道。我女朋友是移民局的。"

　　露拉说："我有个超厉害的律师。我老板——"她话一出口，就见三人飞快地交换了一下眼神，心里暗暗后悔言多必失。在好人斯坦利先生家安逸惯了，她在巴尔干半岛的生存本能都变得迟钝了。

　　露拉解开了门链。他们可千万别偷斯坦利先生的电视和齐克的电脑之类的。可谁会想要斯坦利先生的老款摩托罗拉电视，或者齐克这么个中学生的手提电脑？说不定偷了倒好，斯坦利先生终于可以买台平板电视了，这样齐克也会更开心一点，齐克本来每周约见一个治疗师，可自打露拉来的第一天，齐克就决定不再见治疗师了，这个小变化也促使斯坦利先生给露拉加了点薪酬。如今他若发现是露拉引狼入室的，加薪也就到此为止了。而且说不定连绿卡、公民资格都泡汤了。那简直是灾难！可转念一想，这三人都是老乡，还亲切地称她为"小妹"，而且认识她的乔治表哥。再说，那个帅哥也挺帅的，今天再也不可能有比这更有趣的事情发生了。

三人贴着她进了门，又转过身，轮流跟她握手。其他两人都只是出于礼貌，只有那个帅哥给了她一个拥抱。除了餐厅里那些占她便宜的"咸猪手"外，多久没人碰过她了？是谁吃了她豆腐，喝了几杯鸡尾酒，她其实都心知肚明。她最后一次上床，是跟一个叫弗兰科的男服务员，在他跟三个室友在长岛合租的阁楼里。他给她看用街上捡来的席梦思弹簧做的雕像，她说很像外星人，显然就是。他又告诉她，他管那雕像称作他的"臭虫发射台"系列，想到它们将会爬到自己床上就很爽。基本上她只记得自己当时很惊讶，一个男人醉成那样，居然还能勃起。她自己也喝了不少酒，否则她才不会跟他到那儿去。

"我还以为你们三个是兄弟呢。"露拉说，"但走近一看又不太像。"他们最相像的地方是，都一副急吼吼挤进门的样子。

"你觉得我像这家伙？""连帽衫"说道，"你是在开玩笑还是怎的？"

"我们都是兄弟，只不过不是同一个爹妈生的。拜把子兄弟。""皮夹克"一只手掌朝天，另一只手伸出一个手指划过向上的掌心。"没开玩笑。"

"连帽衫"说，"每个阿尔巴尼亚人在基因上都是亲戚。"

"这么说我们都是一家人。"露拉冷冷应道。接着，她等着看

34

她失散多年的三兄弟到底想干什么。

那个帅哥缩头缩脑地扫视了一下客厅，好像在找地方藏什么东西，又像在找藏着的什么东西。露拉从他的双眼里，才发现家里简直乱得像个垃圾堆。但跟阿尔巴尼亚比起来，已经算得上人间天堂了。该有的物质享受应有尽有。要是大老远地来到美国，却还穷困潦倒，那岂不太悲催了？

她真该把家里拾掇得更赏心悦目点的，至少不要有股怪怪的霉味。可露拉毕竟不是那种会把别人的屋子布置漂亮的人。金姜走的时候家里什么样子，现在还是什么样子——松松软软的老家具，钢琴长久没人弹过了。露拉虽没见过金姜本人，但对她既心怀戒备又颇有不满，这既是基于她翻查金姜私人物品所得出的负面评价，又是基于从斯坦利先生和齐克口中听来的更加负面的只言片语。某个阴冷的早晨，露拉整理金姜的衣橱时，把她那松松垮垮的工装裤和肥大、花哨的短袖衫放在自己身上比了比。金姜的内衣款式老旧，而且都被撑得又大又松，这很能说明问题，但却解释不了为什么出走的那个居然是金姜。一个女人——尤其是一个母亲——怎么能忍心抛夫弃子，丢下齐克和斯坦利先生这么两个无助的"孩子"不管？心理问题。但这到底是什么意思？斯坦利先生也没说。

那个帅哥一边东张西望，一边吸着鼻子闻来闻去的。他在拿这房子跟什么比呢？是他在贝永①市中心那间奢华公寓，还是都

---

① 美国新泽西州的海港城市。

拉斯①的棚屋？为什么露拉会觉得对斯坦利先生的家有种保护
欲呢？

"什么味儿？""皮夹克"问道。

"那是坟墓的气味，我觉得。""连帽衫"说。

"这是我老板的家，"露拉说，"我的职责是帮他照看孩子。"

"这个我们知道。"帅哥说。

露拉真希望他不要走到壁炉那边去，不要去看那些家庭照
片。要是她不能换掉那些射灯，或者移走那些茶几，她怎么可能
有机会开口说，斯坦利先生，齐克，你们确定想在壁炉台上摆满
这玩意儿，时刻提醒你们跟那个为了一座冰川就把你们抛弃了的
疯子在一起时的生活？

他们一家三口倒是去过不少地方。很多快照的背景都是山
巅、峡谷之类的自然景观。他们笑容僵硬，每张照片看上去都冷
冰冰的，即使在沙漠里也是如此。显而易见，这一家子都不是那
种会开口让陌生人替他们拍照的人，这些照片上要么是斯坦利和
金姜夫妇的合影，要么是金姜和齐克的合影，一张斯坦利先生和
齐克的父子合影都没有。金姜好像不大给别人拍照，但旅行肯定
是她的主意。斯坦利先生和齐克这爷俩能单独去什么地方？露拉
无法想象。

帅哥举着张照片让她看。露拉站在房间另一头，看见那是张

_____

① 阿尔巴尼亚第二大城市。

金姜和斯坦利先生站在海滩岩石前的合影。她第一次注意到，照片中俩人的胳膊都搂着彼此的肩膀。

"那就是我老板，斯坦利先生。"露拉说。

"简直像人猿泰山。"帅哥噘了噘嘴。

"那这个女的是谁？"他问道。

"金姜，他妻子。前妻。"

"金姜是人名？我只听过姜饼！"

说着，他把那张照片递给"皮夹克"。"皮夹克"说，"辣妹金姜，哈哈！"

"连帽衫"开始嗲声嗲气地念叨起阿尔巴尼亚人名和相应的英文译名："博拉是雪，艾拉是风，法特是幸运。多美的阿尔巴尼亚名字，一译成英语就难听死了。"他深吸一口气，接着又出了神似的念到"久拉是回声，露拉是鲜花——"

"闭嘴，你他妈的白痴。""皮夹克"喝道。

"咳，你们两个！"帅哥给他们提了个醒。

"连帽衫"如梦方醒，这才回过神来。　"那，你跟你老板……"他边说边用左手大拇指和食指围成一个圆圈，把右手食指插进去。帅哥白了他一眼。

"皮夹克"说，"妹妹，别理这个狗屁不通、没文化的蠢货。"

帅哥说，"行了，你们俩。积点口德吧！自我介绍一下，我叫阿尔瓦诺。"

"很高兴认识你，阿尔瓦诺。"露拉说。

"这位是古力，"阿尔瓦诺指着"连帽衫"介绍道，"还有金提。"他指的是"皮夹克"。"大家都叫他 G 男。"

露拉问道，"那……你们有何贵干？"

"你们听她的口气，""连帽衫"古力说，"已经开始问你哥哥们这种美国人才会问的粗鲁问题了。"

"是关于签约的事。"阿尔瓦诺说。

"你们来这儿是因为……"

听了这话，他们脸上露出不耐烦的表情，仿佛是在谈露拉小时候的事情。于是她只好说："你们要来点咖啡吗？"要说总得偶尔表现出老乡见老乡的样子，这还差不多。三人不约而同地耸了耸肩，仿佛是在告诉她，这才是正确的待客之道。

"连帽衫"——也就是古力，还有穿皮夹克的金提，动手挪了挪椅子，把齐克的专座，也就是那张舒服柔软的躺椅，挪到了餐桌的上席。阿尔瓦诺坐在上面，其他两人各坐一边。他们三个手摸进口袋，掏出了香烟。

她连忙阻止："请别抽烟，我老板——"齐克是不准抽烟喝酒的。烟草的味道很恶心。到现在，露拉还会在睡梦里被父亲机关枪似的连续剧烈的咳嗽声惊醒，但自从不在拉尚吉塔上班，头发上也不再有股香烟味儿以后，这种情况就好多了。齐克喝的鸡尾酒，里面朗姆酒兑得极少，她觉得也不能算喝酒。朗姆酒可是露拉自掏腰包买的，并没有动用斯坦利先生给的伙食补助。

"请别，"她又说了一遍，"万一我被炒鱿鱼了……那该怎么办?"

"连帽衫"说,"一人就抽一根而已。放心吧,天知地知,你知我知。"

露拉没好气地重重丢给他们一只汤碗接烟灰,又噔噔噔地跺着脚走进厨房,磨了好多咖啡。斯坦利先生别的倒没什么挑剔,但就是喜欢星巴克的原粒咖啡豆。电动咖啡壶派不上用场,几乎不拿出来用。她用一只平底锅煮咖啡豆,还得把上面一层灰尘冲洗掉,金姜的那套禅茶茶具用起来倒是很顺手。露拉把烧好的咖啡浓浆倒进一套精美的日式杯子里。

她用一只托盘端上了四杯咖啡。三兄弟道了谢。她坐在自己每周日吃早餐的固定座位上,身旁是"皮夹克",对面是"连帽衫"。"皮夹克"从口袋里拿出一瓶透明烈酒,往三人的杯子里各倒了点儿,又朝露拉看了一眼,她点头默许了。这酒酿得十分香醇。早上十点就喝掺了烈酒的咖啡!

"味道不错。"露拉赞道。

"这味道,""皮夹克"说,"跟我祖母在吉岁卡斯特种的桑葚酿的梅酒差不多。"

"干杯!"他们用家乡话致祝酒词,祝开心、健康、长寿。说着四人一饮而尽。

如果说露拉本想尽快打发他们,可这杯咖啡一下肚,在咖啡因和酒精的双重作用下,她竟开始深深地陷入自怨自怜,这种反应让她既吃惊又不快。她的三个老乡私自闯进斯坦利先生的家,还给她的咖啡掺了酒，她要是为此感到兴奋，说明她的生活是有多可悲啊！

阿尔瓦诺再次道谢，"小妹，我们之所以到这里来，是想请你帮一个小忙。"

露拉做好心理准备。所谓的"小忙"说不定是指，夹带一打灌满海洛因的避孕套，乘大巴从这里到迪拜马不停蹄地跑个来回。

"我们需要你帮我们保管点东西。没什么大不了的。"说着，阿尔瓦诺凑近她，用他迷人的微笑强调真的没什么大不了的。

露拉开始想象，斯坦利先生家的车库被码上一摞摞热塑收缩包装的白色方砖。别了，去图书馆路上漫步的美好时光！别了，跟齐克享用鸡尾酒的天真无邪的日子！从现在开始，她得提心吊胆，时不时张望着窗外的动静。

露拉说，"你们甚至都不认识我——"

"这个正是我要说的，"阿尔瓦诺说，"咱们三个和你，除了你表哥乔治和我移民局的姨妈之外，是八竿子打不着的关系。"

他姨妈？五分钟之前他不是说他女朋友吗？可就算人家前言不搭后语，露拉又有什么立场去评论呢？说姨妈倒比女朋友要好。露拉听了倒是挺高兴。

"保管什么？"她问。

"一把枪，"阿尔瓦诺说，"一把小手枪。"

露拉松了口气。她早该料到嘛。说不定他们牛仔裤上的白色灰尘就是某种非法物质。除了贩毒的和拉皮条的谁会开着那样豪华的越野车？几个承包商会那么有钱那么成功，去哪儿都非得带着武器？

露拉问道，"什么样的小手枪？小手枪我懂一点，大型枪支也懂。"

"真的假的？"古力说，"我没看不起人的意思，可你是个小姑娘。"

"真的。"露拉没理会"小姑娘"这个词。她二十六岁了，这称呼倒很顺耳。

"我父亲是个手枪迷。"她一出口，就决定立刻打住。他们曾经穷得连续好几星期吃玉米糊，可是父亲还是买了半自动手枪。狙击枪、猎枪、左轮手枪，每种枪怎么用她都懂。她父亲秉性温和，但只要一喝酒就冒冒失失的。每当这时，母亲就会把他的枪都锁起来，他俩就会为此大吵大嚷，还会为了抢车钥匙扭打起来，有时——后来的车祸证明这一点很要命——有时她父亲抢到了。

膝下无子的父亲以前会借露拉叔叔的车，带露拉到垃圾场或者野餐点练习射击，要看你怎么看待这事了。那时候如果能弄到意大利的电影杂志，父亲就会把麦当娜的照片撕下来，钉到木板上，教露拉瞄准心脏部位。他对麦当娜并没什么敌意，只是种黑色幽默罢了。很可能他觉得用自己的车瞄准北约的坦克很有趣，于是就猛踩一脚油门冲了上去。父亲在金字塔投资骗局中把全家的积蓄和房子都赔光了，只好在边境一带走私枪支，就好像科索沃解放军离不开他这个贩卖老鸟枪和纳粹破手枪的中年男人似的。露拉自幼跟米瑞拉姑妈比较亲近，以前父母在世的时候，他们就和姑妈住在一起，露拉大学毕业后，又搬来跟她同住。后来，米瑞拉姑妈死于肾病，如果不是因为在阿尔巴尼亚，她的病本来是可以治好的。露拉用从她那儿继承来的一笔微薄遗产买了张去往纽约的火车票。

阿尔瓦诺说："很小的一把枪，一个鞋盒就能装下。小事一桩。"

"小事一桩，"露拉说，"鬼才相信。"

"皮夹克"说，"也就说说而已。"

"住嘴，蠢货。""连帽衫"说道。

"小事一桩。"阿尔瓦诺重复了一遍。

露拉很想知道这把枪到底干过什么见不得人的勾当，为什么他们需要把它藏起来。他们干吗不干脆把它扔进下水道？可既然他们能找到个女老乡，不让她像母鸡似的趴在枪上孵一窝小枪出来，岂不白白浪费了一把好枪？在美国，任何事情一旦跟枪扯上关系，就有法律限制。父亲要是在美国，肯定很讨厌这一点。他要是活着，肯定会跟有些人一样声称凡是坏人都有枪。万一这枪被人发现了，不管有没有签证，露拉都得被驱逐出境。

她说："我为什么要帮你们藏枪——？"

阿尔瓦诺一下从躺椅里站了起来。

"你知道了原因有什么好处？不知道不是更好吗，对你好，对我也好。你对我们了解越少就越好。"

"那万一我要跟你们取得联系呢？"

"你不必，""皮夹克"说，"我们会主动联系你。"

"好，"露拉说，"我会替你们保管。但我吃不准能在这房子里住多久。"

"我没别的意思，"阿尔瓦诺说，"但我觉得你一时半会儿不会去别的地方。"说着，他朝"皮夹克"耸了耸一侧的肩膀，"皮夹克"马上拿出一只棕色的午餐纸袋，放到桌上。四人都直勾勾地盯着那只袋子。阿尔瓦诺点了点头，"连帽衫"打开纸袋，拿出一支邪恶的短管转轮手枪。四人又直勾勾地盯着那把枪。对露拉而言，这一幕仿佛是她父亲的在天之灵降临，对她在美国的新生活表示默许。

"你们什么时候来取走呢？"话音刚落，露拉的眼泪夺眶而出。

三人的表情瞬间凝固，就算她此时拿起那把枪饮弹自尽，他们也不可能更惊愕了。露拉也没想到自己竟然会哭，更没想到自己会哭得难以自制，停不下来。可能是因为看到"连帽衫"身上的那只双头鹰，或者是闻了梅酒的味道，又或者是冥冥之中某种力量把她拉回了奶奶的老屋。奶奶在世时，曾给她讲过一个故事，说是有个女人，四处收集女人的眼泪，并装在小玻璃瓶里作为顶级化妆品出售。直到遭邻居告发，她将被驱逐，幸好一个官

43

员的夫人向她索要一个样品，结果这个出售眼泪的小贩得到了赦免，并定期向夫人提供眼泪作为回报。归根结底，还是那把枪让她哭的可能性最大。

露拉一直抽泣着。她好想爸爸妈妈啊，特别想奶奶！再也见不到奶奶了。在这里，没人了解这些故事，没人认识露拉和她的奶奶。露拉哭，是因为她已故的奶奶和爸妈，她已逝的童年和回不去的故乡，因为那层出不穷的犯罪、动乱、暴力。因为她那曾经美丽的故乡现在却沦落入毒贩、皮条客和洗黑钱者的手中。她哭，是因为对祖国心存怀念或不怀念，也是因为祖国无可怀念。她哭，是因为身处异国，孤苦伶仃，前途未卜，别人随时可能改变主意，让她走人。

她泪睫一眨，像是隔着雨水淋漓的挡风玻璃，看见三个男人正定定地注视着她。

"得了，别哭了！"古力喝道。露拉止住了哭泣，这一喝还真是立竿见影，就跟治打嗝一样。

"我们会来看你的。"阿尔瓦诺说。

露拉用手抹了一把眼泪，情不自禁地问："什么时候？"

"别担心。""皮夹克"说，"我们来找你的时候你自然就见到我们了。"

第二章

露拉目送刚认的三兄弟上了越野车，他们小心翼翼的，好像自己是什么易碎货品似的。"皮夹克"坐驾驶座，"连帽衫"坐副驾驶，阿尔瓦诺坐后座。

"你们早点来找我。"她抽抽搭搭地说。

露拉转过头，斯坦利先生家的房子映入眼帘。不到两个钟头，齐克就要回来了。刚刚那个大汉坐过的位子必须马上恢复原样，变成一位有担当的父亲婚姻破裂后独自抚养儿子的郊区避风港。

露拉带着那把枪上了楼，在自己卫生间的门口停了停。住这里的好处之一就是拥有专用的卫浴间。以前不得不在公寓楼里的公共蹲坑将就，现在则需要中产阶级一样的私人空间，她的转变可真快啊。她高兴的是，不必跟斯坦利先生共用一个马桶，也不必等齐克在卫生间里什么都磨蹭好了她再用，他每天早上都要把自己反锁在里面一个钟头才出来。露拉喜欢把自己的卫生间收拾得干干净净的，适当地摆些以前和丹妮娅在东方小镇买的美容品。她总是很珍惜把每一滴剩下的洗发香波存起来，很节约地灌到用光的瓶子里。

她想起了《教父》里的一个镜头：用胶带把一把枪缠起来，放进抽水马桶的水箱里。在斯坦利先生家藏东西用不着这么大费周章的。她本来想把这枪放进藏钱的那个抽屉里，可就算她不迷信，这么做未免也有失明智。"钱和枪，分开放。"很可能是，或者说应该是阿尔巴尼亚的一句谚语。

最后，她偷偷把枪塞进了自己的内衣抽屉。在一个有着正常男人的普通人家里，最不该选的就是这种地方了。但斯坦利先生和齐克都不会看这里。美国人就是这样，注重隐私，尊重彼此，遵守一切有利于维系愉快、健康男女关系的准则。而在老家，又是另一套规则：你得装作对自己男友所说的一切都非常感兴趣，直到收到结婚戒指；而他则假装一切都听你的，直到你答应同他做爱。结婚后，夫妻俩要么对彼此视而不见，要么就相互忍受，各过各的。眼下，把阿尔瓦诺的枪藏在自己的内衣抽屉里，还挺刺激的。仿佛见枪如见人。

但考虑到自己的那些，她很庆幸那把枪还好不是阿尔瓦诺本人。基本上她的内衣都是从第十四街的露天大卖场上淘来的，全是些人造纤维材质的便宜货，只有一件高档文胸和一条丝质内裤，都是淡紫色的，饰有深粉色丝带的花边。光是那件文胸就花掉了她在拉尚吉塔一周的小费。因为她在一本杂志里读到，成功女人的十大秘诀之一就是在商务套装里面穿昂贵内衣。我为悦己而穿，一位女首席执行官解释说，这是我和我身体之间的秘密暗号。露拉花大价钱买了这件内衣，却从来没穿过，也没接收到什么秘密暗号。说不定这暗号就是：你以为你在糊弄谁呢？她买这件文胸，并不是为了事业上大展宏图，而是为将来能觅到如意郎君。只要买了，意中人就会现身。但意中人迟迟没有出现。说不定把那帅哥的枪裹在自己的高档内衣里，奇迹就会出现。找个理由让她相信奇迹倒也不错。

露拉下了楼，把餐厅里的椅子拖回原来的位置。家具不是问题。但怎么三根小小的香烟会留下这么浓重的烟味儿？"连帽衫"和"皮夹克"抽的是一种黑色香烟，让她想起了爷爷，他都是抽自己种的烟草。阿尔瓦诺抽的是骆驼牌。露拉打开前门，穿堂风把房间吹得冰冷，把地下室的火炉吹得呼呼作响，发出呜呜地哀鸣，最后，整个房子闻起来就像是严冬里的地拉那火车站。

下午四点，齐克放学回到家时，露拉正在厨房里。

"你在做饭？"他问道，"那是干什么的？"

露拉正看着锅里热气拱起的泡泡，在鲜红的浓稠酱汁上留下一个个凹凸不平的坑坑洼洼。以前每年秋天，她的奶奶常会炖一种番茄酱，里面加了很多红甜椒，用这种酱汁拌上奶油芝士，做出来的三明治非常可口。昨天露拉从图书馆回来的路上，碰巧在转角的食品店外发现了一盒红甜椒，这真是天意啊，要知道一般情况下，这家店除了几个皱缩的柠檬和几根快干成酱菜的黄瓜，从来不卖新鲜货。说不定正是奶奶的在天之灵，不管她现在魂归何处，运用她的神力送来了这些红甜椒，好帮露拉盖过烟草的味道。

齐克说，"这里怎么闻起来有股香烟味儿？"

露拉说，"是煤气味儿，不是烟味儿。点火装置点不着了，我只好擦了几根火柴，才引燃了灶具。"

"你是不是开始抽烟了？你要是需要点儿什么解解闷，我不会怪你的。"

解闷？齐克要是知道就好了！陪她度过这一天的，是几个齐克花钱都想见的人。她说，"你以为我疯了吗？一盒香烟要十五美元呢！"

"七美元就够了。噢，你是在套我的话吗？"

"不要抽烟，拜托！"露拉说。

"我没抽，"齐克说，"一周才抽一根。"

"那也太多。"

"好吧，一个月一根。"齐克拿起一份报纸。"讨厌的老太婆！"

今天早上，露拉走进厨房时，看到一份报纸敞开着，翻开的那页正是关于阿尔巴尼亚的专题报道，说是当地的少女穿男人的衣服，像男人一样干活儿，养活自己的寡母。这篇文章表面上打着担忧传统衰亡的旗号，其实则是为放一张照片找借口，那张照片上是一个男性化的阿尔巴尼亚女人，身着牛仔男装，撇着八字腿，大腿上方吊着一把来复枪。

露拉说，"每次报纸上一有什么关于阿尔巴尼亚的消息，你爸爸就会翻开，留着给我看。"

"你是不是觉得我爸喜欢上你了？"

"不是，"露拉说，"我觉得他想你妈妈。"

齐克说，"我也不知道。我妈动不动就打电话来要钱，我爸也不管她在哪儿，总是汇一大笔钱过去。所以他肯定还在乎，或者还觉得内疚，或者因为别的。你有认识的老女人会这么打扮吗？"

"不认识，"露拉说，"但我有个姨婆……曾经有人偷我们家的柴火，她对那人开了一枪。"

"她把那人打死了吗？"

"没有。但是她在十米开外的地方啪的一枪打中了那人的膝盖。"柴火编得不错，还有打碎的膝盖，也让这故事生动不少。要是齐克问是真是假，她会承认全是瞎编的。

齐克问，"一米是多长？"

"你查查嘛。你是高中生，你没学过数学吗？"

齐克说，"你觉得你有没有遗传她的 DNA？"

"她终身未嫁。没人能遗传她的 DNA。"

"你对基因一点儿都不懂吗？你们两个都可能有成吉思汗的 DNA。你没学过自然科学吗？"

之前是"连帽衫"还是"皮夹克"说的，所有的阿尔巴尼亚人都有相同的 DNA？那跟阿尔瓦诺做爱算不算乱伦？

"你怎么了?"齐克问。

"什么怎么了?"露拉反问道。

"刚有几秒钟你看上去怪怪的。"

露拉说,"说别人看上去怪,或者累,都很不礼貌。以前拉尚吉塔有个女招待,总是说别人看上去很累的样子,扫了人家一整晚的兴。每次她这么说,人家都要跑去照镜子。"

"谁说怪一定是不好的? 就不能说某人看上去怪美的?"

露拉岔开话题,"要来个三明治吗? 配红椒酱加奶油芝士。"

"不要,谢谢。"齐克说,"任何跟血一个颜色的我都不吃。"

"匹萨是血红色的,番茄酱也是血红色的,你不是也吃?"

"它们是番茄的颜色。"

"你是哪门子的吸血鬼啊?"露拉拿他没辙儿,"好吧,我去做个匹萨。"

炖辣椒和微波炉加热番茄沙司的味道盖过了三根香烟的味儿。尽管如此,露拉还是一直闻着空气里的气味。斯坦利先生回到家时,他只是稍微翕动了几下鼻子。露拉斜倚在吧台上,看着他啜着一杯加了柠檬汁的冷水。他事先把柠檬切成一片一片的,用保鲜膜包好,放在冰箱里冷藏起来。露拉很喜欢斯坦利先生,他心地善良,为人正派,一心只想把最好的给儿子,而且总是对露拉体贴入微。有时候,她也讨厌看见他每晚都要喝一杯水,这事实令她挺内疚的,也让她生自己的气,进而迁怒到斯坦利先生身上,就像流到他下巴上的汗珠。

"工作还好吧?"露拉会问。

"老样子。"斯坦利先生答道,"又在后悔辞掉教书中度过了一天。"

"那你再回去教书嘛。"露拉说。

斯坦利先生说,"我现在的生活开销太大,我太太很快会让我知道,将来花销还会更大。我只希望她能如愿以偿,虽然她从来不会在一个地方待得长久……噢,聊点开心的吧,齐克好吗?"

"挺好的。"

"作业做了吗?"

"做好了。"

"你读过那篇文章了吗?"斯坦利先生问道,"就是关于阿尔巴尼亚女人都穿男装的那篇?你想,一个女人自愿——或是被逼——过那样的生活……"

"很多事也是不得已而为之。"每当谈话令露拉厌倦,她就用这句很悲观的话来制造冷场。可她为什么会觉得闷闷不乐?今天发生过那么多有趣的事!她略作思索,本来想提一提那个斯库台州的少女,竟是个要为很多无辜百姓之死负责的党政官员,但这故事既长又不愉快,不提也罢。于是她说,"我奶奶就是个让男人蛋疼的母夜叉,但她不是也结婚生子,还穿裙子。"

斯坦利先生脸上闪过一丝微笑,"这种词你打哪儿学来的……'蛋疼'?"

露拉懂的很多英文词,连斯坦利先生很可能都不知道。有趣的是他觉得这种词难以启齿。可他不是在华尔街混吗？怎么还能这么单纯？这个词她可能是在拉尚吉塔做服务员时，从那些年轻人口中学来的，说不定这些年轻人正在想方设法地谋一份斯坦利先生那样的差使呢。你第一次学到这个词，就是在别人叫你千万别变成这个词所指的那种人的时候，但这正好暗示，你已经成了那种人。

"我想不起来了。"露拉说。

斯坦利先生又问，"你刚刚说的是你奶奶？"

"她喜欢专业搏击。为了看巴伐利亚的拳击赛，还让我爷爷偷偷弄来违禁电视天线。要知道，我爷爷可能因为这个被遣走。"至少这一部分倒是真的。

"写下来。"斯坦利先生说，"又是一个很棒的故事。写好我转交给唐。说到这个，我差点忘了最要紧的事。你和我还有齐克，这周六晚上要和唐一起吃个晚饭，庆祝一下你的工作签证通过了。"

露拉说，"你不觉得那会带来坏运气吗？你要来份点心吗？我做了我奶奶以前经常做的红椒酱，很好吃。"

"不用了，谢谢。"斯坦利先生说，"我很感兴趣，但是我一吃红椒就烧心。什么坏运气？"

"庆祝，"露拉说，"随便庆祝什么都会倒霉。"

斯坦利先生说，"露拉，你既然申请绿卡，那就去参加面试，就算帮我一个忙吧。别告诉我说，你觉得到曼哈顿的高级餐馆吃顿饭，举杯庆祝你从非法移民变成合法居民，这是件倒霉事。况且还有别人替你买单。美国人可绝对不会这样想。”

露拉说，“对不起，我知道，我也很感恩。我简直不敢相信，您和塞特贝洛先生会这么帮忙。我的意思是，除此以外——”

“拜托，”斯坦利先生说，“我们替你高兴。其实，要是你想买点衣服，去用餐的时候穿，给你加些津贴又何妨？只要你想……只要……我不会……”

“谢谢，”露拉说，“您真是太体贴了。我这周会进一趟城。”

“小心点。”斯坦利先生说，“注意安全。”

是不是斯坦利先生从唐那里得到了什么秘密忠告？外面又到了犯罪高峰期吗？是不是因为庆祝万圣节，安全代码又被提高至红色级别？每逢节日，齐克和露拉就会注意到恐怖警戒级别提高，就好像人体炸弹袭击者认为，一定要在总统日那天把自己炸掉才能以最快的速度进入烈士陵园似的。露拉常常跟齐克讲，政府多喜欢让老百姓担惊受怕，恩维尔·霍查为了让人民保卫自己，造了所有那些碉堡抵抗……谁的袭击，到底？希腊人？塞尔维亚人？美国人？没人知道。这并不重要，唯一重要的是恐惧。正如那个独裁者保证的那样，这些堡垒确实坚不可摧，也就是说，七万座水泥造的牛粪饼至今还盘踞在公路边和人们的草坪上。

9·11事件爆发时，露拉还在地拉那。当时她看着模糊的电视屏幕，泪流满面。后来她和丹妮娅一起站在世贸大厦遗址的平台上，再次痛哭了一场。当时丹妮娅说，要是在老家，地上这个大洞早就变成野餐地点了。不变成人们的野餐点，也会变成有毒垃圾堆放点。"天有不测风云。"丹妮娅说。露拉和丹妮娅以前常常比赛，看谁会说的美国俚语多。

在世贸遗址，丹妮娅本来还想勾搭一个帅哥警察，可当他告诉她们，不到时间就擅离岗位是对死者不敬时，她对此次猎艳也就没什么兴致了。露拉曾经问斯坦利先生，9·11发生时他在哪里。他说，"这个，你知道的，我在市中心上班。一开始我经常说起，但后来我不谈了，我觉得不想再谈这件事了。"

"你刚让我小心什么？"现在露拉才问。

"我也不知道，"斯坦利先生说，"反正凡事小心为妙。"

斯坦利先生和齐克甚至都没有对三兄弟来访的事情起过疑心。第二天早上，露拉见到清洁工埃斯特利亚来打扫房间，心情很好。

一开始，当斯坦利先生说打扫房间不是她的分内工作时，她如释重负。埃斯特利亚一直为他家打扫；每周四准时来。唐·塞特贝洛对她和她的丈夫、儿子都很照顾。

埃斯特利亚身材肥胖，为人和蔼可亲，热情洋溢，但就是不太懂英语，可能是因为她每天都是在空荡荡的房子里度过的吧。她跟金姜聊过天吗？露拉跟她语言不通，也没法问。她很喜欢埃斯特利亚，但是她搞卫生的时候，露拉宁愿出门。面对着一大摞斯坦利先生没空读的报纸杂志，还有齐克乱丢的那些书籍纸张、蜷成一团的 T 恤衫，以及踢到墙角凑不成双的跑鞋，埃斯特利亚直摇头。露拉站在那里袖手旁观，觉得很尴尬。埃斯特利亚把书报杂志理好，把 T 恤衫和鞋子整理到一起，内疚地向露拉瞥了一眼。露拉耸耸肩，意思是，又不是你的错。

埃斯特利亚一边开着吸尘器，一边叽里咕噜地跟露拉聊天。让犯罪现场侦探现在就来好了！昨天来的那个"皮夹克"男脚上脱落的皮屑，全都片甲不留地吸进了埃斯特利亚的吸尘器。

露拉先和埃斯特利亚聊了几句她儿子塞巴斯汀（他很好）和她丈夫（他也很好，谢谢），然后两人玩起了一种翻译游戏，也就是用英语、西班牙语和阿尔巴尼亚语中最基本的词汇交流。埃斯特利亚对所有家具的单词都懂，于是她们开始交流关于色彩的词汇。埃斯特利亚拿起一个靠垫，打着手势说明它是哪种绿色——是树的那种绿？不是；小鸟身上那种绿？也不是；河水那种绿？是的，做个跳进河里游泳的动作。露拉先用英语说这是尼罗河的那种浅青绿色，又用阿尔巴尼亚语说，这是河水绿，埃斯特利亚则用西班牙语说了个"淡绿色"。接着她们又聊起那块针织毯子，但是她们说的随便哪种语言里，都找不到相应的词语，能描述得出这种赤黄色手工织物上丙烯的色调。

埃斯特利亚快打扫完餐厅了，露拉也准备回自己房间了。因为自己在卫生间门外站着无所事事，跟她比较马桶刷子在西班牙语、阿尔巴尼亚语和英语中的不同叫法，简直更令人尴尬。但正在这时，埃斯特利亚把吸尘器的吸嘴伸进昨天阿尔瓦诺坐过的那张躺椅，结果吸尘器被什么东西咯了一下，埃斯特利亚从里面扯出一截小纸片，递给了露拉。

露拉把纸片放在餐桌上展平。上面的紫色字迹已经模糊，但仍能分辨出是曼哈顿一家超市的落款。一夸脱橙汁，2.59 美元；香烟，7.95 美元。除非斯坦利先生开始抽烟了，这不可能；要么齐克去了趟曼哈顿买香烟，也不大可能；再或者这张收据是以前金姜还没出走时就在那里了，这更不可能，埃斯特利亚打扫得可彻底了。唯一符合逻辑的推测是这张纸片是从阿尔瓦诺的口袋里掉出来的。

"噢，谢谢，是我的东西。"露拉说。她拿一张购物收据干什么呢？难不成像纪念品一样珍藏起来？按照上面的地址到阿尔瓦诺附近的超市去跟踪他？"谢谢你。是我丢的。我正在找。是我的税单。"税单？她把那张收据装进口袋里，然后打了个手势，示意埃斯特利亚随她到厨房里去。

埃斯特利亚一怔。她是不是觉得自己的地位发生了什么微妙的变化，露拉竟然从跟她平起平坐的同事变成了高她一等的老板，从一个友好的年轻姑娘变成了挑剔的监工头，要对她漏掉没做的工作指手画脚？就连露拉本来出于好意、不容分说地挽住她的胳膊，也很可能反而被她误会成像是警察紧紧扭住嫌疑犯领口的情形。

埃斯特利亚坐在餐桌旁，露拉给她做了一份三明治，加了红椒酱汁和奶油芝士，还裹了一层芝麻。

她说："齐克和斯坦利先生都不肯尝尝。太多了，我一个人吃不掉。"埃斯特利亚一边小口小口地啃着三明治，一边使劲点头微笑。接着她皱起她那眉笔描过的眉毛，友好地对这个三明治表示疑问。

露拉其实很想跟她聊聊奶奶的事，也很想问问埃斯特利亚有没有奶奶，是否还健在。可她甚至不知道在西班牙语中"奶奶"该怎么说，于是她指着三明治，然后躬起腰，装作拄拐棍的样子走路，还装作摇晃着怀中假想的婴儿。

埃斯特利亚居然看明白了，或者多少看明白了点。

"奶奶，"她用西班牙语说道。

每次露拉去曼哈顿，都会想起丹妮娅说过的那句话，"十英里，游泳过去还差不多。"而走陆路，你得过一座乔治·华盛顿大桥，穿过一条隧道，或者乘火车。相较之下，最为省力的走法还数先乘两部小巴，再转一部大巴直达市中心。到了市中心可以坐地铁，随便想去哪儿基本都能到。要是能买到心仪的衣服并在齐克放学回家之前赶回去，就再庆幸不过了。其实齐克又不是不能照顾自己，而且就算她到时候赶不回去，齐克也绝不会跟他老爸打小报告。其实，说不定露拉这个阿尔巴尼亚看守不在，这会儿给他放个假倒也不错。但是，齐克回来时她一定要在家，不让他踏进一个空无一人的家，这是斯坦利先生一定要露拉答应做到的为数不多的几件事之一，露拉决定信守承诺，说到做到。

跟丹妮娅在一起的时候，纽约还是很有意思的。一起去逛街，看那些买不起的东西，相互怂恿着去打听那些心仪的奢侈品的价格，却被吓得连摸一下都不敢。当然，她们在地拉那也逛过街，十几岁时逛过集市，后来又逛过街区里一家接一家开张的精品店，那些店里货又少，开价又贵，还有一股刚漆过油漆的味道。都是黑手党开的，这样他们那些无儿无女、成天闲着没事干的情妇，就可以从彼此那里买到偷来的名牌鞋子。长久以来，丹妮娅和露拉一直怀疑，即使是地拉那最高档的商店，在真正的世界消费文化中只能算得上小儿科的玩意儿，直到来到纽约，这怀疑才得到了证实。一开始，看到如此琳琅满目、多得令人发指的待售商品，露拉甚至觉得有些义愤填膺。但跟丹妮娅在一起，这种愤怒也就变成了玩世不恭。只要两人在一起，她们的小宇宙就加倍强大，都能以一种高高在上的姿态面对所有那些可望而不即的美好事物。置身于那些能面不改色心不跳让陌生人在她们脸上化妆的美国女孩之中，还有那些旁若无人、出神地挑选着吊在衣架上的服装的女人之中，她俩互为彼此的金钟罩铁布衫，刀枪不入。

噢，丹妮娅，丹妮娅，你到底在哪儿？每周电视台都会报道那些被拐卖淫的女孩。虽然露拉敢肯定，非常肯定，丹妮娅她够聪明，不会沦落到那种地步，可是阿尔巴尼亚毕竟是阿尔巴尼亚。一切皆有可能发生。人们在人行道走着走着就掉进路面上的深坑，从此杳无音讯。

今天，露拉在一家商店的公用试衣间里试衣服，这里的名牌打折货价钱便宜得即使在地拉那都是个神话。当她屈辱地用高难动作试穿一件毛衣和裙子的时候，她好想念丹妮娅，心里尤为难过。露拉像周围的女人一样，装作对穿衣镜里排成一排的女性身体无动于衷的样子。在老家，可没人对体重太在意。在那里，贫穷和恐惧会让人消瘦，奇怪的是，在美国，效果恰恰相反。

可是尽管露拉竭力控制偷窥欲，她还是禁不住偷偷瞄到身边的一个女孩把一件衬衫塞到自己的背包里，她的同伴正和试衣间的女门卫争吵，以便转移注意力。要是发现有件衬衫被偷了，那个女员工会被炒鱿鱼吗？应该不会吧。当另一个顾客递给她几个她刚刚在一件外套的口袋里看到的那种防盗装置，她耸了耸肩。露拉想，说不定自己也能偷了那件毛衣和短裙，把斯坦利先生给的置装费给省下来。可她刚刚才拿到签证呢。要是因为在商店偷一套衣服而遭驱逐出境，而这身衣服又正巧本来是为了穿去参加祝贺获得合法身份的庆功宴的，那该多没面子啊！

露拉仔细打量镜中的自己。尽管穿着街边地摊上买来的内衣，她的身材看起来还不错。想想她成天坐着不动，晚上喝鸡尾酒，把冷冻汉堡和速食匹萨当饭吃，这样的生活方式还能保持身材，实在是奇迹。要是奶奶泉下有知，说不定会气得活过来再死过去。她对着镜子正正反反地照，拿捏着那条黑色百褶短裙和白色 V 领毛衣，有点像女学生，又有点像拉拉队队长，既不会过于轻佻和招摇，又不失赚人眼球的风情。露拉还挑了件哥特紫的毛衣，因为说不定齐克会以为她特地为他穿葬礼的颜色，而唐和斯坦利先生又会觉得她穿的颜色太有异域风情，一看就是从阿尔巴尼亚来的。

裙子加两件毛衣一共花了一百三十美元，付完还剩下一堆找零。她有一种理性消费、为将来省钱了的喜悦，藏私房钱的那张桌子的暗格里的保险垫又可以变鼓一点儿了。齐克曾说，那张桌子属于金姜的母亲。胳膊上挎着的购物袋晃来晃去，让她对前途充满乐观。她不仅有新衣服，而且还有一个可以穿新衣服的未来。

她知道怎样在纽约这座城市生活，也知道如何坐地铁换乘到新泽西的首班公交车。有个周日的早晨，她和丹妮娅一起喝掉一瓶红酒，把地铁线路图记在脑子里。那些花花绿绿的地铁线路织成一张网，在她的眼前幻化成齐克拿大头钉钉在他卧室墙壁上的海报里画的动静脉图。

地铁上一个空位都没了。露拉真为那些不得不来回乘地铁上班的可怜人感到悲哀，每天高峰时段都得跟别人挤成一团。至少她不用受这份罪。这得感谢斯坦利先生。

终于有人从车厢最后面的一排双人座上起身了。一个小男孩冲了过来，但是被露拉一个眼神给拦了回去。座位上一个皮肤像烤得乌油油的千层酥饼似的女人合上手中的书，夸张地叹了口气，挪挪屁股，给露拉腾出点位置，接着又叹了口气，继续埋头读她那本《劳碌女人的每日金句》。

过道对面坐着一对年轻的西班牙裔情侣。其中那个男的一副机警小心的样子，瘦得皮包骨头，穿着一条牛仔裤和一件浅色毛衣，袖管卷得高高的，露出肌肉发达的胳膊，上面还纹有毛利人的刺青。他的女朋友浓妆艳抹，穿着却很中性，正把头靠在他肩膀上打瞌睡，随着她的头一磕一磕，她那长而亮泽的卷发的发梢便在男友的胸膛上拂来拂去。你只要看一眼，就知道这两人正在热恋中。他们没有刻意，也并非出于自愿，但爱就是爱，他们难不成还要藏藏掖掖的？露拉知道自己不应该老盯着人家看，但总是情不自禁。其实别人也跟露拉一样，就连坐她旁边那个正在看书的女人，也抬起头飞快地瞥了一眼，变换了一下坐姿，叹了口气，愤世嫉俗地诅咒这对堕落的罪人下地狱，永世受火刑。露拉瞪着邻座的这个女人，直到目光灼得她不得不转过头来。她的睫毛又卷又翘，像是飞蛾的触须。她一张脸绷得紧紧的，她到底从露拉的表情中读出了什么？

露拉说："我们不都是上帝的子民吗？你难道不这么想吗？"

她为什么要这么说？她不是不相信什么上帝、耶稣，或者真主阿拉、佛祖这一类的神灵吗？某种新的美国语言正从她心中萌发出来，就像她上次假装怀抱着婴儿，轻轻摇晃着臂弯，向埃斯特利亚解释奶奶做的红椒酱时用的那种语言一样。

那女人镇定自若地打量着露拉，差点笑出来，但还是屏住了。她回敬道："你说的兴许有点道理。耶稣肯定有他的理由，否则不会无缘无故地造出他们。"说着，她又埋头继续看书了。

对面那个男人从熟睡的女友头顶后面注视着露拉，一种微妙的信号在他们之间传递，似乎他在地铁的轰鸣声中听到了她刚刚所说的话。说不定这正是露拉在美国的新生活中所应扮演的角色，排除障碍，让人与人之间的交流更顺畅，让这些素不相识的人们能够学会包容，要知道，在她的祖国，当所有人都迫不得已消灭个性，跟别人保持统一的时候，隐忍就是最好的结果。

就算那三个阿尔巴尼亚老乡再也不出现，那又怎么样呢？反正我人在纽约！当你有钱、有份正经工作的时候，这个城市看起来也友善多了！她刚刚目睹的那一幕，在老家永远也不可能发生。首先，那里没有地铁；再说，那儿也没有波多黎各人，或者穿异性服装的人。说到这个，地拉那倒是有一家俱乐部里有异装癖者，但他们只能在后台的密室里换换衣服而已。毫无疑问，美国当然自由得多了。你只要处处留心，谨言慎行，不要祸从口出，干傻事，就不会进监狱或是遭驱逐出境。

露拉打量着周围同行的乘客们，他们的身体看上去多么美妙啊，在那些造物主精巧设计的躯体里，盛着他们所有的希望和恐惧，他们未来的梦想和过去的经历。他们的灵魂随世上的瞬息变化而变化，他们的躯体也随灵魂的改变而改变。她想跟他们一样待在这个城市里，他们所拥有的一切她也想拥有，绿卡、公民待遇、选举权,统统要有。还要缴纳个人所得税,享有宪法规定的权利!车库里再有两辆汽车。驾照。还要有一份感恩的心态,感激唐和斯坦利先生的热心帮助,帮她融入这个拥挤得令人不知所措,却永远来者不拒的城市。在这里,就好像在地铁上,早晚有一天,周围总会有人离开,为你腾出空位。

第三章

到了跟唐·塞特贝洛一起吃晚餐的最后一刻，露拉一边试装，一边决定还是不穿那双过膝袜，否则她这身行头就从大学女生的装扮，降格成假扮成大学女生的三陪女郎了。她拿出去年圣诞节齐克送她的那款薄如蝉翼的黑色围巾，随意地绕在脖子上，再打个活结，这样她的脸色看上去更加白皙，微微带些吸血鬼的特质，没准儿斯坦利先生和唐会比较欣赏，就算他们不表现出来。反正齐克肯定很喜欢。

露拉很怕自己一下楼，就看见斯坦利先生和齐克已经等在楼下，然后他们出于礼貌，不得不说些她看上去很漂亮之类的话。所以她提早准备停当，穿着外套坐在沙发上，正巧斯坦利先生穿着西装也出现了。她如坐针毡地等了二十分钟，齐克总算咚咚咚地下楼了，他穿了一身黑——黑衬衫、黑牛仔裤和黑色短夹克。

露拉说："这身很赞，齐克。"

"是吗？"斯坦利先生若有所思地问。

齐克假装微笑，笑了好久，足以让人信以为真。接着他说，

"太棒了！露拉终于戴那条围巾了！"

"这是齐克送你的圣诞节礼物，"斯坦利先生说，"我想起来了！真贴心啊！"

露拉仿佛看到了去年圣诞夜，斯坦利先生拖回家的那棵枯树。到圣诞节早上，那棵圣诞树的松针已经开始簌簌地往下掉，落在树下的礼物上——有齐克送露拉的围巾，斯坦利先生送露拉的装有一张百元大钞的红包，给齐克的一台"苹果"手机和两件齐克永远也不会穿的"香蕉帝国"牌衬衫。露拉送给齐克的，是他喜欢的《香豆定鼠大放血》现场版 CD，又把一只圆胖的陶瓷水杯包好，送给斯坦利先生作为圣诞礼物，那是她离开地拉那时顺手扔进旅行箱的。等哪天她要离开了，她打算再把它要回来。齐克给他老爸的礼物是一张卡片，上面承诺说明年自己会表现得更好一点。尽管斯坦利先生把他写的承诺大声念给露拉听了，齐克还是没说到做到，不过斯坦利先生并不知道，这也是为了露拉好。

圣诞节一整天，斯坦利先生都在抱怨，先在"苹果蜜蜂"餐厅吃完节日大餐，又在购物中心里赶场电影，这太不符合传统了。他们看着影片中的角斗士血溅大屏幕的场面，巴不得这一天早点结束。谁也不提今天金姜已经离家出走一周年了这档子事。等他们看完电影回到家时，电话自动应答机正在闪烁："圣诞节快乐，亲爱的，我是妈妈。爱你。我在巴厘岛的乌布区，应该没错。我本来打算给你寄个礼物，但是邮局太……而且这些——"

电话机信号不好，嗡嗡嗡地叫，金姜的声音消失在横亘在他们之间的大洋深处。斯坦利先生说，"听上去你妈好点了，你不觉得吗？"齐克连忙上楼，回到自己的房间。

现在，齐克说："我就知道那条围巾你戴很好看。走吧，我们要迟到了。唐得久等了。"

"这句话该我说还差不多。"斯坦利先生说。但话音未落，齐克已经迈出大门了。

自从露拉住在这里，几个月来，他们很少三人一同开车出门，所以连谁坐副驾驶、谁坐后座都没确定下来。

齐克说："今晚你是主角，露拉。"说着一头钻到了后座上。

斯坦利先生驱车进了街道，朝公路开去，马上汇入了汹涌的车流之中。为什么让每个司机都选择遵守交通规则，比让他们选择自杀和他杀还难？只见交通灯不停地分流，让车辆顺利通过。为什么露拉觉得开车似乎比从水下棺材里逃生还难？这里每个人都会开车。每个人生来会吃饭、会睡觉、会做爱、会死。还会开车。就露拉不会，这又不是她的错。在那个生她养她的国家，开车可不是一种日常的交通方式，而是比极限运动还有过之而无不及。

最终，露拉的父亲开着他兄弟的那辆老牌平民车①冲向了装甲车，一了百了。在一个表亲的表亲的安排下，她父母的遗体跟

---

① 指 zastava，南斯拉夫联邦最畅销的国民车款。

在战斗中牺牲的阿尔巴尼亚战士的遗体一起运回地拉那。露拉在姑父姑妈的陪同下，去机场等候。一同等候的还有那些牺牲的自由战士的家属。露拉明白，最好不要去看父母的遗容。她想记住的，是父亲无缘无故要进入战区，米瑞拉姑妈对他大吼时他那张因倔强而涨成土色的脸。怎么没有理由？她父亲说，我是去帮需要帮助的人。后来父亲偷了他们的车，开上了越境进入科索沃的亡命之旅，所幸米瑞拉姑妈和阿德南姑父并没有为此迁怒于露拉。

一座商务花园门口的安全灯发出的微弱光芒一闪而过，把露拉从沉思中惊醒，她正好注意到一个马提尼酒杯形的霓虹灯正倾斜着杯身，向她发出醉意微醺的邀请。有两次，他们身边经过一辆黑色的雷克萨斯越野车，露拉猛然回头，斯坦利先生还以为出了什么事，连忙关切地问她。

"雷克萨斯都很酷，"齐克说，"这家公司真该生产灵车。"

要是此时斯坦利先生不在场，露拉肯定会告诉齐克别提什么灵车，不吉利。

斯坦利先生说："齐克，地上这些潮湿的落叶跟路面薄冰一样危险。不是差不多，是一样危险。开车时一定要小心。"

齐克发出了鼾声。

斯坦利先生说："你妈打过电话。我上班的时候她打的。"

假装出来的鼾声戛然而止。

斯坦利先生竟然这时候跟齐克提他妈打电话的事情？在去参

加露拉的晚宴的路上？可也确实能理解不是吗？他不想单独跟儿子在一起的时候告诉他，甚至连直视他的眼睛都做不到。

"那……她说什么了？"

"她说她现在好些了。声音听上去也没以前那么难过了，不管怎样，没以前那么生气了。"

齐克说："她生什么气？"

"我要知道就好了，儿子。"斯坦利先生说。

一阵沉默之后，齐克问："她在哪儿？"

"亚利桑那州的塞多纳市。"

"那是什么地方？"

"有红砂岩，还有印第安文化。①"

齐克说："妈妈就喜欢这种地方。"

"她说她想见你，想让你过去看她。"斯坦利先生尽力不让自己的声音听上去忧心忡忡可怜巴巴的，可是没用。

"那不可能。"齐克说。

"那最好了。"斯坦利先生说，"你能这样想我很开心。那算了，我们暂时不提了。今晚的主角是露拉。可怜的金姜！我也希望我们能帮她，可她不需要。"

"我们好好玩！"露拉弱弱地说。

---

① 塞多纳（sedona）是一座位于亚利桑那州中部的城市。由美丽的红砂岩形成的红岩石的地质构造是该城市的特征。这座城市是印第安人的"圣地"，每年都有许多朝圣者和术士前来朝拜。

"当然！"斯坦利先生附和道。

只见饭店门前并排泊着一辆辆租用的轿车，看来这里的红酒一定不错。红酒配牛排。地拉那也有这种地方，一般都是政党大佬光顾，后来就成了歹徒窝点，每个犄角旮旯里都藏有枪支。

这时一个穿着燕尾服、打着黑色蝴蝶领结的服务生快步来到车前，斯坦利先生往后退缩，那负责停车的服务生只得费劲地从他紧握的拳头里抠出车钥匙。

"老爸，"齐克说，"你放松点，行吗？都有服务生为你停车，多好啊！"

餐馆里面，一群美女如扑火的飞蛾一般，围绕在绚丽夺目的前台四周跳舞，上面摆着预约簿。见斯坦利先生一行人一到，这群亮闪闪的演员就作鸟兽散。其中一个女孩走出人群，领着斯坦利先生他们来到唐·塞特贝洛跟前。唐从一张长椅上起身朝他们招手，就好像他爱的人所乘的轮船驶入了港口似的。

露拉穿过餐厅的时候，有几个人转过脸朝她看，她心里很开心，这可是给唐和斯坦利先生长面了。陪他们这样的绅士用餐，就得是一位能让其他男人暂时失语的美女。

唐热情地拥抱了斯坦利先生和齐克。上次在他的办公室，他只是很正式地同露拉握手问好，今晚他却踮起脚尖儿，吻了吻她的脸颊。可喜可贺！唐的脑袋圆溜溜、光秃秃的，挺着小肚腩，这形象就像是一根供巨人玩的保龄球柱。但他智慧超群，慷慨善良，又有能力，这些都是能让女性心动的特质。露拉真希望自己也像那些女人一样，能为他这样的男人倾心，而不是一个会为那种让你替他藏枪又不告诉你原因的男人动情的傻女人。

露拉瞅了瞅唐的身边，只见一个小女孩的脸正趴在大圆盘上。那是唐的女儿，看着爸爸傻乎乎地迎接她那帮傻乎乎的朋友，这种场面真无聊，于是她把下巴搁在盘子上，显出一副疲惫的样子。

"你好，阿比盖尔。"齐克跟她打招呼。

阿比盖尔也不回应，只把她粉嫩的小舌头往外一吐，在空盘子上舔了一下。

"阿比盖尔！"唐·塞特贝洛说，"记得要懂礼貌。"

"你好！"阿比盖尔像蚊子哼哼似的应付道。

露拉和齐克先走到餐桌旁，唐和斯坦利先生尾随其后。露拉听到身后律师在跟她老板说，"贝特西肯定想，我怎么会傻到这种地步，居然以为周六晚上歌剧开始前的最后一分钟还能搞到门票。她总喜欢拖拖拖，挨到最后一刻，直到连个保姆都找不着，这样我出不了门，就不能去吃喝嫖赌，干男人们的那些坏事，就好像我等了整整一礼拜就为去鬼混似的。要是带着阿比盖尔，我当然就没法犯什么对女性十恶不赦的罪行。"

"至少贝特西还给你打电话。"斯坦利先生说，"不像金姜，连个电话都不给我打。"刚刚在车里他不是还说金姜打电话来过了吗？露拉能觉察到，这两个夫妻感情疏离的男人正在比谁的妻子更让人恼火。斯坦利先生虽然很敬佩唐，但他俩自幼一起长大，就像亲兄弟一样，所以当唐表示要利用自己接手的每一桩案子跟华盛顿作斗争，想再搏一把运气的时候，斯坦利先生就大声说出了自己对此的忧虑，他的声音中不知不觉地带有一种奇怪的语气，有一种兄弟间较劲的意味。虽然他提了好几次，一想到自己的朋友可能因为有良心、说真话而受苦受难他就很震惊，但他到底在担心唐会发生什么事，谁也说不清楚。

"我们该怎么安排座位？"唐问道。阿比盖尔不肯从长椅的中间挪一挪位子，所以齐克干脆坐她旁边，唐坐在她的另一边，斯坦利先生则挨着唐坐。这样露拉就只好被挤到桌子的一头，坐在两个孩子那一端的位子上，来开始庆祝她的派对。尽管大家都很喜欢露拉，可是男人还是喜欢聊点爷们儿之间的话题。

"你当然赢了，"唐对斯坦利先生说，"金姜总是拿到蛋糕。"有齐克和阿比盖尔在场，露拉也不好意思问唐，他说的"蛋糕"具体指什么。

露拉向自己保证过，不管这里的酒有多好，都不要喝太多。平时喝的那些兑水的鸡尾酒很可能让她的酒量变小了，万一喝多了，她很可能说胡话，或者多说话。可这么安排座位实在让她气不打一处来，想要发泄。居然让我跟两个孩子坐一起，那我就破罐破摔，当自己是最顽皮的孩子好了。于是服务生端着酒瓶来斟酒时，露拉笑嘻嘻地比划着，示意他把酒瓶底朝天全倒进自己酒杯里。可服务生不为所动，仍按照自己在红酒培训课上学到的知识，精准地在酒杯内注入红酒。露拉想起以前在拉尚吉塔，有个会跳康茄舞的斟酒服务生，他的英语很烂，即使分不清各种朗姆酒，也能滥竽充数，蒙混过关。

"为露拉和她在美国的新生活干杯！"唐说，大家都举起了酒杯，只有阿比盖尔无动于衷。

"为我们的和平时代干杯！"斯坦利先生说。

"阿门！"唐说，"祝愿伊拉克的美国战士平安回家！"

"那不可能。"露拉说。

"为我们的阿尔巴尼亚小悲观主义者干杯！"斯坦利先生打趣道。

"是现实主义者。"齐克嘟囔道。

"干杯！"露拉说。

"干杯！"唐和斯坦利先生说。

"随便什么啦，干杯！"齐克一边说着祝酒词，一边把装着水的玻璃杯举到唇边。露拉一把拉住了他的胳膊。

"用水祝酒很不吉利！"

"那我现在该怎么办？"齐克问道，见大家都看着他，也有点蒙了。

于是，露拉往齐克的酒杯里倒了几滴红酒，斯坦利先生面露不悦之色。管他呢！就两滴而已。他就不能像平时那样对她这些神神叨叨的老习俗表示很感兴趣吗？好像生怕露拉收了他的钱，却要把他儿子变成酒鬼似的！接着，斯坦利先生又想起什么——欧洲人！——于是也就很放松地往座位上靠了靠。

"我已经喝了一口水了，"齐克说，"要紧吗?"他瞪着自己的杯子，好像坏运气正像妖怪一样从他的酒杯里缓缓升腾起来。

"就一小口，不要紧。"露拉口是心非地安慰他，她也希望真的不要紧。

第一口红酒下肚，露拉只觉得口感丝滑柔软，像天鹅绒，像烟斗里的袅袅轻烟，又像是如流水般滑溜的锦缎。丰富的味道由口入喉倾泻而下，霎时点亮了她的未来。就算她现在还无法切身体会到未来的幸福，至少今晚之前总能想象得到那种幸福感吧。为了加快这种体验，她仰头一饮而尽，招手示意服务生再斟一杯。这么好的酒，她有生以来只尝过绝无仅有的几次。在拉尚吉塔打工的时候，每次有哪桌客人点了酒水单上最贵的两百美元一瓶的阿玛罗尼红酒，却很快喝醉，露拉就会把他们剩下的半瓶酒藏起来，然后和丹妮娅、路易斯、弗兰科四人一起分享。

"天哪，"唐说，"说到坏运气，我有个当事人，是个萨尔瓦多小伙，刚刚拿到绿卡。这家伙在老家本来是个记者，现在在美国有线新闻网谋到一份工作。他走在去签约的路上，穿过第五十一街的百老汇时，一辆出租车冲进了人行道，司机是新手上路第一天，那个该死的蠢蛋——不好意思说脏话了，孩子们——轧到了我当事人的一只脚。"

"太可怕了!"斯坦利先生说，"所以说防御性驾驶非常关键，齐克。大街上到处都有疯子。"

"等等，听我说完，后面更惨。"唐说，"这小伙子的脚被轧得稀烂，手术动了几个钟头，动用了各种医疗技术，他的脚恢复得完好如初，或者说基本上吧。医生给他开理疗单时，才有人注意到他没有医疗保险。于是他就被驱逐出境了，因为没有机构愿意要他。"

"真的就这样把他给赶走了？"斯坦利先生问道。

"赶出了美国。"唐说。

"他们凭什么这么做？"露拉问。

唐耸耸肩。"亲爱的，我们都他妈的清楚得很，他们想他妈的怎么干就怎么干。"

"那他现在在哪儿？"斯坦利先生问道。

"我只知道，他在墨西哥的华雷斯城。穷人都被他们扔在边远地带。我发过去的所有电子邮件都被系统退回，情况很不乐观。"

露拉突然觉得杯中的红酒似乎变成了五味杂陈的潘趣酒，又冷又酸。她一下子清醒了，说道，"我有个朋友——"

"医疗保险，"斯坦利先生打断了她，"要不是因为这个谁愿意工作啊？"

"你就愿意，斯坦，"唐说，"你知道为什么我这么说吗？因为全美国，就你一个人还在等着华尔街履行它的诺言。你到那儿工作多久了？"

"十二年了。"斯坦利先生阴郁地说。

"时间过得真是飞快！"唐说，"比尔·克林顿总统上任的第一年，好人斯坦利受一群猎头的诱惑，走出了象牙塔——你不喜欢这个说法？——那些猎头声称正在启动一个造福社会的新项目，乡村银行之类的东西，也就是发放小额贷款给小企业。帮助那些小人物。既能行善又能赚良心钱。谁忍心拒绝这样的好事？只不过他们口中的行善从来没有兑现，我记得当时提醒过你的。还记得我当时的原话吗？我说，跟狗一起睡，免不了给跳蚤咬，狗大跳蚤也大——你可是他们的精英会成员！现在可好，你本来好心好意想要帮的那些穷人还不起债了，你还不是得取消他们的赎回权。而且甚至事到如今，你还是执迷不悟，仍然半信半疑，觉得事情会往好的一面发展，你还是能做些——"

"听得耳朵都起老茧了！"斯坦利先生说。

"露拉，"唐说，"斯坦有没有跟你讲过，他办公室里的年轻人都管他叫'教授'？他有没有告诉你，我们小时候在罗卡韦，邻里有个小霸王，给斯坦十块钱，让他去街角商店里偷一罐啤酒？那时候十块钱可不是笔小数目。斯坦还真去了，倒不是为了那笔钱本身，而是因为他相信那个小霸王真会给他钱，相信我，他家其实很缺这笔钱。甚至在那么小的年纪，我们的高尚先生就以为，人们一定会信守诺言，说到做到。后来果然，他给逮住了，他可怜的老爸不得不进去道歉，还花钱收买店主，让他不要报警，还——"

"老爸，你偷过啤酒？"齐克说，"实在太酷了！"

"我当时才八岁，"斯坦利先生说，"只有你一半大，还是个不懂事的小孩子。你怎么不跟露拉讲讲你做了什么，唐?"

"我找到那个小混蛋，狠狠揍了他一顿。从那以后，我一个三级跳，进了联邦检察署，在那里干了很久，直到有一天，我对迫害穷人、把无辜的人驱逐出境这类事情彻底厌倦。我想说的是，皈依或回归天使这一边，永远都不嫌晚。"

"你也会的，唐。"斯坦利先生说。酒劲上来了，他白皙的脸颊带上了一丝红润。

"会什么?"唐一头雾水。

"你也会一直工作下去的，就算不是为了健康保险。因为事实上你是在做好事。你在帮助别人，比如露拉。"

"为这个干杯!"露拉说。她高高举起手中的酒杯，一饮而尽。唐说的那些关于斯坦利先生的话，露拉听得兴味索然，她走神了，满脑子都在想唐那个脚被轧断的当事人。她最讨厌这一类玄之又玄的宿命故事，比如，要是当时停下脚步捡起那片垃圾，或者要是当时再点一杯咖啡，要是地铁卡没有出现故障的话，如何如何，你的生活就会跟现在全然不同。她也讨厌听说有人被驱逐出境了或者车祸之类的悲惨事件。露拉想问问他们关于丹妮娅的事。他们肯定有门路。

"其实仔细再想一下，"斯坦利先生说，"没保险的话，我也不太确定愿不愿意继续干下去。每天我都在问我自己，我为什么要每天起早贪黑，开车穿过又脏又臭的隧道去上班——到底有什么奔头儿? 就为了把钱从一个人的腰包移到另一个人的腰包里?

移来移去都是别人的腰包。而且最后都落入同一个腰包，好了，还是都进了五百强的腰包。要是我明天就辞职不干了会怎么样？除了我的生活会天翻地覆之外，跟别人的生活又有何干呢？被我们拒绝贷款的那些人生活不会有变化，家庭也不会——"

"听呀，听呀，"唐说，"我的老朋友斯坦利终于揭开了资本主义的丑恶嘴脸。"

"你要辞职的话，最大的变化就是，"齐克说，"你供不起我上大学了。"

"这你放心，还不至于。"斯坦利先生说。说完，他用双手托起了脑袋。

唐向侍应生一挥手，示意再上一瓶酒。

露拉说，"我在餐馆打工时，就有这种事发生。有个勤杂工，叫爱德华多……还有个朋友，叫丹妮娅。"

说话间侍应生已经来到唐的身旁。"您准备好点单了吗，先生？"

"菜单还没给我们。"唐说。

侍应生嘤嘤嗫嗫地走开，拿来了一摞厚厚的皮面装订的菜单。主菜没有一份是低于四十五美元的。最便宜的汉堡也要三十美元，可要是在这样的餐馆点个汉堡，也太丢人了。一盘家常炸薯条，居然要十五块钱！露拉也知道服务员跟菜价没有半毛钱关系。尽管如此，她还是觉得这些家伙在想方设法地搞走唐辛苦赚来的血汗钱，越多越好。多奇怪啊，在这些食客和服务生之间时有发生的暗暗较劲中，她发现自己居然站在食客这边。

斯坦利先生说："我来一份肉眼牛排。"

"我也一样。"齐克说。

"我们三个一样好了。"露拉说。

"我要一份上等腰肉牛排。"唐说，"要煎得嫩一点儿。"

阿比盖尔哭叫起来，"那我呢？怎么都没人给我点菜？我是空气吗？"

"你想吃点什么，宝贝儿？"唐说，"你想吃什么就点什么。"

"你知道我只吃素的。老爸，我们为什么要来这儿吃饭？"

"今晚我们供应非常新鲜的箭鱼。"侍应生说道。

"箭鱼是蔬菜吗？"阿比盖尔用不容商量的口气问道，"老爸，箭鱼到底是不是蔬菜？它有脸和中枢神经系统吗？我真的想知道，它到底有没有脸和中枢神经系统嘛！"

露拉瞥了一眼齐克，只见他似乎被阿比盖尔的大胆给逗乐了。露拉心照不宣地给他传了个暗示：别上当了。号称吃素的人连你这样的毛头小孩都能当早点给吞了！

"那我点奶油菠菜。"阿比盖尔说。

"就这些？"唐在斯坦利先生的脸上寻找答案，想知道阿比盖尔到底是故意瞎捣蛋还是胃口出了大毛病。斯坦利先生耸耸肩。他怎么会了解女孩子？

"来点什么开胃菜？"侍应生问道，"配菜呢？"

唐完全拿女儿没辙儿，只好对侍应生讨饶。他说，"你看着办吧。"露拉真想大喊一声：不要！

"好的，我们会上一些开胃菜和配菜，"侍应生说，没理会露拉的怒视。露拉仿佛听到耳边响起了收银机点钞时的嚓嚓声。

唐说："我们刚点的那瓶酒怎么还没上？快点儿上。"

斯坦利先生伸手摸摸眼镜，"我无所谓。我还得开车送家人回新泽西。"

家人？露拉是家人？斯坦利先生真是太贴心了！

"那你呢，露拉？"唐说，"我该不会一个人喝闷酒吧？"

露拉挑了挑一边的眉毛，点点头：算我一个。

唐对她微微一笑，对露拉表现出一反常态的亲昵，就好像两人志同道合，要同心协力干件大事似的。而据露拉以往的经验，这件特别的大事，也就是喝酒，其结果通常以做爱告终。但唐脑子里是否也有这个念头，就不得而知了。但她知道，弗兰科肯定有过这个念头。那天晚上，拉尚吉塔关门后，他站在她的椅子背后，把下体紧紧靠在她的背上。真是个绅士！那么像唐·塞特贝洛这样的男人是怎么给出性暗示的呢？也许就跟其他男人没什么两样吧，但露拉也不确定。再说，他是自己的律师。要是律师跟当事人发生关系，像唐这么有原则的人，肯定会退出她的绿卡申请工作，那么跟唐做爱，对双方都没好处。这时一个讨厌的念头钻进她的脑海——阿尔瓦诺，也许也不怎么讨厌。露拉端起酒杯，继续享受醉意朦胧的快感。

侍应生一个接一个围拢过来，端上了鸡尾冷虾，木碟盛的鹅肝酱和腌肉、奶酪、泡菜，还有用大圆盘盛上的昂贵番茄，是在冬日阳光里自然成熟的，每一瓣红色番茄下面都垫着一层雪白的意大利干酪。菜一盘一盘上个不停。多得他们只能吃下一半。剩下的一半又会回到厨房。今晚那些侍应生可有口福了。该他们有口福，露拉想。

她尝了只虾，都这个季节了，想不到肉质居然还这么紧实、鲜美。不过生吃还是有点恶心。露拉端起酒杯，没喝就放下了，现在有点庆幸坐在离斯坦利先生和唐这么远的位置。

齐克和阿比盖尔愣愣地直视前方，就好像在看电影似的。要把阿比盖尔的注意力吸引过来很容易，但是她一旦注意上你了，你又不知道该如何是好了。她用那双蓝白分明的眼睛盯着露拉，竟把露拉吓得不得不问，"你喜欢你的学校吗？"

"我的学校跟狗屎一样烂。"阿比盖尔说，"我老爸一年付给他们三万美元，所以我的老师我都能直呼他们的大名。"

"所有学校都很烂。"露拉说。

阿比盖尔不以为然。"你想知道我的学校有多烂吗？你读没读过《麦克白》？"

"我读过。"齐克说。

阿比盖尔说："这个剧本老师要求我们背其中一段，还要在全班同学面前朗诵，于是我背了女巫的话——"

"显然是你的风格。"齐克说。

"是吗？可老师说我在投机取巧，因为这一段话押韵。不过她还是会让我通过，因为我朗诵得充满力量和激情。力量和激情，多恶心的字眼儿啊！"

"恶心得不能再恶心了。"齐克附和道。

"这个人渣、臭婊子！"阿比盖尔扭曲着她的小脸，低声咒骂道，"净给我添麻烦加负担。"

唐和斯坦利先生听到这些了吗？露拉很知趣，她可不能跟自己的律师说，看，你的宝贝女儿骂起人来，小嘴儿脏得像个匈牙利人。

齐克忍不住看着阿比盖尔。露拉的餐盘上本来还有一截虾尾巴，可还没等她来得及尝一口芝士鹅肝酱，那虾尾巴就被撤走了。露拉先隐约有些不快，接着怒火中烧，最后竟然变成一种深深的悲痛。这是她自己的宴会，她竟然错过了冷盘！一盘盘家常炸薯条和一碗碗奶油菠菜端上了桌，马上就要上牛排了。单独一碗奶油菠菜放在阿比盖尔面前，跟其他人面前上的奶油菠菜一模一样，真是好笑，她本来可以随便吃一点儿别人的，这样不花钱。但也不是免费的，根本没有免费的东西。唐今天晚上腰包可要"大出血"了。

露拉的牛排浸在血红的肉汁里，热腾腾地散发出诱人的香味。这等美味不好好享用的话，既不能给唐省钱，又无法让牛起死回生。再说勤杂工爱德华多和唐的当事人被驱逐出境又不是我的错，丹妮娅失踪也不是我的错，说不定哪天我自己也会失踪。及时行乐吧。

大家都停下了谈话，专心致志地咀嚼口中的牛排。阿比盖尔斯文地嚼着一小口菠菜，露出夸张的厌恶表情。这时唐·塞特贝洛询问大家牛排好不好吃，每个人都说好，很好。

唐又问："露拉，你的写作进行得怎么样了？"

"很好。"露拉答道，刚刚用同样的词夸过牛排。她写的最后一句话是："若是无人观赏，新泽西的树叶还会落下来吗？"就是那三个阿尔巴尼亚人出现的那天写的。从那以后她一个字也没写过。她不想在自己的日记里撒谎。这是她生命中唯一一处没有谎言、只有纯粹的真相的净土。但如果她照实写，就不得不提及，最近她大把大把的时间都浪费在想阿尔瓦诺上了。要是不能这么照实写的话，那最好一个字也不要写。这样就省得纠结于哪些该说、哪些不该说，也省得纠结于到底要不要承认自己是把陌生人的枪藏在如此信任自己的雇主的家里的那种人。

她说："我正在写一个短篇。写的是一个政府机关专门研究人们的梦，每个人都得汇报自己的梦境。他们负责侦查任何显示有人会阴谋颠覆这个国家的梦。"露拉说完，大气也不敢出。还好唐和斯坦利先生一点儿也没有听出这是伊斯梅尔·卡达莱小说里的情节。

"最后是什么结局呢？"斯坦利先生问道。

唐说："你在想什么呢，斯坦？永远不能问作家这种问题。"

"我自己也没想好呢。"露拉说。

"你看到了吧？"唐·塞特贝洛说，"真不敢想象，要是这样的故事出版了会发生什么事。搞不好联邦调查局的探员会把理疗医师那里查个底朝天。"

"好极了！"齐克说，"老爸让我去见的那个心理医生，见到谁戴个徽章都得鞠个躬。"

唐说："那些混账东西就爱刺探别人的隐私，我从来不相信他们。钞票不停地转手，整个经济链就建立在帮这些太安逸的中产阶级解决他们的富贵病上。"

"也不总是那么安逸的，"斯坦利先生说，"金姜的心理医生一开始好像对她帮助挺大的，可她突然觉得其实并没有。"

唐说："离婚以后，我曾和一个比我小，但也没小多少的姑娘有过那么一段，贝特西说这会对阿比盖尔产生不良影响。但我觉得也没什么，你觉得呢？无论如何，那是我所想要的，可不知道哪个胆小怕事的长舌医生竟把我的秘密抖给了几个联邦调查局的傻逼，于是他们散播谣言，说我这个号称美国最有种的移民律师患有恋童癖，正在接受治疗。这跟露拉讲的有点像。我是说，有点像她刚讲的故事情节。我打赌，连副总统迪克·切尼都会坚持私下审查热辣年轻女明星的录像能治疗性成瘾症。"

"可怜的露拉，"斯坦利先生说，"她还没拿到绿卡，我们不该当着她的面乱开玩笑。"

"谁开玩笑了？"唐说。

斯坦利先生说："她正想方设法留下来，我们积点德，给她留点对这个国家的美好幻想吧。"

"如果我能拿到绿卡的话。"露拉不由得说了句。

"你会的。"唐说，"相信我。而且你会心想事成。不过安全起见，你最好管紧你的嘴。我是不是有点多疑？确实是的。要不是这样，我们准会疯掉。顺便问下，金姜好吗？她的心理问题就免谈了。"

"好点了，我觉得，"斯坦利先生说，"她还从亚利桑那州打来了电话。只此一次，她提到了从什么峡谷的红色岩石上听到了什么神谕。"

露拉和齐克迅速交换了眼色。这一点斯坦利先生在车里的时候可没提。

斯坦利先生沉默了一下，接着说道："对露拉来说太难接受了。她亲眼目睹了这个国家发生的一切，但在她故乡的文化中，美国就像神一样。"

斯坦利先生的车库一角，靠墙放着两幅约翰·凯瑞和约翰·爱德华的海报。有好几次，斯坦利先生跟露拉说，他可是真金白银地捐了些钱，为的是把小布什总统赶下台。他居然能说得这么毫无顾忌，露拉对此印象深刻。还有一点让露拉印象深刻的是，连他们的副总统意外开枪射中了朋友的面部这种事情，美国的新闻报道居然都能堂而皇之地公告天下。要是换作在她老家，这种事情就不止是一起意外事故那么简单了。而且，小布什下台可能还真有他的一份功劳呢。尽管这里言论如此自由，还是得处处小心为上，不要随意批评，任何地方都一样。谁也不能预料美国人，甚至是斯坦利先生和唐，什么时候会突然发飙，拒人于千里之外。

"要让所有人看到这里发生的一切，很难。"唐说。

露拉说，"反正不管到哪儿，闭嘴不多说话总没错。我们那儿可没你们这么自在。"

"阿门！"斯坦利先生叹道。

唐说："露拉，我向你保证，这是个自由的……天哪，我差点说了'自由的国家'。我的意思你懂的。"他凝视着杯中的红酒，说，"我最痛苦的是……美国宪法实在是太美好了。我爱死这部文书了，到现在还让我感动得直流泪。我们的开国元勋所怀有的单纯美好的愿望和梦想，他们关于人类应得的权利和待遇的那些思想，现在却被华盛顿的那些家伙糟践了……上帝啊，我真得戒酒。每天晚上都这样。已经第四杯了，我却嚷嚷着什么人权法案，大家本来挺高兴的，被我扫了兴致——"

阿比盖尔说："噢？我们高兴吗？我肯定错过了什么高兴事，老爸。"

露拉说："斯坦利先生家是个写作的好地方。"

唐说："斯坦，露拉管你叫'斯坦利先生'的样子好可爱。就像十九世纪的小女仆。"

斯坦利先生摇摇头："我求她叫我斯坦她也不肯。"

露拉耸了耸肩，她也不知道该怎么称呼唐·塞特贝洛，所以压根儿不直接称呼他。

大家继续埋头切盘中的牛排。阿比盖尔最后吃了一口菠菜，把碗用力一推，哪知用力过猛，碗直在桌上打转。

其他四人都盯着那只碗，直到它不转了，唐才开口："整个系统的运作简直就是奇迹。大多数情况下，就像我那个萨尔瓦多当事人——本来一切都准备就绪，其中一环出了问题，结果一切回到原点。可怜的家伙被打回原籍，运气不好的话还不知道到哪里去了。接着才有一件成功案例，露拉这样有智慧有才华又心地善良的人就该留在这里。"

斯坦利先生说："敬露拉一杯，还有唐。"

"敬斯坦。"唐这口酒吞了好长时间，喉结上下滑动着，连齐克和阿比盖尔都被吸引了，瞪着他看了半天。

露拉说："谢谢你。能留在这里我觉得很开心，也很感激。"

"我们想让你留下。"唐·塞特贝洛说，"你是年轻的新鲜血液。你这样的人才能让我们国家永葆青春。"

齐克故意大声对阿比盖尔耳语道："新鲜血液？好有吸血鬼的意味。"

阿比盖尔说："你到底有没有在听我老爸说话？"

"别说了，小姐。"唐对她说，"好了，现在开始。"唐说着，把勺子往玻璃杯上叮咚一敲，餐厅里有一半的人都扭头朝这边看。等这些偷听的家伙回头继续用餐，唐才发话。

"亲爱的朋友们，我有事情要宣布。今天也是为我自己庆祝一下。我只是嫌我的生活还不够忙、不够焦头烂额、压力还不够大，所以决定再接手一个新任务——我要去关塔那摩①做点事情。深入其中，争取获得那些人的信任。尽我做能。我并没有什么崇高的理想，甚至也不抱希望，但我不能就这么坐视不理，袖手旁观。而且实话告诉你们，能接这个活儿我觉得是我的荣幸。他们找来的都是这方面的顶尖人物。其中有最厉害的人身保护令专家、重量级的死刑判决专家，还有来自德国和法国的知名教授。我在这些大人物中算什么？我只是个搞移民案子的小人物……"

"你并不是个搞移民案子的小人物。"斯坦利先生说，"十年、十五年前你就已经不是了。你早已投身公共事业，你是个英雄。"

"斯坦，"唐说，"你到底有没有在听我说话？没听到我说的那个词吗？"

"我还没想通。"斯坦利先生说，"关塔那摩。上帝啊，唐，我不知道该说什么。我是说……这到底怎么回事？"

"其实，我是被招募进去的。我有个法学院的老朋友——"

"太不可思议了。"斯坦利先生不想知道唐除了他以外还有别的老朋友。

阿比盖尔说，"老爸，别干这事！别走！我们大家都知道你有啥说啥，不会保守秘密。他们很可能就不让你出来了。他们会给你穿上橙色的囚服把你关起来，说你是奥萨马·本·拉登。"

---

① 古巴东南部的一座城市，美军在关塔那摩海军基地设立专门关押塔利班战俘和"基地"组织成员的集中营，因秘密操作、虐囚丑闻和无视被告法律权利而广受批评。

"亲爱的，"唐说，"你不仅知道那是个什么地方，还知道里面的黑幕，这真让老爸开心。斯坦、齐克、露拉，你们发现没有……小孩子比大多数成年人懂的还多。这就让我更想继续奋斗下去，保卫这个美丽的国家，让我的女儿能在这里健康成长。"

阿比盖尔说，"你能不能想想我，就五分钟？"

"而且，"唐说，"我女儿打心眼儿里关心我的安危。"

"天哪，"阿比盖尔说，"你以为我傻吗？你要是进了大牢，这会记录在我的终身档案里。要是让人发现我老爸是个恐怖分子，我有可能会被送进寄宿学校，不能跟妈妈在一起了。"

"让我们为唐干一杯吧！"斯坦利先生说。但大家的杯子都是空的。于是斯坦利先生朝侍应生招招手。那家伙一直听今晚的东道主唐的吩咐，所以斯坦利先生下指示他反倒不习惯了，一不小心把他的酒杯斟得太满了。斯坦利先生弄洒了几滴，露拉看见红色的酒滴在洁白的桌布上绽放出花朵，只听斯坦利先生说，"作为你的朋友，作为美国人，作为世界的居民，我们都很感谢你，唐。"

露拉举杯敬唐·塞特贝洛，又敬斯坦利先生和齐克。阿比盖尔看都不看她一眼。

"干杯！"露拉说。

就这样，今晚这个属于露拉的大日子结束了。齐克不客气地占据了副驾驶的位子。刚离开餐馆几个街区的地方，斯坦利先生开车轧上了一条人行道，还好没人等着过马路，真是奇迹。身后响起一阵急促刺耳的汽车喇叭声，可斯坦利先生竟没注意到。齐克见状扭头对着露拉，做了个把什么东西倒进嘴里的手势。他该不是怕会让他爸看到吧？露拉还就怕他没看到呢。

"你想让我来开吗？"齐克问道。

斯坦利先生说，"你没开玩笑吧，小子？你的实习驾照规定不许夜间开车。"

"什么实习驾照？我有正规驾照。"齐克反驳道。

"夜间不准开车。"他爸说道。斯坦利先生记得这个，说明还清醒，露拉总算放心了。要是她会开车该多好啊！可她这也是醉话。即使她有驾照，她喝的红酒有斯坦利先生的两倍多，体重却只有他的一半！她的爸爸，不管是喝醉了还是清醒着，驾驶技术都很糟糕。也可能学开车学得太晚了，反应比较慢。他那一辈的人都这样。很快，露拉也会重蹈他们的覆辙。这时他们的车加速穿过隧道，露拉拉紧安全带，坐直了身体。

"老爸，红灯！"齐克大叫。

斯坦利先生猛踩一脚刹车，不敢再吱声儿。直到他们经过纽瓦克出口，这才开口道，"你们觉不觉得唐可能会染上那么一点儿酗酒的毛病？可怜的唐。摊上这么个女儿，就算他真染上酒瘾也是情有可原。他做的那些伟大的工作，可那小姑娘对待他简直像……上帝，我真希望我们别停下。我不该喝酒的，应该坚持喝汽水就好了。齐克，这对你来说是个教训。"

齐克莫名其妙，"这是哪门子教训？"

"说不清，"斯坦利先生说，"也许这就是'活在当下'的坏处。"

齐克又开始在座位上翻来覆去地乱动。"你听到了吧？"他问露拉，"我爸觉得他的问题出在他太'活在当下'了。"

"系紧安全带！"斯坦利先生道，"再不系紧我可靠边停车了啊。"

齐克说："我们学校有个小孩，听人家说吃樟脑丸可以通过呼气测醉，结果进了重症监护室。"

"你胡诌。"斯坦利先生说，"太假了！"

"专心开车，老爸！"齐克说。

露拉闭上眼睛，想想她做过的每一件错事，对她的父母、历任男友和那些被她撬过墙脚的女友所犯下的每一桩罪，对斯坦利先生、唐和齐克撒的每一个谎。她决定清算一下自己的罪行，刚开始清点第一件，她就不停走神，老是回想起那个邻居小男孩。她曾故意一脚踏在他手上，踩断了他的小指，因为那孩子的爸爸是个专门处理政治犯罪的秘密警察，这件事差点害得自己全家被驱逐。露拉只好放弃，开始向自己对不起的每个人道歉。对不起，奶奶，你让我去买黄油剩下的找头没还给你。对不起，爸爸，我们用麦当娜当靶子练射击的事情是我向妈妈告的密。下面该说说那些实打实的罪行了。那一次，她情愿跟朋友玩也不去看望垂危的爷爷。爸妈要离家去科索沃时，她竟然窃喜；后来大学毕业时，她明明有更多的空间，却非要待在米瑞拉姑妈家里。可她为什么要这么想呢？故乡的那些恶魔们滥杀无辜，不也从没道过歉，从没感到内疚过吗？那个大独裁者呢？他可曾在半夜里惊醒，怕自己伤了别人的感情？

一路上险象环生，最后斯坦利先生好歹把车停在了自家门前的院子里。

"谢谢你，斯坦利先生。"她说，"也谢谢齐克。"

"谢我干吗？"齐克问道。

"因为我们都活着呀，"露拉说，"平安到家。"

"没有谁安全，"齐克说，"今晚是满月。"

露拉上楼的时候，得抓紧栏杆才不会摔下来。怪不得这酒那么贵，真是先礼后兵，等你一到家就让你头晕得直撞墙。露拉坐在自己的床沿上，双手指尖相触，房间在旋转，而且越转越快。洗个冷水澡应该会感觉不错吧，冷水一刺激就不晕了，把酒精的热量消耗掉，降降温。于是她走一步、扶一下，踉踉跄跄地走到浴室，一屁股坐在马桶盖上。

不大对劲啊。一切都乱了套。浴帘怎么拉起来了？自己从来不淋浴的啊。是埃斯特利亚走时拉起来的吗？可她打扫房间以后，我已经洗了好几次澡了啊。总不可能是齐克或者斯坦利先生替她整理浴帘了吧？浴帘后面那是有个人影在动吗？

露拉拉起了浴帘，肯定是自己拉上了浴帘又忘了。她拧了拧浴缸塞，突然注意到香皂也不在皂碟里。这才真怪了。要知道露拉对她的洗发香波和这块僧人开过光的法国手工皂可是相当爱惜。只见那块香皂躺在下水道旁边的一摊乳白色皂液中。她突然感到一阵恶心，从来没有这样口渴过，似乎只有全身浸入水中才能解渴。可她怎么能在可能刚被陌生人用过的浴缸里泡澡呢？仅仅是可能吗？地砖都是湿的。

这又是什么玩意儿？那块香皂黏糊糊的淡紫色表面上缠着一根卷曲的红发。哦，太可怕了！恶心死了！露拉赶忙抓起一张卫生纸，一边嫌恶地扭过头，一边把地上的皂液擦净，扔进马桶里冲掉。就仿佛那是一只纽约下东区的房子里常见的蟑螂，但比起以前在米瑞拉姑妈家追得她到处跑的大蟑螂，这也算是小巫见大巫了。

要不是因为喝醉了，她此刻肯定吓死了。酒精的作用真厉害，你的脑子明明已经意识到出事了，但身体就是不听使唤，想动就是动不了。这可不是幻觉。必须采取行动。露拉一把拉开衣橱的门，又趴下来检查床底下。齐克和斯坦利先生怎么样了？该不会是个变态的红发连环杀手，每次杀人前都要先沐浴做个准备，然后把他们父子俩刺死在床上吧？那可不就是她惹的祸？那三个带枪的家伙到底是什么人？她都不认识，居然就让人家进来了。

她跑进客厅，四周静悄悄的。她把耳朵贴在墙上仔细听着，除了斯坦利先生隐隐约约嗡嗡的鼾声，什么声音也没有。

一种安心的感觉像是一条软软的羽绒被裹住她的全身。顺其自然，听天由命吧。很可能什么事都没有。只是她累了。需要休息。事情自己会解决的。就算她半夜里遭谋杀，那也是自己罪有应得。她快睡着时，做了个扰人的噩梦，梦见唐·塞特贝洛戴着手铐脚镣，被蒙着双眼。他的秃脑袋在一架漆成黑绿迷彩色的飞机舷窗后闪闪发光。飞机正从茫茫大海上起飞。

第四章

只觉得眉心如同放了枚滚烫的硬币，露拉头昏脑涨的，难受得她差点忘了为什么要感谢自己能活着醒来。也许因为那个把毛发留在自己香皂上的杀手没有趁她睡着用棍棒把她打死？也就是说，她还没被谋杀，暂时。这才凌晨四点钟。

四周一片漆黑，露拉伸手从上到下摸着自己的胳膊和双腿。除了宿醉引起的头疼，全身毫发无损。没人偷偷进来啊？也许自己昨晚红酒喝多了产生幻觉了吧，也许是牛排蛋白质太丰富了，再加上昨晚坐车回家一路惊吓，出现副作用了。可那根红头发如同闪闪发亮的铜丝，仿佛就在眼前。好像某人的头发就是那种红。

哦，阿尔瓦诺。是阿尔瓦诺的！

要说是阿尔瓦诺偷偷溜进来在她的浴缸里洗个澡，总比说哪个神经病无端端跑进来在这么短的时间里冲洗干净的可能性要稍微大一点儿。这么说来也没那么恐怖。但她得承认，她的心乱了。而且很奇怪的，她有点亢奋。对偷偷骚扰自己的人竟然有感觉，这也太傻太蠢了。随着年龄越来越大，露拉在对待男人方面却似乎越来越不成熟。想当年在地拉那读大学的时候，她风华正茂，就因为不喜欢一个男孩跟她做爱时的眼神，就理智地斩断了这段短暂的情缘。后来这男孩又跟丹妮娅的表妹拍拖，他居然在床上拿一把烤肉叉对准了她的喉咙。

除非阿尔瓦诺深夜造访不是为她而来……露拉揿亮夜灯，撑着床跃到房间的另一头。

"谢天谢地！"她喃喃自语。谢什么？那把枪还在，在她装内衣的抽屉里。还有钱！她心里又是一阵激动，连忙来到藏钱的桌子旁——再次谢天谢地！装钱的信封原封不动地藏在原处。她居然先想到枪，然后才想到自己的钱，真是神经错乱了！

看来得换新的门锁了。万一斯坦利先生和齐克有个三长两短，露拉一辈子都不会原谅自己。等到早上，该如何跟他们解释呢？斯坦利先生，我新交了几个朋友。我遇到阿尔巴尼亚来的老乡实在太开心了，而且其中还有个帅哥，所以我就答应帮他们保管枪。而且还有这个小细节，我们昨晚不在家时，他们偷偷闯进了你家。还在我的浴室里冲澡。要真这么照实一说，工作拜拜了，绿卡拜拜了，美国的新生活，永远拜拜了。

她侧身躺在床上，双手十字交叉抱在胸前，就像一具木乃伊。等她再次醒来已是早上七点半，两条胳膊都麻木了。

借着晨曦，她这才发现她的进口香皂很干爽光滑，没有打湿，浴帘也是拉开着的。可能是一场梦。那就不用提醒斯坦利先生了。尤其是那根头发到底是不是阿尔瓦诺的，很有可能是的。绝对是他头发的颜色。说不定偷偷跟踪是他追求她的新派方式，总比旧社会时抢新娘进化多了吧。她想，说不定有一天能亲口问问他，甚至开个玩笑也未尝不可。她还能再见到他吗？除非在他尾随的时候给她抓个正着。

今天是礼拜天。她照例要给齐克和斯坦利先生做顿早餐。昨天晚宴回来就这么和衣而卧了，她脱了衣服，把浴缸狠狠擦拭，用水冲干净，这才放满水。她将整个身体没入水中，只留下巴以上露出水面，就这么让暖暖的水蒸气和泡泡把浑身的酸痛消解。等她从浴缸里出来，这一天就和往常任何一个礼拜天没什么两样。头痛的礼拜天。

露拉飞快地穿上牛仔裤和运动衫，匆忙下楼。只见斯坦利先生正弓着背坐在餐厅的桌子旁一边看报一边喝咖啡。露拉迅速巡视了一下四周，检查门窗有没有被砸碎，有没有阿尔瓦诺或者别的什么人留下的蛛丝马迹。但房间里只是一如既往的凌乱，斯坦利先生也是一如既往的忧伤。见到他露拉心里真高兴！显然斯坦利先生好端端的没受伤，甚至都没有意识到有什么不对劲的地方。

说不定她能把这件事改写成一个文化对比的小故事，唐和斯坦利先生最爱看了。在她老家，要是有人潜入你家却什么都没拿，那你就有麻烦了。到后来，除非小偷要偷东西，否则没人会平白无故闯进你家。当时，家家户户其实也没什么好偷的东西。每天晚上，她都和齐克一起看一则关于白宫坚称要加强监视普通公民的新闻报道。人们对此表示震惊，这也很正常，虽然很幼稚。欧洲人还承认偷窥自己的邻居是人的本能……他们可以大致谈谈这个问题，但斯坦利先生很快就会意识到露拉所指的问题更加具体。

斯坦利先生说，"对不起，露拉，我昨晚过分了。"

"道歉干吗？"露拉说，"什么事也没发生啊。"

"回来的路上可能不大愉快。"他说，"我开得太不小心了，是吧？我想想都后怕，我保证，再也不那么干了，永不——"

世界上那么多人，他为什么偏偏请求露拉的原谅？还不是因为这儿就只有她呗。她本想拍拍他的肩膀安慰安慰他，可她从没有碰过斯坦利先生，现在也不想开这个先例。他们两人身体和意志都很薄弱，也许都是想从酒精对身体的伤害中寻求解脱。斯坦利先生不是那种会挑逗自己保姆的男人。但每个男人也都曾经历过那么一个阶段。甚至连揑下肩膀这么一个朋友间的小动作都最好避免，以免留下后患。而与此同时，露拉心中突然涌起一阵好感，差点就把关于浴室、肥皂和自己的怀疑跟他和盘托出了。要是能跟他吐露自己的顾虑，就得到解脱了。而且人家花钱雇自己来的，难道自己不该尽本分吗？她犹豫了半天，冲动就像一个烟圈在空中打转。露拉跟自己说，没人有危险，放松，静观其变吧。

"咱们不是好端端的吗，"她说，"又没人受伤，连车都没刮蹭到。"

"反正我再也不能那样了。"斯坦利先生说。

说不定那个肥皂事件全是她臆想出来的。父亲生前常说，我女儿露拉有点想象力。他说这话的语气就像在委婉地说她是个撒谎精。她能走到今天，部分应归功于她的想象力，就好像是你赖以生存的一件武器。

"你看到这个没有？"斯坦利先生说着把报纸推到桌子对面。原来是都拉斯①附近又发生了一起弹药库爆炸事件。

"很好，"露拉说，"我们国家正在为将来的核反应堆做试验。"

斯坦利先生说："你知道这个弹药库是什么地方吗？那是个工厂，里面全是小孩，暴徒花钱雇他们来拆卸卡拉什尼科夫冲锋枪和囤积炸药。"

露拉说："我不是跟你说过我们那里有多糟。你以为就只是些处女啦、血仇啦和已经死了的多疑的独裁者吗？"万一哪天真相败露，那阿尔巴尼亚三兄弟所犯的罪害她遭到驱逐，她至少想让斯坦利先生知道，等待她回去的地方是什么样的。

斯坦利先生抬头看了露拉一眼。他那表情让她想起，那天埃斯特利亚被她架着胳膊到厨房里去尝她的祖母辣椒酱时，脸上也是这样的表情。露拉说："每个地方都有它好的一面，要是你真

_____

① 阿尔巴尼亚最大的港口。

正——"

斯坦利先生打断她说："我从来没觉得欧洲最专制的高压政策有什么好的一面。"

"我昨晚喝的酒还没醒透。"露拉说，"对不起。"

斯坦利先生一反常态，表情冷冰冰的，不为所动，就好像他正看着另外一个人似的。也许是金姜。

他说，"你们女人看问题的角度都好怪。"

你们女人？看来不能再继续说下去了，两人的酒都还没醒透。露拉向厨房走去，只听斯坦利先生在身后说道："不管怎么说，昨晚很开心。唐太了不起了，是个英雄。"

"真是英雄，"露拉表示赞同，"换作我就没有勇气做他要做的事情。"

斯坦利先生说："我不知道。反正人各有命。"

这句话以前在哪儿听过？好像是她曾对斯坦利先生讲过的。露拉的太阳穴一阵疼痛。她走进厨房，开始分离蛋清和蛋黄。打第三个鸡蛋时，蛋黄连着蛋清一骨碌整个滑进了碗里，她用阿尔巴尼亚语爆了粗口。

这时她听到厨房门外斯坦利先生说："早上好！齐克，你总算下来了！"

斯坦利先生和齐克在餐桌上怎么可能不闲聊几句？也许金姜没出走前，她喜欢聊天。以前在拉尚吉塔餐厅，露拉常常看到能聊得起来的一般都是母亲和她们的女伴，而父亲和儿子一般要么不吭声要么喝闷酒。在阿尔巴尼亚就没这么别扭，那里男女分开各坐各的，谁也不指望异性能说出什么中听的话来。露拉为斯坦利先生端来一碗小香肠和无蛋黄的煎蛋饼，又给自己和齐克各端来一盘炒蛋糊和吐司面包。

斯坦利先生嘴里嚼着麦片。嘎吱嘎吱，停下，嘎吱嘎吱，再停下。他说："我想把胆固醇降下来，恢复青春活力。"

齐克说："老爸，别说丧气话。"露拉的蛋糊炒得太稀了，盐也放少了，但貌似齐克还挺喜欢吃的。露拉决心以后多下厨。大人一努力付出，小孩子就懂得感激。

斯坦利先生说："你昨晚听到唐现在在做什么吗，齐克？"

齐克说："我以前还以为阿比盖尔读的学校比我的强，现在听下来也很差劲。"

斯坦利先生说："唐还付了一大笔学费。这么个专做好事、一腔正气的大善人，怎么却有个那样的女儿，可怜——"

"阿比盖尔挺棒的啊，"齐克说。

"她读几年级？"露拉问。

"毕业班，跟我一样。"

露拉说："我还以为她才十二。"

"饭吃得太少。"斯坦利先生凝视着碗中剩下的几根香肠和一小块蛋饼，"真可悲。说到毕业班，齐克，萨利文夫人打过电话给我，就是你们学校那个升学辅导员。"

齐克说："你非要现在谈这个吗？我正享受着早餐呢。你想让我也变成阿比盖尔那样吗？我也节食。"

斯坦利先生说："齐克，你到现在都还没去见萨利文夫人，而且据她所知，你一所学校都没申请，连你打算申请的大学名单都没有交。"

"我忘了。"齐克说。

"这么大的事情怎么可能忘了。"斯坦利先生说。

"好吧，我很忙的。你不也一样忙，老爸。而且妈妈不在，也帮不了我。"

"你说的是你以前的妈妈吧。从她离家出走那天起，你妈就不是以前的她了，她自己都自身难保，还能帮谁啊。"通常斯坦利先生一般不会言辞过激，去指责金姜。今天是怎么了？他的语气让露拉怀疑，他们是不是正一步步走向一个由齐克的入学计划伪装成的黑洞。

"也许我该帮忙的。"露拉说。一想到齐克可能不去学校读书，她就很恐慌，仿佛得了幽闭恐惧症似的。又没人把她像犯人似的关在这里。她又没签合同。就算齐克一辈子待在这里不走，她也能随时想走就走。斯坦利先生和唐·塞特贝洛答应过她，不管她在不在这里工作，都帮她拿到绿卡。

齐克说："没贬低你的意思，露拉，但是你好像根本不懂美国大学的申请程序吧。你说阿尔巴尼亚女孩儿都是通过给教授'吹箫'，才能进热门的专业。"

我什么时候说过这个？很可能是哪天晚上边喝鸡尾酒、吃垃坂食品边看电视时说话太没顾忌了。爆些料吓吓齐克挺有趣的。有趣归有趣，这么做不太明智。

"你真说过这话？你跟齐克讲过这种话？"斯坦利先生说。

"我不是这个意思。"露拉说，"我们也有考试，跟美国一样的。"

"你说过的，"齐克说，"你跟我讲过这话。"

"你肯定理解错了。"露拉说。

"这些炒蛋太好吃了。"齐克说。

"好吃就多吃点。"露拉说。

"少吃点蛋，齐克。"斯坦利先生说，"你很可能会遗传我的高胆固醇。健康养生习惯要早点养成，越早越好。"

"我就知道你会这么说，"齐克说，"这就是为啥阿比盖尔会变成那副样子。"

斯坦利先生说："萨利文夫人建议我们老兵节①的那个周末去参观几所新英格兰大学。她还写了几个名字和网站。我们这个已经耽误——"

"没门。"齐克说。

"露拉也一起去。"斯坦利先生说。

"乐意奉陪！"露拉说。出去走走最好了，外面的精彩世界正等着她。她最远也就到过新泽西，还从来没去过底特律，而这正

———————————

① 11月11日是美国的老兵节，最初是为了纪念第一次世界大战而设立的。

102

是她告诉签证官她要去的城市。

斯坦利先生说："别这样，齐克。我们以前不是一直出去旅行的嘛。"

"算了算了，就依你吧。"齐克说，"没准儿我们会出车祸，我以后就不用去上学了。"

"别触霉头！"露拉大声说。

"我还以为阿尔巴尼亚人不迷信呢。"齐克说，"你总这么说，现在还不是叫我别触霉头。"

"许愿要慎重，"他爸爸说，"连新教徒都相信这一点。"

星期一天气寒冷，但是阳光很好，露拉决定出去走走。跟齐克和斯坦利先生待了整整一个周末，能坐在温暖的图书馆里看看书、听听蒸汽管道发出咣啷咣啷的声音，感觉会很不错。而且她不想宅在家里。一想到有陌生人用了自己的浴室，她只身一人在家时心里总不是滋味。她知道这种感觉总会过去的，特别是如果没什么别的事情发生的话，但心里的阴影一时半会儿还是挥之不去。

不过，如果偷偷闯进来的人真是阿尔瓦诺，说不定他还会回来。要是他今天来，自己出门又错过了跟他见面的机会呢？她权衡了半天，还是决定把赌注押在阿尔瓦诺会再出现。但万一出现的不是他，而是个变态的陌生人，她的盘算就全落空了。

这一整天，露拉就在忍不住朝窗外看和克制自己不朝窗外看的纠结中度过。没有车经过，也没有行人路过，除了邮递员。最激动人心的大事也不过是一捆信件从投信口滑落到邮筒里，发出"咕噜咚"的一声。

斯坦利先生收到的信件有多少啊，又有多少进了碎纸机！今天来了三封信，两封是升级信用卡的邀请函，还有一封是慈善募捐函——貌似这三封都难逃同样的命运——进入碎纸机。但还有一张卡片飘飘然落到地板上，仿佛正发出低语。那是一张厚实的复古手绘明信片，上面耸立着的两座深棕色岩石就好像两根粗糙的阴茎。下面还印着一行字："红石国家纪念碑。纪念童子军和印第安少女。"

收信人是伊齐基尔·拉克。露拉心里知道，应该留给齐克自己看。可明信片不比信件啊电邮什么的，不看白不看。

只见上面用棕色墨水的笔迹潦草地写着："我最亲爱的宝贝儿齐克，我听说你快上大学了，这里有一些很棒的地方，空气清新，这里的魅力是舒服干净，没有污染。不管怎样至少现在没有。到这儿来上学？读大学？读幼儿园？你读幼儿园好像只是昨天的事。保持联系，爱你，妈妈。"

没留寄信人地址，邮戳弄花了也辨认不清，说好听点，单词的首字母大写也很莫名其妙，不该大写的却大写了。

露拉把卡片放在柜台上，齐克肯定能看到。接着她回到楼上，继续守在窗前，时不时留心着是否有那辆黑色越野车经过，直到楼下响起了齐克的脚步声。

等露拉下了楼，齐克已经在看那张明信片了。早知道就不拿出来了。蛮好放得稍微隐蔽一些，等他喝点果汁、吃点点心恢复一下精力再让他看到的。

齐克说："夹在两座'小鸡鸡'岩石中间的学校？我宁愿待在家里，一辈子。"

"在家待一辈子，"露拉说，"我可不觉得这是个明智的选择。"

齐克说："我爸爸求之不得。"

"才不是呢。"露拉嘴上反驳着，却口是心非地在想，说不定真被齐克说中了。在阿尔巴尼亚，父母都像老鹰一样，等自己的鹰雏一会飞了马上就把它们推出巢外，不过也许他们之所以这样做，正是为了保证他们将来一离婚，肯定会再飞回来。露拉无巢可归。不管遇没遇到问题。齐克真是一只幸运的小雏鸟。

露拉说："你巴不得赶快跟你老爸去大学参观吧？"

齐克说："开玩笑。你还没来之前，我和我爸就开始看《黑道家族》。我妈最恨我们爷俩看这部电视剧，但我爸别的都依她，唯独就坚持这么一件事。那里面的托尼就是在美道参加大学面试的时候，杀了人。那才叫酷！"

露拉说："一点儿也不酷。算了吧。你放学好休息一下了，我正好出一下门。咱俩都换换环境怎么样？你也高兴，我也高兴。"

齐克说："你真是从来没跟我爸一起旅行过。"他眼睛盯着冰箱里面，嘴里问道："你想不想听我说说我这辈子最悲催的那个夏天？"露拉的爸爸生前就常这样，对着冰箱自顾自说话。斯坦利先生也是如此。男人们怎么都喜欢跟厨房电器说心里话？真奇怪！

齐克说："那是我读八年级的时候，我们全家开车去周游全国。从纽约到芝加哥，我妈一直和我爸吵架，就为了一只空调。我爸说空调修不好了，我妈说他永远就那一句话：什么都修不好。我爸开车慢得像蜗牛爬，又偏不让我妈开。我们好像在内布拉斯加州待了二十年之久。一路上我们只是停下车睡觉、吃饭或者小解，一直到抵达西部，接着我们就一个国家公园接一个国家公园地参观。我一下车就只顾低头踢路上的小石子，一边听我妈叽里呱啦念叨大自然的鬼斧神工，一边听我爸长篇大论地讲他大学地理课上听来的奇闻轶事，我妈看他的眼神简直像要杀了他似的。接下来我给他俩拍合影，以自然奇观为背景，我爸再给我和我妈拍。然后我们回到车里，开十五个钟头的车去看下一个国家公园。"

"那就是你最悲催的暑假了？"露拉说，"世界上到处有孩子被绑架，被迫去当兵，或者在军火工厂里给炸死。我敢打赌，等唐·塞特贝洛到达关塔那摩监狱时，肯定会见到孩子——被关起来的孩子！——年纪不会比你大多少。"

齐克说："唐不会去的，他要留下来照顾阿比盖尔。你是故意想让我有负罪感还是怎么的？"

露拉说："好了好了。对不起，我不该跟你讲大道理的。话说回来，这就是你妈要离家出走的原因吗？就因为无聊？"

自打露拉来到这里，她从来没有这么直接地问过齐克关于他妈妈出走的事情，他自己也不主动提起。并不是因为她对这个话题不在乎或者不好奇，而是因为她担心，齐克如果真告诉了她会讨厌她的。男人都这样，即使小男孩也是如此。她在地拉那时的初恋男友，头天还跟她讲，他叔叔以前常溜进他的房间对他动手动脚，结果第二天晚上他就把她甩了。还有个差点跟她订婚的男人，也跟她讲过，他做祭坛侍者的时候曾偷过教堂的东西，后来也照样抛弃了她。

"我希望，"齐克说，"你说住在这里无聊，就像说太阳每天打东边升起一样自然。确实是打东边，对吧？"

"我开玩笑的，"齐克说，"我妈脑子有点不正常。有一天，我乘校车回家，看见她一个人站在角落里。看她脸上那副表情，我还以为她来跟我说我爸死了。结果她说，她想问我个私人问题。你猜她说啥：'齐克，假设你不认识我，你刚回家看到我，你觉得我看上去像什么？'"

"她看上去像什么呢？"露拉问。

"像个老丐妇，"齐克说，"但我不能那么说。"

"真懂事，"露拉说，"也很聪明。"

齐克说："嘿，你化妆了吗？"

"没有啊，"露拉说，"继续讲啊。"

"打那以后，她有了洁癖。一年中洗坏了两台洗衣机。都还在保修期内，厂家只好给我们换了新的。我不得不把我的汗衫都藏起来，否则全给她洗缩水了变成娃娃衫。她还让埃斯特利亚穿着绒毛拖鞋打扫房间。"

"可怜的埃斯特利亚。"露拉说。

"可怜的我，"齐克说，"可怜的老爸。"

"人人都可怜，"露拉说，心想怪不得斯坦利先生会雇我。能找到个心智健全的是他们的福气。

"我妈一天到晚张口闭口灰尘啊、脏东西啊、污染啊。她的脸都变形了——"齐克努力学他妈的样子，又是咬牙切齿又是挤眉弄眼的，学得太过火了，面部一阵抽搐，接着五官一松弛，又恢复了本来的样子。

"那你妈不会喜欢阿尔巴尼亚的，"露拉说，总得说点什么吧，"对于阿尔巴尼亚人来说，管你是清澈的山泉还是乡间小路边上，都可以乱倒垃圾。"

"我们这儿可不行。"齐克说，"在这里，必须得是大公司才能乱倒垃圾而且不受罚。无论如何，我妈只有去参加路德教会基地的互助小组时才不会离家出走。这个互助小组倡导的全是环境保护和保健之类的废话。她就是打从那个时候才开始有洁癖的。"

"你爸没带她去看医生吗？"

"看了。我妈讨厌那个医生。医生让她吃药她也不肯吃。终于有一天晚上，我妈让我和爸爸去商店买洗碗剂和肥皂，结果等我们到家她已经不见了。我敢肯定，她不会不知道'好地'超市圣诞夜会关门。于是我们又顺道开车去了'好购'超市，结果也关门了。这么一折腾就给了她充分的时间逃跑。她带走了护照和一只大行李箱。你要说她脑子有问题吧，可她居然还挺清醒，能从她和我爸的公共账户里划走一张巨额支票。那可是圣诞夜，我刚说过没？"

"你说过。"露拉说，"你是怎么知道那张支票的事的？"

"我爸告诉了唐，我听到了。"齐克说，"那可是圣诞夜啊。真有她的！我本来想报警的，可我爸说等一个星期以后再说。他说，去报警警察肯定也这么说。果然不假，一周以后，我们收到一张印着冰川的明信片，是从挪威寄来的。"

露拉问："你想她吗？"

"我怀念以前她还没病时的感觉。我爸说她得了病。"

"听起来确实有病。"露拉说。她使劲回忆齐克手上的明信片上写了些什么。"污染"这个词首字母大写了，她很肯定。"你觉得她现在比出走之前开心点了吗？或者像你爸说的，至少没以前那么生气了？"

"我觉得她有严重的精神分裂。"

"精神分裂可以治愈的。"露拉。

"有些可以，有些好不了。"齐克说。

"你现在跟我说话口气很像。"露拉说。

那天晚上，斯坦利先生问齐克怎么样，露拉就把他收到他妈妈寄来的明信片这件事说了。

"上面写些啥？"

109

"上面写也许齐克可以去西部上大学，到她那儿去。"

"那不可能。"斯坦利先生说。

"齐克也是这么说的。"露拉说。

"那就好。"斯坦利先生依然背对着露拉，眼神从冰箱里移到窗外，凝视着黑夜的深处。

过了片刻，他开口说："你知道吗，人的大脑中总是存在一些画面，你真希望要是没有这些画面就好了。问题是，它们会把其他所有美好的画面都挤出去，那些年轻时的幸福回忆都被挤出去了。或者管它幸不幸福，至少是年轻时的回忆。所以你肯定曾经幸福过。你知道吗？金姜以前是教二年级的老师，后来不顾我的恳求，非要放弃教书来照顾齐克。金姜以前也曾经很漂亮，很懂得关心别人。"

露拉摇了摇头，也没问斯坦利先生脑海里那些好的或者不好的画面到底什么样。她想起齐克模仿他妈时嘴唇颤抖的样子，还想起他说，他怀念的是妈妈没病之前的那种感觉。

于是她说："年轻又不总是意味着幸福。"

斯坦利先生说："人有时会忘记曾经的快乐。谢谢你。晚安，露拉。"

第二天早晨，那辆黑色的雷克萨斯停在了路边。露拉一半出于紧张一半出于迷信，先在心里预想了一连串失望的情景，第一个情景是这是另一辆雷克萨斯——不可能！——接下来是阿尔瓦诺等在车里，而"连帽衫"古力和"皮夹克"金提进门来取回那把枪的画面。

阿尔瓦诺和他两个同伴一起慢慢走过来。露拉整了整身上的毛衣和裙子。自从他们上次来过以后，她就开始化妆了。她跑到楼下，等门铃响了三次她才开门。"连帽衫"和"皮夹克"跟她握了手。阿尔瓦诺则像哥哥那样亲了亲她的两颊。他身上有股香烟和沙滩混合的味道。

她说："给你们来杯咖啡吧？"

另两人默不作声，只看着阿尔瓦诺，他点点头。

"拜托，"她说，"今天不要抽烟了。"

"我们刚在车里抽过。""连帽衫"说。

露拉于是不慌不忙地到厨房里煮了咖啡。三人道了谢，接着"皮夹克"说："这儿没人抽烟？这房子里就没人吃饭、睡觉、呼吸、性交？连放屁都没有？"

露拉说："他们都吃饭、睡觉、呼吸空气。不对，等等。我还真不知道我老板吃不吃饭。"

"他们出什么问题了？""连帽衫"问道。

"吓蒙了呗。他家女主人下毒，差点没把他爷俩给毒死，然后离家出走了。"露拉为什么要说谎？说这一家三口的孤独感？说金姜当全职太太当得积郁成疾，患上了心理洁癖？要这么照实说，岂不令他们比实际情况还悲惨可怜？

"不是吧！用什么下毒？""皮夹克"问。

111

"液体洗碗剂。"露拉信口胡诌了一个。

"就肚子痛而已，""连帽衫"说，"不会死人的。"

阿尔瓦诺瞪着面前的那杯咖啡说："没准儿我们应该先把这咖啡给狗喝喝看。"

"家里没养狗。"露拉说。

"是不是狗也死了？"阿尔瓦诺问。

"从来就没狗。"露拉说。

"我们知道没狗。"阿尔瓦诺说。该不是他上次溜进这房子的时候已经考虑到这一点了？还是他注意到没狗，所以就这么随口一说？

露拉说："你们想把枪拿回去吗？"

阿尔瓦诺说："小妹，我们这趟不是来拿枪的。实际上，我们担心你，你好像不常出门，在屋里待得太久了。"

我是不是面有菜色？还是看上去很憔悴？病态？露拉巴不得马上照照镜子。

阿尔瓦诺又说："因为我们都是一家人，跟你乔治表哥都是表亲。我们这趟来是为了带你出去开车兜兜风，让你呼吸呼吸新鲜空气。"

露拉觉得他的话真动听。

"连帽衫"说："新泽西的新鲜空气。头儿，你真是个喜剧天才！"

露拉说："接下来是不是该我明天早上醒来发现自己躺在迪

112

拜酋长的后宫里了？"她怎么能拿这种事开玩笑？丹妮娅还失踪在外，生死不明！

听了这话，三人哈哈大笑起来。笑罢，阿尔瓦诺问露拉："出什么事了吗？"

露拉说，"我有个朋友——"

"酋长们只要十二岁的处女。""连帽衫"说，"小妹你已经不够格啦！"

"谢天谢地！"露拉说。

"闭嘴，笨蛋！"阿尔瓦诺说，"来吧，露拉。我们还有事要办。正事。快上车吧。"

帮男人办正事，哪个女孩能抗拒得了这种诱惑呢？她已经不再是以前那个小女孩，由爸爸带她到以前从他们手里买过老式滑膛枪的北方部落首领家里做客。她也不是以前那个十几岁的少女，由男友领着捎带他割野欧芹时采到的一点毒品，带到地堡广场的狂欢晚会上去卖。跟在男人屁股后头，不管你有没有注意到，但确实多多少少能让你体温上升，提升女性的存在感。

但露拉说："齐克放学回家之前我必须赶回家。"

"连帽衫"一副很恼火的样子："你以为我们有时间带你兜一整天风啊？"

他们有重要的地方要去，重要的人要见。除了开车载一个失意的阿尔巴尼亚保姆到新泽西北部去兜风，他们还有很多要事要办。但要说他们不是绑架她，那这到底算什么呢？要说是阿尔瓦

113

诺想跟她在一起，这未免也太痴心妄想了。

"我去拿下外套。"她说。

"别留什么便条，"阿尔瓦诺说，"你手机 SIM 卡也得交给我们。"

虽然露拉知道他是在开玩笑，可关上自己房门的那一刻，她还是有种难过的感觉，怕自己再也见不到这一切了。奶奶曾经说，准备出门旅行，就做好死的准备。她来自一个心理多么悲观阴暗的民族啊！难怪她总是朝坏的一面想事情。要是齐克和斯坦利先生回来发现她不见了，他们会怎么想？要么会想他们家真是受了诅咒，要么会想这种事就只有女人干得出来。也许露拉也人间蒸发了，去寻找更清白的地方。看眼下这情形，估计她得去见阿联酋的白色沙漠了。

她收走杯盏到厨房里去洗的时候，"连帽衫"不耐烦地在那里踱来踱去。糟了，又犯了个错。本来是为了不让她跟这三兄弟的秘密往来露出破绽，结果却洗掉了可能帮助当局找到她宝贵的DNA证据。别胡思乱想了，露拉在心里对自己说。只不过是乔治表哥的三个朋友开雷克萨斯带我出去兜兜风而已。

本来是"皮夹克"和"连帽衫"冲在前面要去拉车门的，可随着阿尔瓦诺对露拉说了句"你先上"，两人都不约而同往后退，以便先让阿尔瓦诺跟在露拉后面通过，结果撞在了一起，乱作一团。

"两个阿尔巴尼亚粗野人！"阿尔瓦诺嘟哝着骂道。露拉急急忙忙地在钱包里翻找钥匙的时候，"连帽衫"在院子前的人行道上走来走去。直到阿尔瓦诺骂道："快他妈给我停下！""连帽衫"于是走到桑树下，站着不动等在那里，"皮夹克"也跟去了。

阿尔瓦诺对露拉说："别理这两个原始人！他们还以为这是旧社会，女人还要跟在男人后面保持五步的距离啊。像我奶奶那个时候，跟在我爷爷屁股后头吃了五十年的灰尘，愿她老人家安息。"

"我奶奶还不是一样。"露拉说，"我的钥匙在这包里什么地方，就是摸不到。"阿尔瓦诺会不会觉得奇怪？明明像他这样的人随时想溜进来洗个澡就能进来，她还锁门干啥，真是多此一举。

"我们的朋友斯皮罗，"阿尔瓦诺说，"他找了个女强人，阿尔巴尼亚女孩儿，毕业于哥伦比亚商学院，没人相信这么聪明的女孩儿会嫁给斯皮罗这种人。我猜女人都急着找男人。他俩订婚了，飞去多伦多见男方的父母。他跟女友商量，进屋的时候能不能跟在我后面，只此一次，下不为例。那女孩儿照做了，但是脱下一只自己九百美金的莫罗·伯拉尼克高跟鞋猛地磕在他脑袋上，把鞋跟儿都敲断了，敲得他头破血流。"

"那敢情他们的订婚也泡汤了。"露拉说。

"他们结婚了！两人现在手拉手，感情好得很。夫妻俩都在华尔街工作。一对现代的阿尔巴尼亚夫妇。我奶奶也该那么做，可惜她穿的鞋不对。"

"钥匙找到了！"露拉欢呼起来。阿尔瓦诺小心翼翼走在她旁边，而不是急吼吼冲到前面，表现出明显改良过的男性风度。露拉应该觉得，这种做法很让人沮丧，但心里又很感激。不知怎的，这让她心里很舒服。看着你绝顶聪明的奶奶唯唯诺诺地跟在傻不啦叽的爷爷身后是什么感觉？露拉喜欢身边有个人也懂这种感觉。生活在一群跟你的历史没有任何交集、对你过去的生活方式一无所知的陌生人当中，实在太辛苦了。

快走到车前，阿尔瓦诺伸出手臂挡住了露拉，"让他俩先上车。"

"你是怕万一车子会爆炸吗？"

明明是为了保证女士上车前先发动预热一下，这么有风度她居然不领情，阿尔瓦诺一笑置之，一副宽宏大量的样子。他的笑容下藏着一个疑问，露拉干吗这么神经兮兮的？露拉也报以微笑，没什么，真的没什么！

阿尔瓦诺为她打开车门，她溜着身子坐进去。只见仪表盘上面有块电视屏幕，随着"皮夹克"开动车子驶离路边，屏幕上一个紫色光标不停闪烁，模拟着他们的一举一动。车载喇叭里传出阿尔巴尼亚的嘻哈音乐。

"这是什么乐队？"露拉问。

"叫'保持血腥'，""连帽衫"说，"你知道？"

"知道一点儿吧。"露拉说。撇开语言不谈，这种音乐还不总是同一批家伙在嘶吼着他们有多厉害。不同之处在于这些家伙吼着要揍的人是塞尔维亚人。

"什么叫知道一点儿?""连帽衫"说,"知道就是知道,不知道就是不知道。"

"别再说了,蠢货,"阿尔瓦诺喝道。

露拉说:"几个大男人开着辆雷克萨斯,窗玻璃黑着,放着这种音乐,还放得这么响,你们肯定经常被警察勒令靠边停车吧?"

阿尔瓦诺说:"问得好!我喜欢这姑娘思考问题的方式。"

"皮夹克"说:"从来没有过。新泽西最识相,才不会挡我们的道儿。"他驾车开过几条最美的街道,经过几幢有着白色柱子的高楼大厦,砖墙上爬满枯萎的常青藤蔓。车速极快,车身好像高高飘浮在马路上方似的,感觉像坐在气球里面。露拉揿下一个按钮,她旁边的车窗滑下来,一股冷风嗖地钻进来,混合着泥土和腐叶的气息。

"皮夹克"减速驶进一座购物中心,停在一家超市门口,超市的窗玻璃上有着手写字母的标语。

"要来点什么吗?"阿尔瓦诺问道。

"不用了,谢谢。"露拉说。

"想进去吗?"阿尔瓦诺又问。

露拉和阿尔瓦诺一起走过停车场时,突然有种欢欣鼓舞的感觉,整个人飘飘然起来。一切似乎都那么自然,不费吹灰之力,仿佛她和阿尔瓦诺本来就是一对热恋的年轻情侣,趁着还没生下一对子女、还没在布鲁克林买下豪宅，先尽情享受着谈情说爱的自由自在。这种痴心妄想打哪儿冒出来的？

购物中心里人很少，有几个年纪大的盯着露拉和阿尔瓦诺看，仿佛他俩是他们一时想不起名字的名人似的。昏暗的荧光灯和酸奶的味道让她回忆起地拉那的幸福时光。阿尔瓦诺在过道上一边踱着步子，一边检查那些瓶瓶罐罐和包裹，墙面和屋顶也一一查看。他说：“我们是搞施工的。我提过的，对吧？所以我会注意施工的细节。”

“什么样的施工？”露拉问。

“我们只搞写字楼施工，”阿尔瓦诺说，“住宅楼太让人头痛了。客户太善变，一会儿要贴墙纸，一会又要撕掉。而做生意的则不一样，他们知道自己要什么。无非是过道、收银台和货架之类的。尤其是收银台。”

阿尔瓦诺对自己所谈的似乎很在行，而且“写字楼施工”这几个字听上去也很诚恳、实在，需要付出汗水。可那把枪呢？这里可是新泽西呀，不带武器就想在建筑业这一行混，简直就是疯了。阿尔瓦诺拿起一大杯橙汁和一盒“骆驼”牌香烟。哦，这不就是上回埃斯特利亚在沙发垫子下发现的那张收银条上买的东西？露拉把那张收银条收好放在自己的桌斗里了。出超市时仍是女士优先，阿尔瓦诺跟在露拉身后一侧，跟她并肩走了出去。

可当他们走到越野车旁边时，露拉感到两人之间的亲热降温了。她试探性地搭讪，弱弱地评论了一下天气，可阿尔瓦诺没接荏儿。这一次他自顾自开了自己那边的车门，没帮露拉开。"连帽衫"这回负责开车，"皮夹克"坐副驾驶座。阿尔瓦诺皱着眉头出神。露拉不知道哪里不对劲儿，或者怎么才能修复关系。

"连帽衫"开车开得很野，倒是符合车内的新气氛。定位导航仪上的光标在屏幕上不停游移，并用哀怨的女声重复道："重新设定，重新设定。"

过了一会儿，阿尔瓦诺说："我朋友斯皮罗，就是脑袋里敲进了鞋跟的那个，还记得吗？小妹，所以你不要找阿尔巴尼亚人当男朋友。"

小妹？她一阵心痛，阿尔瓦诺居然像大哥哥般对她的感情问题提出忠告。可她甚至还曾以为阿尔瓦诺对她有意思，为什么？是不是因为她已经魅力不再？欢迎进入二十六岁。

露拉说："我约会过一个阿根廷人，弗兰科，他比阿尔巴尼亚最蠢的笨蛋还蠢十倍，还爱吃醋。"

阿尔瓦诺问："他是干什么的，这个弗兰科，做什么生计？"

"他是个艺术家。"露拉说。

阿尔瓦诺怒视着她："让我搞搞清楚。你跟一个阿根廷人上床了？"

"没有，"露拉撒谎了，"我说的是约会。"他刚刚不是才告诉她不要跟阿尔巴尼亚男人谈恋爱嘛，怎么现在又因为她跟一个阿根廷人约会过，就好像为了自己的荣誉恨不得杀了她？

"听到这个很高兴。约会过。"阿尔瓦诺点了点头，"我那帮兄弟一看到阿尔巴尼亚女孩脱离集体就会很不高兴。"

露拉说:"我真走运,有人来教导我这个阿尔巴尼亚女孩什么该做什么不该做。"

"有意思,"阿尔瓦诺闷闷不乐地说。"我们到了。你甜蜜的家。"这么多条陌生的路"连帽衫"是怎么找到的?她还没意识到他们快到了,车就已经开到了家门口。越野车猛地停下。大家都一言不发,也没人提什么时候跟她再见。还没等她打开斯坦利先生家的前门,那辆雷克萨斯就已经呼啸着远去了。

第五章

今天过去了，又过去了好多天，阿尔瓦诺杳无音讯。有什么值得期待的呢？是期待跟齐克和斯坦利先生一起去参观大学吗？要是齐克去上大学，露拉也就还有解脱的一天。可斯坦利先生一定会找个借口把她留在身边。他就愿意花钱雇个人看着他喝水。露拉怎么舍得离开呢？有个温暖舒适的家是多么诱人啊！

奇怪的是，那把枪让她很安心。但这种感觉真有那么奇怪吗？好多人都有同感。比如说，露拉的爸爸。露拉心想，只要他们想取回那把枪，那三兄弟肯定会回来的。要知道手枪都价格不菲，而且很难弄到。反正他们来之前，她的任务就是让自己忙起来，别去胡思乱想未来的事。

有一天早晨，露拉失落至极，于是她乘车来到市区，找到了阿尔瓦诺留下的收银条上的那家超市。她心里知道，没用的。她以为会发生点什么吗？命运会让他俩同时出现在这里吗？好巧啊，居然会在这里碰到你！在这段单相思里，她倒成了偷偷摸摸的跟踪者。

超市外面停着一辆施工货车。从门口她可以看到修缮工作已经完工了。她透过塑料窗帘的缝隙悄悄往外看，只见车里坐的工人都是中国人。也许她那三个朋友是工头儿呢。她认识不少阿尔巴尼亚人，都是施工队工头儿。阿尔巴尼亚队参加世界杯那晚，她在一个酒吧里遇到了好几个工头儿。

她沿超市的过道走着，装模作样地看着货架上的食品，直到发现有个收银员正透过安全反射镜观察她。她买了瓶最贵的花生酱，是在佐治亚一家农场里手工去壳的，还买了一罐产自佛蒙特州的有机草莓酱。

齐克踏进家门的时候，她刚到家，正脱掉身上的外套。

"这是什么？"他好奇地指着花生酱和草莓酱问道。知道露拉自己去买吃的没带他，他好像很失望。

"我去了趟市区。"露拉说。

"你去市区就为了买花生酱和草莓酱？"

"专门为你买的。我在报纸上看到了这个牌子。试试看。相信我，行吧？"

齐克说，"那你有没有买薄脆饼？"

"拿勺子吃。"露拉说。

天阴了一个星期，现在变得更阴冷了。露拉打开齐克的电脑，一个个穿比基尼的美女邀请对话的页面噼噼啪啪地弹出来，她一一关掉。往事一幕又一幕，接二连三地浮现在她的脑海里，那些曾遗失的纪念品，那些永远找不回来的深爱的人和物。1997年那年，祖国经济崩溃，所有的东西都不见了：门把手、邮箱、公共厕所、下水道水管。一到夜里，窃贼出动，连操场上的儿童秋千和公园里的饮水器都被偷走了。可是谁想看这种新闻啊？谁又会在乎周围的人因为从公共厕所里偷了点厕纸就差点被处以私刑呢？

露拉童年的真实经历充满了肮脏和悲惨，毫无美好浪漫可言，只有苦难、更多的苦难，人与人之间只有背叛和贪图小利。挖掘过去的神话起源反而更好一些。这不正是阿尔巴尼亚人的风格吗？跟阿尔巴尼亚人谈个五分钟，他们就会告诉你他们的民族是如何如何从古希腊的伊利里亚人繁衍而来的。这些民间故事多少有些依据。所以"连帽衫"才说所有的阿尔巴尼亚人都是亲戚关系。所有的阿尔巴尼亚童话故事都是某个祖辈的真人真事。小妹，他们不就是这么称呼她吗？照露拉的理解，这么叫确实没错。

她可以把阿尔巴尼亚最有名的民间故事写下来，冒充自己家的故事。比如说，有个被称作人间仙子的蛇蝎美女，让爱慕她的王子经受了地狱般的煎熬，才能娶她为妻。于是露拉写道："我爷爷同父异母的兄弟爱上了一位名叫人间仙子的姑娘。他每偷看她一眼——一根手指、一只手掌或一条手臂，她都要收费。他每看到一寸肉体都要付钱，就这样挥霍掉了父亲的遗产。而他看到的每一寸，她每一寸美丽的肉体，都越令他渴望得到她。"

唐和斯坦利先生都对她那么好。这么轻而易举就能欺骗他们，甚至还觉得有趣，这令露拉觉得自己太邪恶了。

哎。现在该写另一段，是关于一个小男孩找到了一顶帽子，能让自己隐形。可转念一想，要是想让自己的故事读来有那么一点点可信度，最好还是不写这一段了。同样的，她本来想写精灵们从一只魔瓶中冒出来，代表男主角来威胁人间仙子。结果精灵们受她蛊惑，反而倒戈，为她效劳，但这一段也同样放弃了。露拉想象着自己笔下的人间仙子长得像安吉丽娜·朱莉，于是她把精灵改成受到人间仙子引诱的歹徒，但没有写她跟他们群交，这一幕就收尾了。

但最后她还是给这个故事的结尾添了点波折。男主人公找到了一些施了魔法的葡萄，有红的和绿的两种。吃下红葡萄，人间仙子的脸上会长出角来。吃下绿葡萄，角就会脱落。神奇的美容术。所以男主人公先用红葡萄把自己心爱的人毁容，再用绿葡萄让她恢复美貌。经过这一切她就会感恩图报，以身相许。尽管一开始害她毁容的是他，但后来让她恢复容颜的也是他。而且他爱她。

她写道："我爷爷的兄弟找到了一些葡萄。"怪不得在阿尔巴尼亚男女关系会如此紧张。这不就是阿尔巴尼亚版的灰姑娘故事？要是你喜欢的女孩不喜欢你怎么办？往她脸上泼硫酸，再付钱给她做整形手术。要是你真信这个故事，那么人间仙子也是活该，谁让她连男人瞥一眼她的手臂都要抢钱呢？可女人们不就是这样吗？这就是为什么你会带女友出去吃一顿昂贵的晚餐，却不肯付钱给自己老婆补牙，让她满口牙齿全部掉光。你要是还剩一些钱，就跟她离婚，再找个牙齿还没掉的年轻老婆。

露拉把最后一句删了。接着她把这行字又打了一遍："我爷爷的兄弟找到了一些葡萄。"

她把这个文档保存在《人间仙子》的文件夹下，然后关上了齐克的电脑。接着她套上三件毛衣和一件外套，拿了把雨伞出门。

图书馆里除了友善的贝勒太太之外空无一人。她之前自我介绍过，而且私下里总是因为露拉无法提供办借阅卡所需的文件而显得有些失望。不知道今天贝勒太太手抖的毛病有没有加重？或者电脑上又有什么坏消息令她直摇头？今天她没跟露拉打招呼。露拉什么时候得罪她了吗？这个图书管理员该不会发现了她那些不可告人的秘密吧？

露拉走到杂志阅读架前，很快就被一篇文章吸引了，讲的是得克萨斯州的一个王朝家族，无论据正史还是野史，不是开车撞树，就是爬屋顶跳楼，一连好几代，自己人跟自己人过不去。这个故事让露拉大感兴趣，因为它听起来跟自己老家听到的那些大家族的事情很相似，虽然用的不是同一种钱币，撞的不是同一棵树，开的不是同样的车，跳的也不是一样的屋顶。一个钟头过去了，又过了一个钟头。这地方要求不甚严格，而且又安静，要没有这么一处容身之地，她可能早就逃离斯坦利先生家了。这也许是件好事也说不定。谁知道她现在会身在何处，过得是好还是坏呢？

最后，她终于站起身来，穿上外套。这时贝勒太太对她说："再见，亲爱的。别淋湿了。"她这才如释重负。

回家途中，露拉遇到一条小猎狗，正浑身湿透地守在主人前门的走廊上。丑八怪狗和人间仙子。要是那个魔法葡萄不会让人长角，不会毁容，而是产生某种更加可信的效果，会怎么样呢？比如说，情绪低落。双相抑郁症。而那种施了魔法的绿葡萄则可以代之以某种古老的民间秘方，这一定会让唐和斯坦利先生激动不已。

回到房子里，露拉把自己的湿衣服往洗衣房里一扔，来到自己的书桌前。她大吃一惊，她刚才居然没关齐克的手提电脑就走了。她每次都很小心地关掉电脑的，尤其是下雨天。在老家，好多朋友都因为打雷烧坏了硬盘。

显然，露拉神经错乱了，居然开着"人间仙子"的文件就走了。光标在文档末一闪一闪的。露拉把最后一节浏览了一遍。

我爷爷的兄弟给人间仙子带来一串红葡萄，很漂亮但却有毒。她中了毒，奄奄一息。他踏遍千山万水替她寻找解药。终于他找到一位隐居在深山老林里的老药士，得知可以用绿葡萄解毒。他内心并不愿意这样做，因为红葡萄已经酿成大祸。但还是按药士的话照办。于是人间仙子病情好转，并爱上了他。他们喜结连理，养育了十五个子女，从此幸福地生活在一起。等她年老色衰，丈夫有了比她年轻的情人，她也从不抱怨。

这不是露拉写的！她才不会把人间仙子写成人间仙了，药士写成药土。她也不会写这样的故事——先给一个姑娘下毒再把她治好，然后她就是你的了。十五个孩子？还有不在乎自己老公老牛吃嫩草的女人？什么样脑子坏掉的变态男才会这么写？而且还是个会写错别字的变态男。

会不会是什么人想让她以为自己疯了？她以前和丹妮娅曾一起用那个白俄罗斯模特的电视机看过一部黑白老电影，讲的就是一个邪恶的丈夫让自己的老婆相信自己疯了，这样他就可以把她送进疯人院，独吞她所有的财产。叮露拉不一样，她神志清楚得很，有人曾坐在这里，读了她写的故事并且帮她写了结尾。

这简直太恐怖了！要是早点到家就好了，这个不请自来的影子写手屁股坐过的椅子还是热的。露拉很抓狂，把整栋房子搜了个遍，看看有没有外人来过的蛛丝马迹。可一切都原封不动。她应该赶快回到图书馆，听听贝勒太太怎么说。可万一齐克回到家里发现不速之客还没走，会发生什么情况？露拉应该拨911报警，告诉警察有人闯进了她家还在她的电脑上写小说？她倒想看看，这么说会有什么结果。无论如何，任何一个有自尊心的阿尔巴尼亚人都不会因为任何原因给警察打电话，不管好事还是坏事。

露拉又把房子搜查了一遍，甚至连地下室都没放过，这地方吓人得很，她平日里都不敢去。真的，幸亏她不相信鬼神之说。以前，那个叫弗兰科的侍应生兼雕塑家，带露拉去他的阁楼时曾跟她讲过这么个故事：有几个天使趁他不在的时候，帮他完成了一件艺术作品。弗兰科还真以为他去餐馆里端茶送饭的时候，幽灵们帮他改造了蹩脚的雕塑，把生锈的弹簧组装成外星生物。这也是男人骗女人上床时的伎俩之一吧。该不会是弗兰科跟踪她到这里，偷偷干的吧？不可能，那晚他俩酒后乱性，尴尬的一夜情以后，露拉从此绝口不提，弗兰科为此感谢她还来不及。

除非是露拉顺手记下的笔记自己忘记了，记得这么粗略，连拼写错误都懒得改？要是她自己写的，她肯定记得的。她必须实事求是，推测得合情合理，自己查个水落石出。

听说过人间仙子的必须得是个阿尔巴尼亚人。那就是阿尔瓦诺。别无他人。

毕竟阿尔瓦诺加的结尾也许也没那么糟。好色的阿尔巴尼亚老头儿膝下有十五个子女，而且妻妾成群，读者们说不定会比较喜欢看到这样的结局呢。而人间仙子变成什么样子了呢？长了胡子，胸部下垂。大多数人会觉得她自作自受，谁让她折磨自己的男友呢？

露拉改正了拼写和语法错误，再把整个故事打印出来。那天晚上，她问斯坦利先生是否想看看她写的东西。她站在厨房对面，看着他读。当翻到最后一页时，他说："这太棒了！我们能拿给唐看看吗？"

"当然。"露拉说。

接下来的那个礼拜，唐·塞特贝洛给露拉打电话，问她明晚能否共进晚餐。就他们俩，没别人。露拉申请工作签证的这段时间里，唐请她吃了几次快餐，以便告知她申请的进度。一切都合情合理，合乎职业需求，也就是一位衣冠楚楚的律师像慈祥的长辈一样宽慰自己的当事人，他好几次提到过，从她身上他似乎看到了他长大的女儿。他指的肯定不是阿比盖尔，这小姑娘要想变成露拉的体格，那她最好马上开始狂吃东西才行。她理解唐的意思是，他对她的感觉，就好像一位有权力的老人对一位值得帮助的天资聪颖的年轻女孩所怀有的那种慈父般纯粹的良好祝愿。

唐说："我们就去那家叫月中央的意大利家庭餐馆吧。这阵子这家餐馆可火了，不过我肯定能搞到位子。那边的大厨都是我的当事人。我得问你一个小问题，也许是两个小问题。"

露拉不能拒绝，虽然想起上次吃牛排时自己潜意识里突然对唐产生冲动，令她很不自在。上帝啊，千万别让唐对我献殷勤，我可不想把生活搞得很复杂！不过她又不得不承认，像唐这样有身份的人能为了她破例，故意违反一次职业道德，这让她自我感觉良好，毕竟最近她都没怎么受到异性的关注。

"两个小问题?"露拉重复道。她并不想让自己的声音听上去很有挑逗性。问什么？其中一个是不是：你会给我"吹箫"吗？唐永远不会说出这种话。

露拉穿上了那身新衣服，这次没戴齐克送的围巾。换了三部公交车，费了九牛二虎之力，总算按时到达那家餐馆。唐站起来亲吻了一下她的脸颊。餐桌上有一个玻璃杯和半瓶红酒。不，是一瓶半满的红酒。露拉提醒自己要用乐观的角度看待事物。

　　"喝点什么？"侍应生问道。

　　露拉指了指唐的酒瓶，于是侍应生变戏法似的凭空变出了一个玻璃杯。

　　"聪明的选择！"唐说。

　　唐问候了一下斯坦和齐克。好，他们很好，大家都很好。露拉又问唐他的那些案子都进行得怎么样了，他一言不发地盯着杯中的红酒良久，露拉还以为他没听到自己的问话。他说："我去关塔那摩了。"

　　露拉问，"出什么事了？"

　　"在那儿待了两天他们才让我跟别人说话，又花了两天别人才肯开口跟我说话。然后……他们告诉我的那些故事，你都想象不到有多糟糕。"唐闭上了双眼，露拉借着这几分钟直视着他的脸。那脸上写满的愤怒和痛苦，是她绝不想在自己律师的脸上，或者任何人脸上看到的。"你知道他们把拷问美称为什么吗？提高性审问技术。你知道拷打叫什么吗？非伤害性身体接触。有自杀企图呢？操控性自残行为。我要是把我在那里听到的都告诉你，他们肯定会把我们两个都灭口了。我会失去参与这个秘密的资格，我那个可怜的当事人就惨了。不过他本来就已经够惨的了。他的名字我就不告诉你了。他本来是一名阿富汗心脏病专家，在哈佛大学接受培训，然后回家开诊所，结果不知道他的哪个脑残邻居为了两千块钱，告发他是塔利班头目。这个邻居很可能一点都不脑残，只是极度缺钱，又想不劳而获。而这小伙子就挨了整整三年的非人折磨。他们不让他睡觉。不让他吃饭。不停用巨大的噪声骚扰他。逼他吃自己的粪便。把他戴上手铐脚镣吊在天花板上。甚至还用刀片割他的下体。"

露拉再也听不下去了，用双手捂住了耳朵，只通过分辨唐的口型知道他在说："真他妈的！"

"你能为此做点什么，真的很了不起。"她说，"或者说，即使是试着去做点什么，也已经很了不起。"

"天知道我这么做有什么用！"唐说，"只是让自己心里好过一点罢了。可他们到底会让我做什么呢？"

为什么唐和斯坦利先生总是问露拉这些没有答案的问题呢？她说："我们国家独裁统治期间，这种事情也发生过——"

"确切指什么？"唐问道。

"我是说这种事情就是会发生。"露拉嘴上说道，心里却在想，希望这家餐馆的食物不错。"也许，人性使然……"

唐说："我不知道还能做些什么。一旦你知道了，一旦你亲眼看见……所以我其实在登上那架锈得全身是洞、上面连小解的地方都没有的小飞机时，就已经把性命置之度外了。至少我给了那些人一些勇气、一些鼓励。让所谓的司法部门知道，有人在关注此事。然后我回到这里，吃着这些精致的食物，喝着这上等好酒，而那个小伙子可能因为我试图救他反而被折磨得更惨。"

"这种事情时有发生。"露拉说，"像我刚说的，人性使然。"

唐说："你别再这么说了。我在你这年纪的时候，从来不会说这种鬼话。我那时曾是完美主义者。我曾是那个想要把所有弱小者从大坏蛋手中拯救出来的英雄。"

露拉耸了耸肩，巴尔干半岛的典型姿势，"你要是生在我长大的地方就知道了。我们打从娘胎出来就知道真理是什么。"

"那真理是什么？"

"让弱小者掌权，一夜之间他们就摇身一变，成了恃强凌弱的大坏蛋。"

露拉打住了。这是在辩论吗？她不想让唐以为，她是在说他天真。但是提醒他一下她所在的国家以及这个国家所经历过的一切又有何妨。唐知道她是半个穆斯林教徒。他曾说过，不要故意强调这一点。她的签证申请书上写的可是基督教徒。

露拉说："那么你想问我什么问题？"如果这问题跟性有关，还是让唐现在就问比较好。等他为这顿饭买完单再问，她想拒绝就比较难了。

唐把头摇得好像游泳时耳朵进了水似的，"哦，对了。关于你给斯坦读的那个故事……"

"怎么了？"露拉问道。

一时之间，她在考虑要不要把有人潜入斯坦利先生家，在齐克的电脑上给她的故事添了个结尾这件事告诉唐。感觉自己像个心里藏了秘密的小孩子，想对大人一吐为快。可她毕竟不是个小孩子，而且万一帮自己收尾的那个写手是阿尔瓦诺，把唐·塞特贝洛扯进来会让事情更加复杂。她信任唐，可也仅限于目前为止。她还是想等等看，从现在开始到上甜点这段时间会发生点什么？

"我觉得你的故事太棒了。"唐说。

"谢谢。"露拉应道。这时侍应生来了，端着面包让他们选。唐挥挥手让他退下了。

"嗨，稍等。"露拉说。侍应生回到桌旁，露拉自己拿了一块点缀着葡萄干和碎橄榄的脆皮卷。

"选得好！"唐说，"我就喜欢胃口好的女孩。"

露拉给脆皮卷涂上黄油，咬了一口，没等咽下去，就用她自以为毫不轻浮的口气说："你刚刚谈到我写的故事。"

唐说："对的，关于你的故事。我擅作主张把它给我一个搞出版的朋友看了。她拿给一位编辑看了，太巧了，这位编辑恰好是保加利亚人。"

"保加利亚人？"一听说是保加利亚人，露拉已经开始有种不祥的预感了。

"对，保加利亚人。"唐说，"不管怎样，她读了你的故事，很感兴趣。"

"谢谢你。"露拉有些不自在。

"别谢我，"唐说，"不过她提了点建议……就是，关于人间仙子和那个历尽艰辛终于抱得美人归的男子的情节，以及关于葡萄的那部分，出自一则非常流行的巴尔干民间传说。所以你说发生在你爷爷的兄弟身上，这似乎有点……奇怪。"

　　表兄，露拉想改口又没说出口，可她一下子想不起来自己写了点什么。也许唐说得对。

　　唐说："她还说关于十五个孩子和后宫女眷这部分也跟巴尔干民间故事极其相似。不过结局打破了常规。我也很喜欢那个结尾。"

　　露拉说："这就是个短篇小说啊。"

　　唐说："我以为这是真人真事。我以为是从你日记中摘取的一部分。"

　　"我就是把它扩展了一下，"露拉说，"我以为你跟斯坦利先生都知道这一点。不管怎么说，小说里称作我爷爷的兄弟并不意味着它真的就是我爷爷的兄弟。我也可以给一个人物取名叫唐，但并不是写你。你读过阿尔巴尼亚最伟大的小说家伊斯梅尔·卡代莱的作品吗？他写过埃及法老和中世纪僧人，而实际上则是在暗指我国的独裁者。"

　　露拉不该提卡代莱的。虽然唐不可能会记得她曾经拿卡代莱的情节冒充自己的原创，但何苦冒这个风险呢？她说："保加利亚跟我生活过的地方以及跟地拉那人民现在的处境相比，简直就是迪士尼乐园。你的保加利亚朋友真该去那里参观一下。"

唐摊开双手的掌心，十指弯曲，好像在抓什么……抓什么呢？他才不在乎保加利亚。也不在乎露拉写的故事。

唐说："三角洲营地①太震撼了！你想当然，一味地想当然……可等你亲眼见证……你就心神不宁。只要有人愿意听，我就想倾诉一下。那种孤独感，那种压力……感谢上帝，赐给我这些好朋友和美食佳肴。我希望我女儿有一天也能懂。请再来一瓶酒，快点上！"

"不要了，谢谢。"露拉对着已经指向她杯子的酒瓶说。

"为了我再来一杯吧，谢了！"唐说。

两人沉默了片刻。接着什么东西重重地落在露拉的手上，连桌上的盘子都震得哗啦啦直响。一开始她以为是一大块温暖的砖头掉到她的手指上，结果原来是唐的一只手掌，把露拉的手紧紧按在餐桌上。露拉的第一反应是挣脱它，可她一动也没动，静候其变。

唐说："你是个漂亮的女人。"那口气听上去就好像他突然才发现这一点，并且很吃惊。他说："我这么说合适吗？我能不能这么赞美你？"

"赞美是一种恭维，"露拉说，优雅而不轻佻，"赞美人人爱听，相信我。"

唐的目光越过红酒杯看着露拉，确实有那么一小会儿，一瞬

---

① 关塔那摩基地的另一种叫法。

间……律师、当事人，律师、当事人，露拉的脑海里反复重复着这两个词，暗示着唐仅仅碰一下她的手会蒙受多大的风险。而且为了什么呢？就为单纯的人身接触？还是为追求浪漫？抑或他只是为了用短短几个钟头见不得光的性爱来逃避那个充满痛苦和不公的世界，却要冒着违反职业道德和被提起诉讼的双重风险？

紧接着，毫无征兆的，或许出于某个只有唐认为充分的理由，这种暧昧的气氛被打破了。唐抽回了自己的手，推了推鼻梁上的眼镜。刚才那个孤独落寞的唐一下消失了，取而代之的是正直无私的律师唐。

唐说："今天早晨我醒来，照了照镜子，发现我的头发变得灰白了。"

露拉尽量掩饰着自己脸上的疑惑。她第一次见唐的时候，他的头发不就已经是灰白的吗？

"我是在引用契诃夫的话。"唐说。

"我读过契诃夫，"露拉说，"可不记得头发灰白这一句。"

"年轻人永远不会记得，"唐说，"不知怎的，我如有神助，也许有某位政府官员暗中相助，他们又让我见了另一名囚犯。这人是从伊拉克的摩苏尔来的商人，倒霉就倒在跟某个基地组织的混蛋同名。当然，他们不会让我见那些重犯要犯。那些真的犯了罪、参与了阴谋的家伙反而还有权享受着人身保护。我才不在乎迪克·切尼到底想怎么糟蹋宪法——"

露拉插嘴说："要是霍查和米洛舍维奇生孩子，而且生个男孩，这孩子肯定长得像迪克·切尼。"她等了几个月，终于等到机会把这个笑话说给除齐克以外的人听了。可是时机不对。对于唐而言，这个岔打得毫无意义。

"让我见这些蒙冤的无辜者也好。他们什么坏事也没干，却没人关心这一点。我见的这个囚犯已经被关了几个月的禁闭。他的家人已经得知了情况并跟他取得了联系。他的妻子快疯了。三个孩子也哭着要爸爸。这人刚刚绝食抗争过，体重降到了八十五磅。"

露拉说："他被控的罪名是什么？"

唐说："莫须有的罪名。这人还管理过一个慈善机构，出资兴建过宗教学校，救助过孤儿和寡妇。"

露拉说："科索沃解放军也是这么干才有钱买所有的军火。他们在底特律和布朗克斯挨家挨户地搜集孤儿寡母。"

唐说："这真是愤世嫉俗的鬼话，每个人都这么说。"他义愤填膺的样子让露拉觉得无地自容，自己不就是他口中的愤世嫉俗者之一。露拉暗暗提醒自己，要收敛一下这种东盟的悲观主义，或者说现实主义论调，随机应变。

"我相信这个可怜的家伙。我当了三十年律师，当事人一撒谎我就看得出。"

于是露拉撒过的每一个谎都浮现在她的眼前。第一个谎唐知道，就是她在自己的签证申请中故意隐瞒了一半的穆斯林血统这件事。其实她家好几代人都已经不信教了。不过，如果你不把那个跑到阿富汗去发动伊斯兰圣战的三表弟算在内。谁还没有个这样的三表弟嘛！可万一他们通过这个三表弟找到她怎么办？只要有哪个人多事，发现真相，她明天就得被遣送回地拉那。

在餐厅里乳白色灯光的映衬下，每个人都显得健康、富有，兴致勃勃地与同伴共进午餐。她在这里的生活多惬意啊，要怎么才能继续下去呢？她点了一份用葡萄和番红花粉烹制的黑线鳕鱼。

唐说："谢谢。我不吃了。"他灌起酒来跟喝水似的。露拉暗忖是不是等会得扶着他上出租车。她手机里有他的办公室电话。可以通知他的秘书过来帮忙。

唐说："我的一个当事人被驱逐出境了。"

"是脚被车轧了的那个吗？"露拉要抓住这个机会证明自己当时专心在听。她心里希望是同一个当事人。唐的当事人被遣送回去得越多，她就会觉得情况越来越不容乐观。

"好姑娘。"唐说，"但不是的，是另外一个。说真心话，我开始疑惑了，我为什么要这么努力？"

"别自责了，"露拉说，"你帮我拿到了工作签证。帮埃斯特利亚解了围，还——"

"可这个当事人有绿卡。"唐说，"他是个包工头，孟加拉人。他的家人是什么稀奇古怪的福音派新教徒。"

"他做了什么？"露拉问道。

"非法持有武器。就是一把未登记的手枪。说实话，要是换

138

我住在这个当事人居住的地方，带着两个小孩和妻子住在布什威克的边远郊区，我也会想办法保护我自己，不管有没有持枪证。"

"是的，肯定的，哇。"露拉惊叹道。

"这里太热了吗？"唐问道。

唐怎么会看见她脖子后面渗出的一粒粒汗珠？在电视上，嫌疑人如果出汗，不是嗑药了就是犯罪了，或者两者皆是。

"有点过敏。"露拉说。她在想，要是把阿尔瓦诺的枪扔掉，就把阿尔巴尼亚三兄弟给得罪了；要是继续帮他们藏枪，就得整天提心吊胆，怕有人向安全局告发，哪种处境更危险一点？被人告发的可能性似乎比较小一点。

"现在又不是过敏季节。你该去检查一下眼睛。"唐说，"我就是跟你差不多年纪的时候戴上了眼镜。"

什么年纪？要是别人，她肯定会这么问。但是唐知道她的年龄，具体到年月日。都在她的申请表上写着。既然唐都知道这么多了，要是能问问他关于那把枪的事就好了。毕竟，他是她的律师啊。可她知道，唐肯定会说：别理那三个可疑的老乡，他们敲门也别开。而她自己则会假装接受建议，然后当作耳旁风。

露拉点的黑线鳕鱼来了。这条鱼煮得恰到好处，切成薄片，一层层裹上黄油，简直让人以为是上帝，或某种更高级的智能创造了这种鱼。"你要不要来一点儿？"太慷慨了！这种话很可能会鼓励唐再次握住她的手。

"不了，谢谢。"唐说，"我这一餐好像净喝酒了。你吃吧，吃完午餐再说。我保证不扫你的兴。"

唐说到做到。一直等到露拉把盘子吃了个精光，他才开口说道："情况比我想象得还严重。"

"我们来点咖啡吧。"露拉提议道。她和侍应生不谋而合，想让唐多喝点咖啡，这样在他签信用卡收据之前，他就还能清醒到叫露拉帮他算百分之二十的小费。

"喝呀，"露拉一边不停地劝他喝咖啡，一边不停地往他耳朵里灌有关齐克和斯坦利先生的鸡毛蒜皮——马上要去参观大学啦，齐克数学考试得了 B^+ 啦。唐把咖啡全喝光了。可能是因为无聊吧，那又怎么样？她的目的就是让咖啡因起作用。

搀扶着唐回办公室的路上，有几个路人很没礼貌地盯着他们看，露拉一概回以白眼。挽着一位英雄的胳膊扶他走下人行道多荣幸啊。

乘电梯上楼唐还勉强能应付。他们握了握手，又不尴不尬地拥抱了一下。然后露拉才乘公车回新泽西。

她决定不提跟唐共进午餐这回事。可当天晚上，斯坦利先生第一件事就问到了，"你跟唐午餐吃得怎么样？"

"他好像有点儿……难过，"露拉如实禀报，"吃得很少。"

"他喝酒了吗？"斯坦利先生问道。

"只喝了些红酒。"露拉说。

"如我所料。"斯坦利先生说，"我是说，他比较难过这件事。唉，天啊，露拉，我们国家变成这副局面，谁不难过呢？今天晚上我开车回家的时候，听到美国国家公共电台报道说，有四万人无家可归，住在收容所里。这还仅仅是在纽约市！我真替金姜担心，不想她受苦。好在她比较喜欢在纳瓦霍的蒸汗屋里跟一群傻子待在一起，并不喜欢跟一群在身上捉虱子的酒鬼待在一起。"

"肯定的，"露拉说，"我敢肯定她没事。"说完，她走到水槽边，专心地洗一把叉子，是齐克留在那里的。

斯坦利先生又问："唐想谈些什么？"

露拉说："我写的小说。"

"他跟我说很喜欢。"

"是的。但是下一次，我想，我可能要等一等再给别人看。"

"我们没有要催你的意思。"斯坦利先生说，"但愿唐没让你心烦……他最近压力很大。"

"唐是个英雄。"露拉说。

"他确实是。"斯坦利先生说。

第六章

就在露拉快要放弃希望，以为再也不会见到那阿尔巴尼亚三兄弟的时候，阿尔瓦诺现身了。他的一只手上缠了块纱布绷带，进来顺手关上前门的时候他连忙闪躲。他皱眉的样子以及绷带的白颜色有种说不出的性感。当露拉问他怎么搞的，他回答说一根锯齿断了，割到了手。干建筑这一行总难免出点事故。他说："工伤赔偿委员会巴不得我们这些工人个个都失去合法身份，所以没人会去索赔。"

"我还真不知道这里有工伤保险这码事。"露拉说。

"以前有。"阿尔瓦诺告诉她。

"咖啡？"露拉问道。咖啡很快煮好了。她一边用上次剩下的奶奶的红椒酱做三明治，一边想这将是她今天最开心的时刻，而这最开心的一刻已经过去了，想着想着就耽误了些时间。应该给阿尔瓦诺做点吃的，齐克剩下的匹萨？做个煎蛋饼倒是可以。

阿尔瓦诺说，"我正好在这附近。你想出去吃午饭吗？"

"我需要换身衣服吗？"露拉没想到这么一问会令他上上下下

打量她一番。早知如此，为什么不坚持每天穿漂亮衣服，化点妆呢？只怪自己太没耐心。

"穿牛仔裤没问题。"阿尔瓦诺说。

露拉本来以为"连帽衫"和"皮夹克"会坐在雷克萨斯里等他们，谁知越野车里空无一人。

"你没事吧？"阿尔瓦诺问道。

为什么人人都这么问她？她的喜怒哀乐都写在脸上，全世界都能看到吗？

她说："我大学时玩扑克牌。有好多次，我赢了好多钱，就请朋友们到俱乐部喝酒，就是在布洛库我们经常去的那一家。"

"什么俱乐部？"阿尔瓦诺问道。

"天堂俱乐部。"

"那儿我也常去，"阿尔瓦诺说，"怎么我从来没见过你？"

"我一直都在那儿。"露拉说。

阿尔瓦诺发动了车，从人行道边上开了出去。

"要是我会开车就好了。"露拉说。

"我可以教你。"阿尔瓦诺说，"很简单的。连小孩儿都会开，老奶奶也会开。只要上一节课就行。"

"两节课吧。"露拉说。

"就一节。"阿尔瓦诺说。

早上刚下过雨，还没蒸发的水珠在落叶和枯草上闪闪发光。他们经过一片高尔夫球场时，看到上面有一栋三个房顶的建筑，中间高两边低，活像女巫的帽子。

"看呀！"露拉说，"那个好像地拉那公园里的小吃店。"

阿尔瓦诺点点头。他竟然知道她说的是哪家小吃店，这让她莫名其妙地高兴起来。

最后，两人都陷入沉默，有种恰似亲密恋人或已婚夫妇之间那种安安静静的幸福感，这种幸福感，露拉仍然希望无论如何将来有一天能够享受得到。跟阿尔瓦诺一起吗？她开始想入非非。

在 GPS 的温柔声音指引下，阿尔瓦诺转了一个又一个弯。最后它轻轻地说："靠近目的地。"阿尔瓦诺把车泊在一家餐馆前面。这家餐馆的窗户都用黑色窗帘遮住，除了店名是亚洲文字，其他大多是阿尔巴尼亚风格。

"古萨姆餐厅？"露拉念道。

"古暹罗餐厅，"阿尔瓦诺纠正道，"古萨姆，太好笑了！"①

露拉说："笑吧，尽管笑好了。好家伙。你不知道我有阅读障碍吗？"

"阿尔巴尼亚人才不会得阅读障碍症呢。这毛病是美国人杜撰的，这样他们就不用承认自己的孩子是智障了。"

"说不定我就是到了这儿才得上的。"露拉说。说到这里，本来很容易就能把话题引到拼写上面来。要是能搞清阿尔瓦诺到底会不会拼 beauty 和 healer 这两个单词不就好了。很多疑问就迎刃

---

① 此处露拉把 Old Siam 念成了 Old Sam。

而解了。或者，不管怎么样，解决了一个最大的疑问。

阿尔瓦诺说："我们还是先下车吧。"

"噢，抱歉。"露拉说。

古暹罗餐厅的停车场上只稀稀拉拉地停了几辆车，露拉有点惴惴不安。抿上两口夏日风情甜饮——下一站，就被卖到曼谷的妓院。怪不得她的社交生活一塌糊涂！请吃一顿午饭就能被卖掉，而她自己还稀里糊涂不知道，谁会跟这样的女孩约会！他俩穿过沥青路的时候，她的指尖、她的头皮，似乎都不受大脑的控制，莫名其妙地对阿尔瓦诺顾长的体型起了反应。这男人可是因为闯进家里来藏一把枪才认识的，单独跟他出来安全吗？真不可思议，几缕神经末梢一发烧，露拉脑子里的什么理智、什么顾虑就立马全都消停了。

阿尔瓦诺说："这地方是我工作地方的一个泰国朋友告诉我的。我喜欢这个国家。有些人一辈子住在这里，一辈子只吃阿尔巴尼亚菜。可我喜欢那些做地道的外国菜的餐馆，这些国家在阿尔巴尼亚从来连听都没听说过。"

"深有同感。"露拉说。她开始想象自己和阿尔瓦诺一起，两个大无畏的美食探险家，不必踏出纽约、新泽西和康涅狄格这三个州一步，就能尝遍世界各地美食。他刚说过，他工作地方的朋友。说不定他和那些人合伙管理一个包工队。说不定他们就有泰国工人。

"昆斯餐馆最棒。"阿尔瓦诺说。

"我从来没去过昆斯。"露拉说，"很想去。"

餐厅里没别的顾客，餐桌上都铺着黄色桌布，摆放着叠好的餐巾，保持着原封不动的整洁。这时有人打开了音响，里面传出娃娃音的女声，柔声呢喃，唱唱停停，停停唱唱，把一首歌唱得像是摇篮曲，但肯定是关于失恋的。露拉想，要是自己有孩子，就放这样的音乐给它听。

这时从餐厅里面出来了一个亚洲女人，见到他俩很是高兴，搞得露拉都不好意思直视她的笑脸。

"来点水吗？"那女人微笑地把两份菜单放在他俩面前。他们点头致谢。"啤酒？泰国啤酒？"点头。还是点头。更多的微笑。露拉看着她走向厨房门，只见那里还有一个亚洲女人和两个穿白衬衫、打领带的金发男子，都紧张兮兮地等在门口，仿佛执行什么绝密任务后等着向她汇报情况似的。

"摩门教徒。"露拉说。

"我想也是。"阿尔瓦诺说。

露拉说："他们怎么进来的？就算在高压统治时期，地拉那也还能看到摩门教徒。"

阿尔瓦诺说："有的人已经付出过代价，有的人却永远要付出代价。"

四周的墙壁上都装着镜子，露拉看见镜中的自己和阿尔瓦诺正站在曼谷的一条运河边。原来是光线造成的幻觉：他们身后的一张海报上，一座寺庙，几条金龙正盘在庙宇的尖顶之下。

露拉说："你以前来过这里吃饭吗？"

"没来过。我喜欢每天都变来变去。同样的地方从来不去第二次。"阿尔瓦诺说这话的语气让露拉不安。那语气并不像出自一个优游自在、尽情作乐的个体承包商，倒像是一个黑帮分子或者政客在描述为防止暗杀而设计的安保措施似的。或者这是个什么哲学命题吗？露拉觉得还是别问了。也许这是他自己跟自己玩的一个游戏，一个不可告人的秘密，就像那些女总裁参加董事会议时穿着法国内衣。阿尔瓦诺的枪正藏在露拉放内衣的抽屉里，包裹在那些薄薄的衣衫里。这么想的话，买这些衣服花的钱可能一点也不浪费呢。

他说："私生活也一样。你不会这么傻。你知道情侣一般在哪儿会遭枪击吗？一般总是在林荫小道上、俯瞰休斯敦的长椅上。正常人谁会去那种地方？说不定哪个精神病跟上你们，"啷"的一枪。等救护车赶到，凶手都快跑到宾夕法尼亚去了。"

他有妄想症吧，露拉想。又找到一个共同点。按照巴尔干人的常识，只有英语中才有妄想症这个词。不在俯瞰休斯敦的长椅上谈情说爱露拉还能忍受，可要是有个同一件事从来不做第二次的男朋友会是什么滋味？要是做爱嘛，可能会蛮有趣的。她到哪去找男朋友啊？就凭吃顿泰国菜吗？如果吃顿午饭就算确立恋爱关系的话，那露拉和唐都算结婚了。

可是，等等。她盘子上那是根头发吗？哦，不是的，原来是她手套上掉下的一根线头。这时她那缠着一根红发的淡紫色香皂，像一团恶心的阴影浮现在光亮的瓷器上，露拉连忙把它捡起来。就几秒钟，还没等露拉搞清楚它的颜色是不是跟阿尔瓦诺的发色相同，那幻影就消失了。

她说："你有没有跟踪过别人？"

阿尔瓦诺说："奇怪的问题，不过没关系。你想让我跟踪你吗？"

"你照照镜子，"露拉说，"那不是我们嘛。在泰国吃午餐。"

阿尔瓦诺看了看，并不感兴趣。接着两人都不再说话。

最后阿尔瓦诺说："我不会去那儿。我认识一个夏尔巴人，是个佛教徒。工作很卖力，从不撒谎。他跟我讲，你知道他们老家有条狗是怎么干掉牦牛的吗？它跟在牦牛屁股后面往上一跳，咬住牛肠子拉出来。"

"这恐怕是城市人的传说吧。"露拉说。

"我本来也这么以为。"阿尔瓦诺说，"后来我在网上亲眼看见了。"

"可要真有这么凶猛的狗，"露拉说，"为什么那些狗没变得炙手可热，成为说唱歌星、亚洲毒品大佬和墨西哥缉毒刑警的新宠呢？"

"问得好。"阿尔瓦诺说。

侍应生上了啤酒。

"干杯！"阿尔瓦诺用家乡话向露拉敬酒。

"干杯。"露拉回敬道。

只喝了几口，露拉心中便翻腾起欢乐的浪花。生活也没那么糟糕嘛。回想在地拉那的日子，没人带她出来吃午饭，而且这种地方会很贵，也没有泰国餐馆。在老家就只有阿尔巴尼亚菜，也有中国菜，但都差不多，只不过中国人都是蜜糖色和金黄色的皮肤。就在她离开之前，地拉那开了一家墨西哥餐馆，名字叫什么"某某先生餐厅"，那里的侍者都戴着牛仔帽，为从密苏里州来的传教士们端上融化的绵羊奶干酪和玉米片。丹妮娅和那个白俄罗斯模特曾经带露拉到里文顿大街上的一家泰式餐厅吃饭，为她庆祝二十五岁生日。所以泰国菜她已经吃过一次了。

　　"干吗叹气?"阿尔瓦诺问道。

　　露拉说："我在想一个朋友。"

　　"像男朋友的那种朋友?"阿尔瓦诺问道。

　　"是我一个闺蜜。昨晚我睡不着，就起床下楼，打开电视机，把所有频道都换了一遍。我老板家的房子最大的好处就是墙很厚，隔着墙什么声音都听不到。"

　　"太好了。"阿尔瓦诺说，"比方说，你有客人来他们也听不到。"

　　他这是在跟她调情吗? 万一会错了意，可就糟大了。

　　"从来没客人找我。"露拉说，"昨晚看电视，看到一个关于阿尔巴尼亚女孩的访谈节目。那女孩说要嫁给一个有钱的黑帮老大，结果却爱上了他的弟弟。这个黑帮老大的弟弟把她带到意大利，拿皮带抽她，还撵她出去当妓女，直到她叔叔找到她，请了

149

个阿尔巴尼亚律师把她救了回来。接受采访的还有两个女孩，遭遇都差不多，睫毛膏都化了，顺着眼泪淌在脸上，像鬼一样。事情就是这样，我躺在床上睡不着，就是在担心我的朋友丹妮娅。她本来跟我一起在纽约的，后来她回国了，可是她好像人间蒸发了。她既聪明又坚强，我告诉自己她肯定没事儿。可也许我只是因为懒——"

"我吃过很多泰国菜，"阿尔瓦诺说，"可这菜单上的菜我几乎一个也不认识。"

露拉说："我只知道泰式炒米粉。这地方为什么这么冷清啊？"

阿尔瓦诺说："可能因为新泽西的人都太弱智了，不知道暹罗就是泰国的意思吧。"

他招手示意那个泰国女人回来，热情地盯着她的双眼，那眼神就好像他是她最心爱的儿子，是顺道过来吃顿午饭似的。那女人又是点头又是招手的，打了个手势，表示"全交给我吧！"然后就进了厨房消失了。

"干得好！"露拉说。

"哪些人你可以信任，"阿尔瓦诺说，"你看一眼就知道。这不是我们从小到大学到的吗，我说的对吧？我读过一本书，写的是几个保镖，分别为黑社会、英国王室和沙特阿拉伯外交官们工作。那些阿拉伯司机都是些亡命之徒，该被送到关塔那摩监狱关起来。"

露拉说："我的律师就有个当事人被关在关塔那摩。"

"他真不幸,"阿尔瓦诺在胸前划着十字,"他的当事人太不幸了。"

"你是基督教徒?"露拉问。

"我什么教徒都不是。我是阿尔巴尼亚人。跟你一样啊。"

"跟我一样。我是说,要是真有上帝的话,他为什么对我们阿尔巴尼亚人这么厌恶呢?"

"也许上帝性格不好。"阿尔瓦诺说。

"有这个可能。"关于上帝的话题也没别的可谈了。谈话陷入僵局,最后露拉只好问:"你什么时候来美国的?"虽然明知道这个问题对于第一次约会而言太无聊了。

"我很走运,1990 年就来了。否则我现在还待在老家。你肯定是先来到这里,然后才遇到个厉害的律师帮你搞到工作签证的吧?"

"他名气很响。"露拉尽量不去想唐把手放在她手上这件事。

"他要真那么厉害,为什么还会有当事人困在关塔那摩呢?这个国家真是疯了。"

"说到点子上了。"露拉说。

阿尔瓦诺说:"要不是美国出手相救,塞尔维亚人差点把科索沃给种族清洗了。不管怎么样,我们都要对美国心存感激……可你知道吗?有时候我在想,这个国家怎么越来越像阿尔巴尼亚了,而阿尔巴尼亚怎么也越来越像美国了呢?就好像我们坐着相反方向的电梯，却在中间遇上了。"

"这是阿尔巴尼亚在做梦吧。"露拉说。

"我们应该进欧盟的。不要提什么贩毒、毒品之类的。我们要是有石油甚至天然气之类的能源，我们早就进欧盟了。然后你会找到几个被蒙蔽的阿尔巴尼亚兄弟，让他们密谋炸毁新泽西南部的某个军事基地，传达错误信息。那会让别人怎么看我们？"

"什么阴谋？"露拉问道，"什么基地？"要是斯坦利先生没让她注意看那条新闻就好了。

"别人会以为我们是死灰复燃的圣战分子。"阿尔瓦诺说，"这是个问题。我的二表弟办婚礼，可我家没一个人会去参加，因为他又不让喝酒又不让放音乐。婚礼居然不喝酒，什么鬼宗教嘛这是？这样的婚姻一开始就不吉利。"

露拉差一点就提到，她家情况也差不多。她不知道自己的表兄，就是那个圣战分子，是否被邀请参加婚礼，甚至连他到底有没有结婚都不知道。但心里的疑虑还是令她克制自己，不要自动透露太多的个人信息。毕竟阿尔瓦诺到底是什么人还不知道呢。他怎么知道她的名字的？从乔治表哥那里打听到的？还是他移民局的姨妈？或者他会是美国移民局的密探吗？

露拉说："要是一个阿尔巴尼亚女孩回国后失踪了，你有门路查到她在什么地方吗？"

"干吗？你打算玩人间蒸发？"

"我朋友，"露拉说，"丹妮娅。就是我担心的那个。"她一下子热泪盈眶，阿尔瓦诺蒙了。他们一共才没见过几面，但他已经见她哭过，而且不知道怎么劝她。他很可能以为她一直都这样哭。

"好吧。你看，"阿尔瓦诺说，"我认识些人。国内有，这里也有。也许能找到点线索，但我不保证……"

他把自己的手机递给露拉。"把她的名字记下来，还有你手上的任何联系方式。"继而他转念一想，又把手机收回去了，换了一支圆珠笔和一张餐巾纸。露拉就把丹妮娅的名字和她妈妈的地址写在上面。阿尔瓦诺看了看，直摇头。

"幸亏我不在老家。"说着他把餐巾纸装进口袋里。露拉觉得她仿佛眼睁睁地看着丹妮娅消失在阿尔瓦诺那件棉外套的黑漆漆的口袋里。

这时，泰国女人回来了，上了一大盘松脆的油炸片状食物。露拉也不客气，尝了一大口，咸咸的，油腻腻的，又很美味……到底是什么呢？

"这是欧芹，"阿尔瓦诺说。他不仅知道这盘菜的名字，而且吃得津津有味，发出轻微的嘎吱嘎吱的咀嚼声，这让露拉很喜欢。人们所有关于性方面的鬼话，什么手的大小跟阴茎的大小成比例啊，什么割过包皮和没割过的带来快感的能力不尽相同啦，据露拉的经验，只有一个是真的，那就是热爱美食跟床上功夫好有一定的关系。想到这个话题她就很开心，可一想起唐·塞特贝洛曾说，喜欢胃口好的女人，又稍稍扫了点兴致。

泰国女人又上了几个菜。农家鸭做得很地道。

"谢谢。"阿尔瓦诺和露拉异口同声地说。

"每年秋天我爷爷都开枪打死一只鸭子,"阿尔瓦诺说,"每个同志每年一只鸭子。"

露拉夹起一块鸭肉,用门牙把骨头上面的鸭肉撕下来,味道辣辣的,汁水很多。然后把酥脆的鸭皮放在一边,准备待会儿享用,这时她注意到阿尔瓦诺正盯着她,看她吮吸手指的样子。

"我爸爸以前也是,"她说,"一年一只鸭子。是不是有个什么全国性的节日,所有同志都要出门痛饮葡萄酒,一起开枪打鸟,最后大家却在对方背后放枪?"

"我不记得了。"阿尔瓦诺说,"那时从来没人带我去过。猎人被打中是常有的事。"

露拉说:"我爸爸教过我射击。"浑身弹孔的麦当娜从她眼前飘过。

"我是自学的,"阿尔瓦诺说,"没办法。"

又错失一次良机。她本来可以撒撒娇,问问他搞承包的要枪干吗。很遗憾的,这个话题就这么一带而过。要是阿尔瓦诺想把枪要回去呢?"那你们几个是造什么的呢?"

"造的都是些商务楼。超市。我不是跟你讲过?我们搞超市的翻修工作。"

"可能你说过吧。"露拉说。她脑子里都是那家超市,她根据他的收银条找到的那家。已经有人在那里搞施工了。也许他投标

154

了但没中。前前后后的线索加起来，还是毫无头绪。

"你要是把我们那家超市翻修一下就好了。"露拉说，"那家超市卖有机食品，东西贵得很，但是有股难闻的味儿，好像地窖里的死老鼠。"

阿尔瓦诺说："那家超市叫什么名字？"

"叫'好地'超市。"露拉说。

"离你那儿很近？"

"开车五分钟。"露拉说。

也许有一天，她和阿尔瓦诺会很熟，她就能把发现那张收银条，去那家商场期望跟他邂逅这件事告诉他。他一定会觉得很受用，要么就假装不动声色。他们会一致同意这么做既有趣又可爱，接下来就该做爱了。

"你住哪儿？"露拉问。

"阿斯托里亚。"阿尔瓦诺答道。

"跟谁住？"

"一个人住。"

"我还以为你有女朋友。"

"以前有。现在没了。"

"替你感到难过，"露拉言不由衷。要是平常约会，她可以问他为什么跟前女友掰了，然后把话题引向更加亲密的一层。一旦话题变得非常隐私，也许还能问问他有没有跑到她的浴室里淋浴过。接下来，也许还能聊聊他在齐克的电脑上帮她写了小说的结

155

尾这事。她会告诉他，他写的那个什么十五个孩子和女眷成群的结尾，这一段深受她的老板和律师的喜爱。

这时泰国女人过来收走了他们的盘子，换上两只碗，给露拉的那碗是咖喱鸡，阿尔瓦诺的则是一碗什么肉类。这女人不仅知道他们想吃什么东西，而且连他们什么时候想换换口味都知道。露拉的胸中火辣辣的，也不知道是因为辣椒太辣，还是因为阿尔瓦诺从餐桌对面伸出筷子，从她碗里夹了一块鸡肉。她把碗推到阿尔瓦诺面前。想吃多少就吃多少！

她说："那你是怎么来到美国的？"

"没什么特别的。"阿尔瓦诺说，"我爸是工程师。"

露拉说："从我们那种国家来的人个个都是工程师。"

"他以前在底特律有个理发店，也是一门祖传的技术。我爷爷以前在村里给人理发。底特律市长的头就是他给剃的，所以我们全家都拿到了绿卡。所以你可以说我从剃头上升到建筑施工这一行，也可以说我从工程师沦落到建筑施工这一行。就看你用什么标准衡量了。"

露拉说："我们家是沦落了，不管你用什么标准衡量。有一次我爸穿过斯坎德培广场时，看到一个女人，身旁有只巨鸟在人行道上跳来跳去。她说那是老鹰，但我爸知道那不是普通的鹰，而是一只双头山鹰，体型有一个三岁小孩那么大。漂亮极了。那女人刚开始做这个生意，就是把我们的国鸟租给足球赛事、婚礼和私人派对。她生意火爆，订单多得都顾不过来了。所以不得不雇个人，租间办公室，装部电话，还得花钱请兽医。换句话说，忙得焦头烂额。要是我老爸愿意投钱进去，赚的钱六个月就可以分到一半。你想听后来发生什么了吗？"

阿尔瓦诺说："他的投资吗？不感兴趣，我只想知道那只鸟后来怎么了。"

露拉双手举过头顶，像鸟拍翅膀似的挥舞着。

阿尔瓦诺说："你爸运气太差，没能找到双头鹰。那可真能赚大钱。"

"是太差了。"露拉说。她看到那个带着一只鸟的女人时，就她一个，她爸根本不在场。她为什么要对阿尔瓦诺撒谎呢？因为这是个好故事。

他说："你们这些人在老家待得久，经历了好多，我们都错过了。"

露拉发现自己正不自觉地盯着阿尔瓦诺的双手。她多希望能握住他的双手，放在自己怀里，让他感受一下两颗心正以相同的巴尔干节奏跳动着。"可我能怎么样呢？我爸又不是工程师。他是个鞋匠。"这么说也无妨。她爸生前也干过把偷来的中国拖鞋销赃这种勾当。

"那你是怎么到这儿来的？"阿尔瓦诺说。

露拉说："我姑妈从她底特律的叔叔那里继承了一笔遗产。她把这些钱存美国银行里，她死后又把这钱遗赠给了我。"

"你是通过旅游签证到这儿来的吧？你怎么做到的？"

露拉笑了笑，眨了眨眼睫毛。

"老办法。"阿尔瓦诺说。

"你回过国吗？"露拉问道。

"我妈搬回家了。"阿尔瓦诺说，"她现在住在地拉那，跟我爸离婚了。我猜是因为我爸是个理发匠，配不上她吧。我每隔几年回国看看她，尝尝她做的饭菜。这也是为啥我知道那个叫天堂俱乐部的地方。我在那儿从来没看到你。"

"我真去过。"露拉说。

"你要去过，我应该会记得。"阿尔瓦诺说。

泰国女人又上了一杯香甜的咖啡和一份堆得颤巍巍的橙黄色布丁。"这是免费赠送的。"她说。阿尔瓦诺尝了几口，对泰国女人微微一笑。接着把布丁推到露拉面前，露拉不客气地把整盘吃了个精光。阿尔瓦诺把最后几滴啤酒喝掉了，露拉也一饮而尽，虽然吃了芒果布丁以后觉得啤酒很难喝。这下桌上的食物和饮料一点不剩，没有理由再待下去了。

阿尔瓦诺说："你下周还在这儿吗？"

不在这儿她还能去哪儿？她一定会想办法把他安排到自己无所事事碌碌无为的日程表中去的。"当然。哦，不对，等一下。礼拜一、礼拜二、礼拜三，我要跟齐克和斯坦利先生去参观大学。"

"就像《黑帮家族》里面那样？"阿尔瓦诺问道。"就是托尼干掉告密者的那段。"

"我看过几集，"露拉说，"但那集没看过。"

"你慢慢看。"阿尔瓦诺说，"这么说，你跟你老板有一腿？"

"我们住旅馆都分房睡的。"其实这个问题都还没被提到过。但她很了解斯坦利先生。他和齐克合住一间，她自己单独住一间。

"我爸以前也想让我上大学，"阿尔瓦诺说，"社区大学在底特律的贫民区。只有百分之十五是白种学生。进这种大学多数要吃苦头，蹲监狱都比那里强。"

露拉稍加思索，还是决定不要提她在地拉那的大学生涯了，虽然之前的那些谈话——谈到在拉尚吉塔当服务员，谈到唐跟斯坦利先生时，她已经不失时机地炫耀过自己受过的教育了。

阿尔瓦诺问道："这么说，陪他们参观也是你工作的一部分咯？你还真是事必躬亲啊，小姐。你们阿尔巴尼亚女孩个个都这样。只有特蕾莎修女最聪明。"

"特蕾莎修女？"

"就是最擅长搞公共关系的那个。她工作起来既像天才又像天使。在阿尔巴尼亚，人人都在存钱，想方设法移民到更好的国家。基本上可以说，随便哪儿都比这儿好。而只有特蕾莎修女搬到比阿尔巴尼亚还差的地方。这不，人家就得了诺贝尔奖！"

"她是有史以来最有名气的阿尔巴尼亚人了。"露拉说。

"你又来了。"阿尔瓦诺说，"她和约翰·贝鲁西[1]。谁都知

---

[1] 美国喜剧演员，其父母都是阿尔巴尼亚裔。

道要是没了照相机，名人是啥德性。"

露拉一向很崇拜特蕾莎修女，崇拜她将奄奄一息的人轻轻抱在怀中，用枯瘦如柴的手护住生命最后一丝微光。她说："我无法想象特蕾莎修女将手机扔到摄影师身上的样子。"

"结账！"阿尔瓦诺边说边掏出钱包。

露拉刚说什么了？说到特蕾莎修女，她真应该顺着他的话说的。很可能他不是针对她的，他确实得去别的地方。

"谢谢你请我吃午餐，"露拉说，"下下周怎么样？"

"什么下下周？"阿尔瓦诺说。

"等我参观回来的下一周我们可以聚一下。"

"不敢说，"阿尔瓦诺说，"谁知道到那时候世界还存在不存在呢！"

"肯定存在。"露拉说。

"你凭什么这么肯定？"阿尔瓦诺说。

"好吧，我不敢肯定。"露拉说。

开车回去的路上两人都不说话。阿尔瓦诺把车停在斯坦利家门前，然后亲了她两下，左右脸颊各一下。一点也没什么不规矩。就像对自己的小妹妹那样。

露拉搭了一下他的肩。

"再见！"她说，与此同时，阿尔瓦诺也说："再见。"

那天傍晚，齐克回家时下巴上新迸出一颗显眼的痘痘。露拉

160

本想装作没注意，但还是拗不过自己，仔细看了看。他今晚得吃蔬菜，随他怎么抱怨去。跟阿尔瓦诺吃的那顿午饭让露拉变得暴躁，一想到这种并非发自内心的关心竟然是她分内工作中如此重要的一部分，她就觉得很压抑。

她说："晚饭我们吃匹萨。"连选择速冻汉堡的机会也没留给齐克。吃速冻狗食，这是什么恶心的生活方式啊，而二十分钟路程以外的人们正津津有味地享用着烤鸭和炸欧芹。"还有色拉。你得吃些色拉。"

"我讨厌色拉。"齐克抗议道。

露拉说："那我们换换口味，到另外那家超市去吧。就是比较远的那家。"她能感觉得到，齐克肯定听出了她的口气有点针锋相对的挑战意味，这不是在怂恿他逾越斯坦利先生圈定的活动范围吗？他这么顺从地接受他爸的约束，都不像是十几岁的叛逆少年，简直令露拉怀疑齐克是不是因为自己心中有所担忧和疑虑。而他爸的规定正好给了他一个求之不得的借口，这样就不必去面对他的恐惧和疑虑了。他妈妈失踪那晚，就是把他们爷俩支使到这家超市里买东西的，要是这孩子不肯去这家超市，不也是有情可原的吗？

齐克对她的话微微一笑，那笑容不像是人类的表情，而像一只大猩猩想要逼退对手时的样子。"我没时间去。还得写篇英语课的垃圾文章。"

"写什么？"露拉问道。

"写垃圾。"齐克说。

齐克开车载两人到了"好地"超市。露拉还在痴心妄想着，说不定正好能碰到阿尔瓦诺也在那儿，问超市老板需不需要专业服务，帮他们消除地窖里散发出来的那股死老鼠味儿。他们买了些干酪、番茄酱和匹萨饼皮。回家路上，露拉说："我们偶尔也该去下另外那家超市。"老是这样戳一个孩子的痛处，她该不会是性格有什么缺陷吧？

"我爸会发火的。"齐克说，"我猜他会查里程的。"

"他又不可能每天都查。"露拉说。他俩快到家时，露拉正准备打开奶酪，这才发现包装已经鼓起来了，里面有白色奶酪渗出。

齐克说："那干酪怎么闻起来像以前小学校车里小孩生病时的味道？"

露拉说："我看电视上报道，有人如何把发霉的汉堡捣碎，让红色的肉露在外面，把绿色的霉斑搅到了中间——"

"这故事你让我看过。"齐克说。

露拉把干酪扔进垃圾桶，齐克跟着她走到门外，去把塑料袋丢到垃圾箱里。两人都没穿外套，外面很冷，所以露拉只好靠唠叨来转移注意力。"超市里那些坏女人把保质期给改了，哪个倒霉的孩子在家庭野餐时吃了个过期汉堡，结果就得靠呼吸机维持生命。这样超市就能赚……多少钱呢？一百块，十块，谁在乎啊？人命对他们而言一文不值。"

"公司资本主义。"齐克说。

"都一样黑。"露拉说。

"那还用说。"齐克说，"别提那个干酪了，行吧，露拉？你可以用番茄。"他的声音听上去挺难过的，露拉推着他进了暖和的屋里。

"来点鸡尾酒吗？"齐克问。

"当然。"露拉说。像往常一样，她给齐克兑了一杯淡的，对自己的那份可没少兑酒，她很快地一饮而尽，接着又给自己兑了一杯。

她说："我在拉尚吉塔打工的一天晚上，客人们玩听音乐抢椅子的游戏。他们是店里最后几个客人，付的账单数额很大，还留了可观的小费，所以店员们也就没撵他们，任他们胡闹。其中一个领头的把'苹果'手机音乐开得很响，其他几个客人就围着那些椅子手舞足蹈，音乐一停他们就赶忙坐下抢椅子。其中有个最丑的女孩第一个出局，她还哭了。在阿尔巴尼亚，人们不玩这种游戏。他们玩其他的自虐游戏，就是不玩这种。我们通过生活的现实知道，世界上人多椅子少，不够坐。所以本来很有趣的事情也没人能理解。"

齐克说："我能问你点儿事吗？"

"当然。"露拉饮尽了杯中最后一点儿酒。

"你怎么没有男朋友呢？"

齐克该不会以为她说的故事是这个意思吧？她差点儿就说，

我有男朋友的。"我在这儿能遇到什么样的男朋友？连邮递员都已婚了。你想给我介绍一个？"

"我的朋友们都太小了。"齐克说。

露拉在齐克身边转悠，看着他吃掉了三块匹萨，就把剩下的都扔到垃圾桶里。她可不想让斯坦利先生看到她给他儿子吃这么差的食物。接着她上楼回到自己房间。让斯坦利先生一个人去独享他那杯美味的白开水去吧。

那天晚上，露拉从一场噩梦中惊醒了。她梦见丹妮娅那张斑驳的脸从一团团滚滚黑烟中露出来。她是多么想念身边有丹妮娅劝劝她呀，想念她在发型上、穿衣搭配上、男朋友上出的馊主意，想念她在移民、生活方面出的糟糕点子。只有跟丹妮娅，她才能谈谈阿尔瓦诺的事。还可以让丹妮娅通过观察杯底的茶叶形状帮她算算会不会爱上坏男人。可是丹妮娅说不定已身陷险境，露拉又怎么能一心光想着自己的问题呢？不过说不定丹妮娅没事儿。换电子邮件地址也是件平常的事。他们一回家就把你给忘了。或者故意弹回你的邮件，当作对你丢下他们而自己留在美国的惩罚。

或许丹妮娅真遇到了麻烦也说不定。也许露拉只是出于自私和懒惰，只是自欺欺人地让自己不要担心。在阿尔巴尼亚世界杯赛那晚，露拉在第二大道的那家酒吧里遇到个女人，她管理一家帮助被贩卖妇女恢复心理健康的民间机构。她给过露拉她的名片，露拉还查过名片上的网站，从那上面你可以订购获救女孩们

164

绣的枕套，看来这些女孩要回到从前的生活状态，希望是比较渺茫了，或者压根儿就失踪了。到这个时候，露拉是不是该把丹妮娅的事情告诉斯坦利先生和唐呢？他们能做些什么呢？就因为这女孩没回她朋友的电话就惊动国际刑警和中情局？露拉怀疑，除非丹妮娅是落入了美国哪个秘密监狱，才会引起唐的注意。

露拉怎么才能找到丹妮娅，而自己又不必暂时回国呢？真正的朋友一定会赴汤蹈火，竭尽全力，不像露拉这个伪君子。她向自己保证，千万不能忘记自己有多幸运，能住在斯坦利先生舒适的房子里舒舒服服地开始在美国的新生活，而不用卖身给意大利巴里港的某个渔民，或者在西西里岛高速公路旁的便道上撩起自己的裙脚。

第七章

去参观大学的那天早上，露拉一早就准备好了，穿上了第一次跟唐会面讨论她的情况时买的那套廉价秘书套装，外面套一件短款毛呢大衣。等斯坦利先生下楼时，她已经煮好了一壶咖啡，装好了一袋低脂奶酪三明治，全部切成了三角形。斯坦利先生尝了一块。

"好吃。"他边说边拿了一块上楼去叫醒齐克。四十分钟以后，齐克才没精打采地下了楼。他的头发用发胶分了个中分，好像顶着两只角似的。黑色 T 恤配牛仔裤，皱巴巴地像是睡衣。

齐克披上夹克，打开他爸那辆本田讴歌的后座车门，躺在座位上，把脸埋在坐垫的褶皱里。

"你得系上安全带。"斯坦利先生说，"我们等会儿要上高速公路。"

"等我们开到四十码的时候我再坐直。"齐克说。

"碰撞试验中假人在开到三十码时就会内爆。"斯坦利先生说，"我亲眼看见它们的头被撞飞。"

"拜托，老爸。"齐克说，"我累了呀。"

斯坦利先生说，"一天到晚不思进取。"

"放心他没事的。"

露拉扭头看着斯坦利先生家的房子渐行渐远，直到消失不见，她感到自己好像正离开一个孩子，说不定她离开的这会儿就迅速长大，大到她都认不出来为止。她试着从金姜的角度看那房子，似乎她正逃离的是一座监狱，一座由齐克和斯坦利先生这两个霸道的狱吏看守着的监狱。万一偷偷溜进家里在露拉的浴缸里洗澡的是金姜怎么办？那块肥皂上留下的头发是红色的。金姜的头发也是红色的，她有洁癖，很有可能故意拼错 beauty 和 heal 这两个词，并且试图用阿尔巴尼亚男人的思维模式思考问题，从而掩人耳目。可金姜在亚利桑那州。所以肯定不是她，是阿尔瓦诺。想到这里，露拉心中刚刚结起的寒冰马上被一股暖流融化了。

斯坦利先生把事先从 Mapquest 网络地图上打印的几页纸递给露拉，说："以前金姜是家里的领路员。"

露拉说："你该装个 GPS 导航仪。"

"我不懂怎么用那玩意儿。"斯坦利先生故意装作不屑，就好像 GPS 是个没用的玩具，只有不务正业的人才用似的。可他装得又不像。到拉尚吉塔吃饭的那些华尔街年轻人成天摆弄那些电子玩意儿。

"没那么难。"露拉说。

"你怎么知道？"斯坦利先生问，"你用过我给你的手机吗——"

露拉说："阿尔巴尼亚所有的新车都装 GPS 导航仪，已经普及了。"

"这车太差劲，"齐克说，"要是开那辆老爷车就好了。"

"开那辆车费的油钱都够你第一年的学费了。"斯坦利先生说。

"还不如把钱给我，不去学校了。我早就说过！"

"很高兴你总算坐起来了，"斯坦利先生说，"现在请系上你的安全带。"

在拉尚吉塔，服务员们下班后最热衷的话题，就是美国小孩儿都被宠坏了，一点儿也不听话。每个人都有朋友在当保姆，每个人都见过有的妈妈为了让小恶魔戴上手套只好贿赂他。露拉也不主动发表看法，其实没人知道该怎么教育孩子，不同地方的人只是在用不同的方式把这事搞砸。

"把那玩意儿关上！"斯坦利先生命令道，"你耳机里的声音吵死了，我们都能听到。"

"这叫耳塞，"齐克说，"不是耳机。"

那里面的歌手正不停地嚎叫，反反复复就那几个字，听不清是"白陪"，还是"不来陪"什么的。斯坦利先生气得咬牙切齿。齐克则沉浸在他的音乐里，好像不在场似的。露拉感到自己和斯坦利先生好像两个被困在两层楼之间电梯里的同事。她把头靠在冰凉的车窗上，任由思绪飘飞到与阿尔瓦诺共进晚餐的那一幕，还有那个暧昧的结尾，他的那个如同给小妹妹的亲吻。

"拜托你关掉，齐克！"斯坦利先生恳求道。

露拉决定不再拿斯坦利先生和阿尔巴尼亚的父亲们作比较，他们的教育方式都过于男性化，教育出的阿尔巴尼亚孩子也都很大男子主义。美国人的方式就很窝心，他们对读大学这件事抱有莫大的信仰，他们花钱让小雏鸟先待在鸽笼里适应四年，然后再飞进外面的世界。在地拉那，大学生六人一间宿舍，就像是住在蟑螂横行的贫民窟里的邻居，大家都干着同样差劲的事情，抽大麻，喝廉价梅酒，跟英语课上还不怎么认识的男生上床。

经过一片黑油油的树林和几片满是烂草的沼泽地，路上车辆少多了。怎么到处都这么灰暗啊，甚至连那些新楼房都像是山坡上挠下来的一块块没毛的牛皮癣。车窗冰冷，把露拉的脸颊冻痛了。她闭上眼睛，伴着车轮的辘辘声入眠。

等她醒来时，斯坦利先生刚下高速公路。

"半个领路员，"斯坦利先生对她说，"还好我还记得大致的方向。"

"不好意思我睡着了。"露拉说。齐克仰着头，鼻子里发出吹口哨般的鼾声。他们又经过了几个牲口棚和一片牧场。虽然她以前一向讨厌跟父亲出去打猎，可现在想起那些狩猎之旅，心中又充满悲痛。有两次她没打中猎物，挨了父亲的耳光，也难怪她不肯再让父亲教她开车。要是他知道女儿到现在还不会开车，肯定会难过的。阿尔瓦诺都说过：只要一节课就能学会。

"齐克，"斯坦利先生说。"醒醒。你真想让那些学校第一眼就看到你昏睡的样子啊？"

"哪有人看？"齐克问，"老爸，你怎么越来越像露拉了。"

露拉问："什么意思？"

斯坦利先生说："我们到了。哈尔摩尼亚大学。"

"真不赖。就是那个同志大学。"齐克说。

"萨利文夫人的意思是，你读哈尔摩尼亚大学很合适。"斯坦利先生说，"以你的成绩和学习能力测试分数，你还是很有希望的。"

"萨利文夫人是同志。"齐克说。

露拉本来以为是爬满常春藤的红砖房子，像电影里的大学那样。可这所看起来像是阿尔巴尼亚的大学。没有窗户，有一半隐没在草丛里，跟阿尔巴尼亚独裁者的地堡似的。

斯坦利先生说："这地方六十年代时经历了一段困难时期。那时你们两个还没出生。但是后来它们重建时，觉得还是不要用玻璃了，容易碎，以防万一学生们再次造反。"

"为什么造反？"齐克说，"是因为大麻和人体润滑剂价格飞涨吗？"

斯坦利先生叹了口气。"萨利文夫人提过，据说这里以前吸毒挺严重的，但那已经是很久以前的事了。"

齐克说："让我搞搞清楚。原来我们撒了一百二十大洋，还求着他们，就是为了让我进来吸大麻，跟同性恋们鬼混。"

"看，"斯坦利先生说，"门卫办公室在那儿。还有访客停车处。"

"我应该等在车里吧？"露拉问。这时，有两个年轻女子穿着一模一样的风衣和牛仔裤，手拉着手从挡风玻璃前经过。

"我跟你们说过的吧？这里都是同性恋。"齐克说。

"你最好也跟我们一起，露拉。"斯坦利先生说，"我想，带个朋友总不要紧吧。"

一个朋友？这就是露拉的身份？我家的朋友，露拉。

门卫处的女秘书可不是这么认为的。这姑娘戴了副难看的眼镜，穿着铅笔裙，冷冰冰地盯着露拉好久。她以为露拉是这老爸的俄罗斯小情人，还是他儿子那有恋童癖的大龄女友？或者说不定齐克是对的，这里就是所同志学校？

"伊齐基尔·拉克。"斯坦利先生说。女秘书问他们以前来过没有，斯坦利先生说没有，以前没来过。

"他们刚走五分钟。你们要是往左拐，再朝那座艺术楼直走，说不定能赶上他们。"

"谢谢。"斯坦利先生说着，抓住齐克的胳膊，推他往门外走，露拉紧随其后。

"玩得开心！"女秘书在身后喊道，"如果齐克打算在这里留宿请通知我们。"

留宿？齐克看着他爸，那表情好像是他刚听到自己要被送人

171

收养似的。

"申请者可以在这儿过夜的。"斯坦利先生解释道。

齐克说：　"谢谢好意，但是不用了。我们一参观完马上回家。"

没费什么力气，他们就找到一大群少年和他们的父母，正不停地换着脚，站在冷风中听一个少女讲话。这少女身穿秘鲁雨披，头戴一顶针织条纹尖顶毛帽，耳朵上套着耳罩，下面系着两根毛茸茸的蓝色带子，带子的末端消失在她那团金色卷发之中。

"欢迎各位，"她说，　"我叫贝瑟尼，在读二年级，主攻戏剧。"

人群里个个都打量着齐克，暗暗拿他作比较，结果觉得齐克不可能有多大竞争力，所以也就懒得再去打量斯坦利先生和露拉了。不过也有几个孩子的父亲上上下下打量了露拉一番，但又意识到她也许是齐克的姐姐，于是面露内疚之色。

贝瑟尼说："这位是——?"

齐克本来想找个法子不去理她的问话，但最后还是拗不过，报上了自己的名字。

"多好听的名字！欢迎你来到哈尔摩尼亚大学，齐克。你会爱上这里的。"

"天方夜谭。"齐克低声对露拉嘟囔。但没几分钟他就投降了，被贝瑟尼灿烂的笑脸晃花了眼。

露拉和斯坦利先生跟着齐克尾随贝瑟尼进了一间自助餐厅，

这样冷的天她居然穿着凉鞋！餐厅里热烘烘的，有股鸡蛋味儿。他们经过了有机色拉吧，看到水槽里不知什么东西一大块一大块地在浓稠的黄褐色酱料里冒着泡泡，还有塑料桶里倒出的旋成一圈一圈的花生酱。接着浏览了日光画室，一群学生正往报纸上涂红色颜料，接下来又参观了校园剧场，这里有另一群学生正在画一张幕布，上面画的是交错纵横的红色沙漠和白色尖桩篱笆。贝瑟尼解释说，这是为在露天场地表演黄哲伦①的《家乡小镇》准备的。

贝瑟尼对学校大加赞扬，有丰富的素食菜式可供选择啦，教职员有着令人称羡的艺术生涯啦，还赞扬了一位九十岁的埃及诗人深邃的心灵之美，说他被授予了首席教授职位，虽然已经几乎不再从事教学了，但他赋予这所学校一种无与伦比的灵魂之美感。露拉觉得，贝瑟尼正努力向齐克传达这一点，她不时停下滔滔不绝的讲话，问齐克几个问题，好让他自己开口。

"你喜欢吃什么食物，齐克？"

"匹萨。"齐克局促地笑笑。

"这儿有个厨师，叫马里奥，会做很棒的三层芝士菠萝匹萨。"

"太棒了。"齐克说。

---

① 黄哲伦，David Henry Hwang, 1957—　，美国华裔作家，以犀利的讽刺诗和戏剧创作著称，代表作有《中国式英语》和《蝴蝶君》等。

"你会画画吗,齐克?有没有演过话剧?"

"没有,不过我想演。"齐克这么一说,其他的孩子都瞪着他,好像他已经挤到队伍前面,先被录取了似的。

接着他们穿过好几个房间,每个房间里都有一架巨大的钢琴,贝瑟尼说:"在哈尔摩尼亚,人人都算得上艺术家。"

"我喜欢音乐。"齐克说。

"你听什么乐队?"贝瑟尼问。

其他家长已经开始不满,发出唔唔的怪声儿。说不定已经有家长要表示抗议,可是不管有没有贝瑟尼,他们的孩子仍然想要来这里。

"战神乐队,"齐克说,"听说过没?"

"很喜欢。"贝瑟尼说,"我们这里有个很棒的爵士班,叫'噪音'。去年这班上有个孩子用鼓槌把小军鼓给敲穿了,他们的老师鲍勃·杰弗斯还给了这孩子一个 A。"

"鲍勃·杰弗斯在这里任教?"其中一位父亲问道,"我几年前经常去听他的演唱会——"

贝瑟尼没理他。

"居然有叫'噪音'的班?"齐克说,"太赞了!"

露拉想不通贝瑟尼为何独独对齐克这么眷顾,要论帅吧,在这群学生里他也算不上最帅。也许她看到了他的内在。他的温和,他的脆弱。爱情是很奇妙的,天下人都知道。

果然,当游览结束时,大家都站在学校的小教堂前,贝瑟尼说，哈尔摩尼亚大学总有毕业生回来找彼此结婚。她还提醒大家，哈尔摩尼亚大学提供的一日游可以让申请者们在此试读一天的课程，在餐厅用餐，如果提前预订的话，夜间还能感受一下在学生宿舍留宿。

"我们预订过吗？"齐克问斯坦利先生。

"其实，订过了。"他父亲说。露拉还是有史以来头一遭看见齐克对斯坦利先生报以感激的一笑。

斯坦利先生不会真要把自己的孩子交到这个虎视眈眈的女孩手中吧？可他很想让齐克读大学。他怕就怕只有这所大学会要齐克了，萨利文夫人似乎已经把这种担心深深植入了斯坦利先生的脑海里。

另外三个孩子，两男一女，也走上前一步。他们也打算留宿，这么一来，齐克跟着贝瑟尼走，才更显得像是入学择校，倒也不那么像被人拐走了。

"大家都有手机吗？"贝瑟尼问道。

人手一部。

"你们的孩子们早上第 件事就是打电话给你们。我们会照顾他们的，放心吧。"接着她谢了在场所有人，然后再次强调了一下哈尔摩尼亚是一所多么棒的大学，就带领着她的俘虏们离开了。

"我们快走吧。"斯坦利先生对露拉说，"别等齐克改变主意。"

露拉想，他才不会呢。

斯坦利先生肯定早把这段路的方向背下来了，因为他不费吹灰之力就找到了事先预订的那家连锁汽车旅馆，就在高速公路旁边。

"一点也不豪华，"他对露拉说，"但这镇上就这么一家。"

玻璃门自动滑开，迎接他俩进入大堂。一个神情紧张的男孩，像是哈尔摩尼亚的学生，胆怯地从服务台后面看着他们。正如露拉所料，斯坦利先生预订了两个房间。接待员道了歉，说两个房间不在同一个楼层上。

两人各自拿了钥匙卡后，斯坦利先生说想要小睡一会儿，露拉肯定也累了。他在电梯里又提了一句，如果她愿意的话，七点钟可以跟他在楼下碰头。实际上，她确实希望如此。这一整天，她除了一个低脂芝士三明治以外什么都没吃。露拉一边想一边走向自己房间所在的楼层，结果门卡出问题了。红灯，又是红灯，还嘧嘧地响。别急，再试试。这回出现绿色箭头，绿灯亮了。连只猩猩都能做到。直到她进了房间，这才发觉外面已经差不多天黑了。一年中白天最短的那些日子最妙之处就在于，总能给人一种白天会越来越长的期望。除了天天向上，别无出路。门卡插进卡槽，房间里灯亮了。露拉心里骂道，省电的便宜货！又马上纠正自己：要感恩。他们也是为了拯救地球。

露拉一屁股坐在弹簧床上，心存感激，自己能平平安安地睡在千千万万简朴但还算干净的房间中的一间里，有床、有电话、有毛巾，门还可以反锁。还有电视机，虽然屏幕不是纯平的，但大还挺大的。而且最重要的，这一切都归她独享。

她把碎花床罩拿下来，因为料想上个客人走后旅馆不可能会洗床罩的，然后躺在床单上，她想，床单总会洗一洗的吧。枕头都很舒适，遥控器放得恰到好处，露拉伸手可及，仿佛有人读懂她的心意似的。露拉按着按钮浏览着一个个频道，在一个正在放脱口秀的频道上停下来，今天的话题是婚姻。中产阶级夫妇坦承自己的不忠，然后哭泣。穷人阶层的夫妇先是死不认账，可等情人出现在台上以后，他们又不得不吐露实情。然后才哭泣、吼叫。得知伴侣不忠后，穷人中有些妇女哭了起来，但男人一个也没掉眼泪。中产阶级中有好多妇女都哭了，但没人大吼大叫。不知道斯坦利先生是否曾为金姜掉过眼泪。有一天晚上，露拉上楼时，听到斯坦利先生房间里似乎传出有人抽泣的声音。一想到有那么一点可能是斯坦利先生在哭，露拉心里就难过得无以复加，她只好自欺欺人，让自己相信当时是在做梦。可现在她想，换作谁都会哭。没有妻子，没有乐趣，没有女友，有工作可是不喜欢，有儿子却鄙视老子。

露拉肯定是睡醒了。停车场上的泛光灯照进她的窗户。高速公路上的卡车呼啸而过。她打开新闻频道，看见一个众议员正在为他的婚外恋道歉，接着是一群参议员请求对美国士兵在伊拉克折磨俘虏的指控予以调查，然后总统告诉媒体美国不会折磨战俘。真有趣，每个人都满嘴谎言，但只有通奸者会被揭穿。她多

177

幸运啊，能待在这个暖和的旅馆里，而不是待在巴格达令人窒息的废墟里。她刚想到这点，下一个故事又接了上来，讲的是卡特里娜飓风的避难者，一家八口仍挤在丹佛市外的一间汽车旅馆里。

写字台的抽屉里有一张匹萨连锁店的外卖传单。露拉真希望这家店有牛排卖。七点差两分时，露拉离开房间下楼，发现斯坦利先生已经等在那里了。这一片区域有几张餐桌，笼罩在果汁机和牛奶机淡淡的光辉里，他坐在一张餐桌前。很有东欧的感觉。斯坦利先生举了举盛着金色液体的玻璃杯跟露拉打招呼，一反常态地热情。

"晚上好。"露拉说。

墙上，两只穿燕尾服戴礼帽的大虾和龙虾正跟着一首歌的节奏跳吉特巴舞，那首歌的歌词正是"冲浪赛马，今夜狂欢!"

"冲浪可不行，我们离海边太远了。"斯坦利先生说。

"我想也是。"露拉说。本来还在洋洋得意，他们英明的决定错开了一天中的用餐高峰，可当那个像是给人打肿了眼睛的哈尔摩尼亚大学生模样的女招待告诉他们，只能选两样，要么是意大利肉酱面，要么是炸虾，他们的得意就烟消云散了。露拉本来想厨房应该能做素食意面，但也不确定。

"我点一份意大利面，"露拉说。

"我也一样，"斯坦利先生说，"再拿一瓶你们这里最好的红酒。这次我总算不开车了。"

"红酒四十八美元一瓶，"女招待说，"就这个价钱味道还很差劲，我保证没说假话。"

"没关系，请拿上来吧。"斯坦利先生说。

露拉说："老家也有这种地方。在山区里。厨师只会做一种食物，但味道总是很棒，而且常常有只山羊，甚至有头牛在背后吐唾沫——"

斯坦利先生说："外面肯定没有山羊，这一点我们还是有把握的。"

女招待端上了红酒，瓶塞已经打开了。以前在拉尚吉塔，这是绝对不行的。露拉本想代表斯坦利先生提出抗议的，但那样做只能让形势更尴尬。斯坦利先生先给露拉倒了一杯，又给自己满上，说："这里不必客气。"意大利面很快就上来了，他似乎很失望，不快地瞥了一眼女招待，可她没注意到，只丢下碎干酪调味瓶就头也不回地进了厨房。斯坦利先生先喝酒，等意面放凉了再吃。露拉也一样。

"齐克跟你联系了吗？"

"怎么会？"露拉说，"他正开心着呢。"

"你觉得那个贝瑟尼怎么样？"

"超级友好。"露拉说。

"这也太奇怪了。"斯坦利先生说。

"什么太奇怪了，斯坦利先生？"

"就叫我斯坦利吧，求你了。奇怪的是我怎么觉得这么孤独。

齐克都还没走呢。要是我的婚姻还能维持下去，我也许还能期待生活进入一个新阶段。金姜和我说不定去周游世界了。可怜的金姜！我经常做噩梦，梦见她快要淹死了，我却不能救她。要是她开开心心地和我们待在一起，没有……生病，我还能有个人聊聊，还能有个人分担一下儿子从小男孩长大成人，离我们而去的痛苦！——他好像五分钟前还是我们怀里的小婴儿。你做没做过这样的梦，梦见你在一片漆黑中走路或开车，四周什么也看不见？"

"我不会开车，"露拉的话有所保留。她当然做过这样的梦。

"但愿你永远不会做这样的梦，永远不会发现这梦境跟现实有多接近。在黑暗里盲目地摸索，转来转去都是错。我接银行这份工作时，唐曾经警告过我。可我想……我不知道当时怎么想的。既有钱又有权……我以为多一些收入对金姜和齐克都好，而且这样的话，我多少还能帮那些需要帮助的穷人改善生活。"

斯坦利先生以前跟露拉的所有谈话加起来，都没有这次这么动情。这会影响他们的关系，而且是负面影响。不必知道的就不要知道太多，明哲保身是露拉一贯努力遵循的处世原则，不仅对斯坦利先生如此，对齐克和唐也一视同仁。这就是生存之道。谁说一定要跟每个人都保持密切关系，洞悉人家的隐私和秘密呢？

他说："我一直想象有一天，齐克去上大学了，我可以用两张去威尼斯的商务舱机票，给金姜一个惊喜，让她开心起来。"

露拉脑海中出现了这样一幅画面：斯坦利先生把脑袋搁在金姜的双腿上，贡多拉的船夫为他们唱起令人陶醉的威尼斯情歌。她说："没那么严重，齐克又没出国。"

"失去就是失去了。"斯坦利先生说。

现在该是给斯坦利先生打气的时候了，就用丹妮娅那套"半杯子水"的乐观主义论调，可不管露拉怎么努力，她丝毫看不到斯坦利先生的杯子里还剩有什么。他说："他们走后，一切都变样儿了。不变样儿就怪了。然后你就遇到一个问题。那些从来没离开过家的孩子会变成……我不知道他们会变成什么样儿。"

露拉说："会变成食人者，把尸块藏在冰箱里。"她打住了。斯坦利先生正用奇怪的眼神注视着她。"这事阿尔巴尼亚发生过，美国也发生过，电视上说的。"

"电视。"斯坦利先生耷拉着脸，"关键是，没有人给你做好思想准备。空巢？光那个字——巢——就是个笑话。说灵魂或心空了更贴切一些。这就是为什么一切来得太突然，你毫无准备。我知道，你很可能认为我们不太像一家人，齐克和我——"

"家人就是家人。"露拉说。

"可是我想跟你说，露拉，等你身为人母，你就会明白，每次你看着自己的孩子，你就见证着那孩子活着的每分每秒，他生活的每个阶段，呱呱坠地的时候，蹒跚学步的时候，长成大小孩的时候。除此以外，你还见证着自己的人生——"

露拉真想捂住自己的耳朵。她越是替斯坦利先生感到难过，离开的决心就越难下。她也很孤独，可她仍然有机会，能找到一个人，陪她一起去坐威尼斯的贡多拉。多差劲哪，自己居然拿未来的光明前景去跟斯坦利先生的伤心事比，有这么安慰自己的吗？

他说："这个大学的入学程序简直就是个套儿，没安好心，让人对自己跟孩子相处的最后一段时光感到遗憾。就算你知道跟这个没关系，你还是自动上套儿。"

至少这会儿斯坦利先生又用"有人"和"你"这些第二、第三人称了，而不再用第一人称"我"跟她说话。露拉用叉子卷起满满一叉意面，尝起来很有嚼劲，却有股化学培植的番茄烧焦的味儿，有点刺鼻但似曾相识，跟她为齐克做的匹萨味道如出一辙，这让她颇感欣慰。希望齐克正玩得开心。

怎么突然响起叮铃铃的音乐盒的调子？露拉凝视着自己的钱包，里面像是有个小动物在叮叮当当地弹奏一架玩具钢琴似的。

"接电话啊，"斯坦利先生说。

"我找不到了。"露拉说。

"快按那个绿色的键啊！"斯坦利先生说。

电话里传来齐克的声音："是我，是我呀，齐克。叫我爸来接我。"

露拉记忆当中，汽车旅馆离那所大学没这么远啊。也许因为她对斯坦利先生的驾驶技术不怎么有信心，也许是担心他们永远也找不到齐克说的那个跟他会合的食堂门口，所以每一英里都变长了，路程似乎变得遥远了。

"他到底在哪儿啊?"斯坦利先生说。

这时齐克从暗处现身，跳进了后座。"我们快离开这儿。问都不要问，我不会回答的。"

"你吃过饭没有?"斯坦利先生问道。

"我们回家。"齐克答非所问。

"你得补充蛋白质。"他爸又说。

肯定是有哪位守护天使引导着斯坦利先生，因为凭着父爱的直觉，他居然只在黑漆漆的乡间小路上开了十五分钟，就找到一家餐馆。他们靠边儿停进停车场，只见这餐馆顶部有一个霓虹灯做成的印第安首领的羽毛头饰。齐克不声不响地坐进靠窗的座位，斯坦利先生在他身边坐下，露拉坐在对面。

露拉很庆幸刚刚在汽车旅馆没吃很多意大利面。这次她点了一块金枪鱼三明治，一个柠檬蛋白酥派和一大杯可乐，不，还是换成咖啡吧。

斯坦利先生先点了个豪华汉堡，接着又改了主意，问服务员有没有普通装的金枪鱼罐头，不加蛋黄酱的那种，服务员说有，虽然这一问明显影响了他在女招待眼中的形象。他说："我也来杯咖啡。浓烈的咖啡。"

"咖啡，"女招待说，"你呢，亲?"

"我不饿，"齐克说。

"你等会儿再点？"女招待问道，"等我给你爸爸妈妈上咖啡时你再告诉我。"

"露拉怎么可能是我妈？"她走以后，齐克责问道，"她要是我妈，那她十岁时就得怀上我了！"

斯坦利先生说："齐克，相信我们。到底出什么事了？"

两人都没想到齐克居然会回答，当齐克开口时，露拉吓了一跳。他说："我们每个人都给配了一个学长，你知道的，不是大哥哥或大姐姐，听上去又老土又有性别歧视。贝瑟尼就是我的学长。"

这时女招待端来了咖啡。斯坦利先生嘬了一口，很烫，他看见露拉被烫到了舌头，但是警告她"小心"已经来不及了。

"我们回到贝瑟尼的房间聊天，"齐克说。"聊真心话。她告诉我她家乡在新罕布什尔州，她是她家里第一个大学生，于是我就跟她讲了我们，还有我妈的事——"

"你跟她讲了我们和你妈的什么事？"斯坦利先生问。

"讲的都是大实话。又没有谁想一鸣惊人。我们就像相识很久的老朋友。后来我们离开时，听到她认识的一帮乐队的孩子正在练习。我们一起去自助餐厅用餐，东西难吃极了，没人吃得下。但是很多孩子都过来跟我们坐在一起，所以也很有趣。然后我们去了她的房间，就——"

"这一段你就不用告诉我们了。"斯坦利先生说。

"这一段你必须得告诉我们。"露拉说。斯坦利先生怎么这么笨？齐克现在肯开口就让他说呀。斯坦利先生怒气冲冲地瞪着她，瞪就瞪呗。"在贝瑟尼房间里发生什么事了？"

"我们刚到那儿，贝瑟尼说她要去下卫生间，马上回来。可是过了一会儿，另外一个女孩进来了，问我贝瑟尼在哪儿，听我说她去卫生间了，这女孩一副很紧张的样子，说她以为我知道的，因为所有人都知道，贝瑟尼必须时时有人看着，因为她一旦独处就会企图自杀。有时候她情况好些，但有时候很糟糕。现在这段时间就很糟糕。她的朋友们保证时时刻刻监视她，这才说服学校让她留下。她告诉我他们会尽力找到她——"

"这是个什么学校啊？"斯坦利先生打断他的话，"竟然会允许这种事情发生！让一个有精神病的女生当校园向导。还害你遭遇这种境地！那个可怜的女孩出什么事了？"

"你该问我出什么事了！"齐克说，"我坐在她的床沿儿上，在想她其实多幸运啊，有这么关心她的朋友们。但又觉得好奇怪，因为贝瑟尼看上去非常冷静、平和啊。她朋友让我在那儿等着，怕万一贝瑟尼回来。要是她真的回来了，我就要寸步不离地跟紧她，并且想办法通知别人。我一想到整所学校说不定都在找贝瑟尼，这才真正开始紧张起来。她万一死了，就是我的错，就算没人告诉过我也是我的错。"

"这怎么能怪你？"斯坦利先生说，"要怪也怪学校不好。"

齐克说："最后我从房间出来走进楼道里，遇到一个年长的家伙，好像是宿舍管理员之类的。他问我出什么问题了，我就照实跟他说了，活像个吓坏的小娘们。那家伙说：'操，那些混蛋戏剧系的小鬼们又玩这种鬼把戏了？'"

"那个人是管理人员，怎么讲话这么不文明？"

齐克没理他爸，继续说："原来这种恶作剧他们干过好多次了，还称之为'现实生活系列剧'。朋克校园风。他们一般找正在申请入学的孩子下手。他们估计这孩子进不了这所学校，所以也就没有后顾之忧。"齐克说着说着已经带上了哭腔。

斯坦利先生说，"一个小导游和她几个变态朋友凭什么擅自认为谁去谁留？"

露拉真想伸开双臂把齐克搂进怀里，并向他保证，很快，超乎他的想象，他所经历的这一切都会变得很可笑。当然，同样有可能，阴影永远不会消除。以前，曾有邻舍的几个女孩把露拉反锁在储藏室里。这次经历并没有让露拉患上幽闭恐惧症或者给她留下永久的心灵创伤，但尽管如此，有时候浴室的门锁卡住了开不开，当时被关的感觉就一股脑儿全回来了。她想跟齐克说，他会快快乐乐地长大，并且有人爱。今天白天，她先是被人误认为是齐克的姐姐，又被误认为是他妈妈，可是这天晚上她觉得自己既是姐姐又是妈妈，多希望能够保护他，尽管有那么多她无法控制的因素。也许所谓的家人就是这个意思：想帮助你爱的人，却不能够。她以前曾经希望，能给父母找个更好的地方住住，而不必挤在她姑妈在地拉那的公寓的一个房间里。同一个街区里最大的公寓，几乎算是一栋别墅了，里面住着露拉班上最漂亮的女孩一家。这女孩子早年曾被一个党政官员包养过。

斯坦利先生说："必须向谁通报一下。不能这样……我敢说学校……"

"就算那所学校倒贴钱给我，我也不去。我要回家。而且这事你要是跟任何人提，我无论哪里都不会申请了。我会搬到西海岸去住，到影印店去打工。或者去亚利桑那州跟妈妈住一起。"

"别说了，你是大小伙了。"斯坦利先生说。

这时女招待又来了："请问你要点儿什么，宝贝？"

"毒蚂蚁和蟑螂的药。"齐克说。

"孩子，"女招待有些挖苦，"上帝爱它们。"

"太不像话了，"斯坦利先生说，"你刚刚对女招待说的话太过分了。齐克，我的天啊！"

"'毒蚂蚁和蟑螂的药'是一首歌的歌名啊，"齐克说，"小花蜂乐队唱的。你不是什么都知道吗，老爸？好了好了，小姐，你有空吗？我要点一个豪华芝士汉堡、一份炸薯条和一杯巧克力奶昔。"

"马上来。"服务员说。

齐克狼吞虎咽地吃完他点的食物，又加了一份炸薯条。露拉和斯坦利先生各自喝了好几杯咖啡。斯坦利先生想劝齐克再去看看另外两所学校，可齐克说不行，现在不去。

斯坦利先生说："这件事朝好的方面看，至少大家都活着，没人生病，也没人遇到危险。其他两所学校无论发生什么事，都只会好不会差。"

说完，他沉默了。

齐克又点了一块蓝莓派。渐渐地，他的情绪好起来了。斯坦利先生说："这家旅馆可以点播电影。你可以晚点睡，爱看什么电影随便点。"

"希望是平板电视。"齐克说。

斯坦利先生点点头。

第二天早上，三人在旅馆大厅会合，冒雨开车回家。这回斯坦利先生非要齐克系紧安全带，否则就不肯发动车子。等上了高速，斯坦利先生说："我郑重声明一下，我们从来没答应过你可以买成人录像。"

齐克说："老爸，你那时不是在打鼾吗，你怎么知道的？而且旅馆说账单上不会显示的。"

"你就信他们了？"露拉说。

齐克说："我爸跟我保证说电视机是纯平的，结果不是。到底谁是真正的大话精？"

斯坦利先生说："对不起，齐克。可我现在没精力跟你讨论这种道德问题。"

"那最好，"齐克说，"我也没精力。"

小面包车的轮胎压在湿漉漉的马路上沙沙地响，好像在说"伤、伤、伤"。万一齐克不去读大学了怎么办？难道他们三人就

188

这样一成不变地待一辈子，一年一年老去，变成三个鬼，死守着斯坦利先生的房子阴魂不散？斯坦利先生真该好好想想，儿子离家有什么好难过的呢。对期望的要小心，对恐惧的也要小心。

等他们到家，都已经快到晚上了。齐克砰的一声关上了房门。斯坦利先生坐在餐桌前开始查邮件。露拉问他饿不饿，听他说不饿，也就自己上楼了。

她的房间有股淡淡的烟草味儿。毯子上有一个红色的小纸板盒，上面用中国汉字写着，"迷人小狗"。露拉打开盒子，取出一只毛绒绒的斑点狗。她按了一下小狗肚子上的开关，然后把它放在地上。小狗一边摇尾巴一边汪汪叫着，突然两条粗壮的后腿一蹬，尖声嘶叫起来，吓得露拉连忙用手捂住小狗的嘴巴。

多可爱的礼物啊！她希望这礼物不是因为她帮忙保管那把枪的感谢礼。露拉冲到衣柜前，一层层翻开，确认枪还在里面。阿尔瓦诺会不会想到她把枪和她的内衣放在一起了？让他想破脑袋去。她又数了数自己的钱，一分不少。于是她关上小狗的开关，躺在床上，把这小玩意儿放在枕头旁边，就在这个电动宠物的注视下进入了梦乡。

第八章

接下来的几天，露拉脑子里不断演练着该怎样感谢阿尔瓦诺送她那只可爱的小狗。想这个总比思考该怎么跟斯坦利先生解释强，万一被斯坦利先生发现了，家里没人时，有阿尔巴尼亚人鬼鬼祟祟地在他家附近转悠，这可如何是好呢？当她意识到自己每次看着那个机器狗就免不了叹气时，她一把把它塞进了抽屉里，就好像她迷上一个宁可暗地里跟踪她也不正大光明跟她见面的男人，反倒是这只可爱的小狗的错似的。可是紧接着，她又忍不住把它拿出来，让它继续表演它的小把戏。

露拉有过跟亲戚挤在同一间狭小公寓的经历，所以很早就学会了怎样用意识制造出一堵墙，把自己跟在同一个水槽里刷牙漱口的爱管人的表姐隔离开来。她用看不见的砖头砌成一堵墙，把齐克关在外面，尽管他们仍一起去买日用品，一起吃饭看电视。虽然现在看上去好像他们住在不同的房间里过着同样的生活。齐克肯定也感觉到了她的冷漠。可是这次，露拉一点也不在乎。只要阿尔瓦诺一出现，她就会马上推倒这堵无形的墙。阿尔瓦诺不打电话来，又不是齐克的错，可是这里没别人，不怪他又能怪谁呢。她也尽量回避着斯坦利先生，除了那天晚上为了让他放心儿子，才不得不跟他略微交流了几句。

为了打发时间，露拉写了一个真实的故事。她曾经暗恋一个邻居的男孩，就从他的门缝里塞了纸条进去，但又没胆量在上面写告白的话语，所以就信手乱画了几笔，希望他知道是她写的。没过多久，那男孩的父母搬出了那栋楼。又过了不久，她听说他们搬走是受到了恐吓，就因为纸条上那些不知所云的密文，他们受到了秘密警察的纠缠。

这天晚上，斯坦利先生对她说，唐·塞特贝洛问他能否来共进感恩节晚餐。"我想，是因为小阿比盖尔要去她妈妈那里了，所以唐才想来跟我们一起过节。他的第二个家。"

"那我来做个火鸡好了。"露拉说。

"你做过火鸡吗？"

"以前在阿尔巴尼亚的时候做过好多次。"露拉撒了个谎。以前她奶奶在世时做的火鸡，有鸡汤泡碎玉米饼，周围还有一圈烤薯片，简直就是个传奇。反正不管怎样，你只要白天或者晚上，上美食网站学一些名厨的节日火鸡秘方就行了。露拉总是听到一个有趣的短语：一只成功的火鸡。它都死了被人吃掉了，还能怎么个成功法呢？

不过，也不知道是为了给露拉省却麻烦，还是因为他们不相信她有能力把他们国家的这道感恩节传统佳肴做好，唐和斯坦利先生最后一致同意分摊费用，请一个专门承办节日晚宴的餐饮公司来做，唐听说他们的口碑很好。露拉尽量不让自己觉得不快，毕竟省了她不少麻烦。省事儿是典型的美国做派，她最好也要学会享受这一点。

这个国家没人自己下厨，尽管他们对吃下去的每一口食物都很紧张，生怕有害他们的健康。露拉和齐克之间的默契在于，在超市里一辆辆装满各种各样有益健康的水果和绿叶蔬菜的购物车之间，只有他俩洋洋得意地推了一车有害健康的匹萨饼和速冻汉堡。尽管也许这只是她和齐克的臆想罢了，别人根本没注意他们。露拉突然想到，当初斯坦利先生雇她时，她之所以愿意负责齐克的一日三餐，或许正是倒退到自己童年的一种危险信号。甚至更糟，这是一种抑郁的症状，一种她童年时还未曾得的病症。在露拉的国家，谁自杀身亡，就等于他的政治教育课不及格。

感恩节之前的那个星期二，埃斯特利亚打扫卫生时，露拉也在一旁帮忙，想把房子收拾得更温馨舒适一些，或者就仅仅能见人就好了，却是徒劳无功。埃斯特利亚在干吗？她是想说她家做火鸡时要往肚子里填一些咖喱吗？

"辣死了，"埃斯特利亚咯咯地笑着，一边手舞足蹈地比划着嘴巴辣得直冒烟的样子。

那天晚上，斯坦利先生告诉露拉，唐不是单刀赴会，要带一位女伴。他原话是这么说的，"我听到这话再开心不过了。唐也应该享享乐子了。"

"太好了！那女伴是谁？"露拉觉得仿佛有一颗硕大的雨滴冰冰冷冷地从脖子后面滑了下来。你怎么回事？唐·塞特贝洛又不是你的菜！他本来不是追求过你的，多多少少有点那个意思吧，而你不是也不伤和气地婉拒了？也许当时应该伸出自己的手，甚至抚弄一下他的手指。万一唐是她爱情里最后的机会，错过了就再也没有了呢。在老家，人人都知道有些老处女拒绝了适婚人选，就因为她们以为自己会遇到更好的，可是打那以后她们就无人问津了。露拉想起了那晚在拉尚吉塔亲眼目睹的听音乐抢坐椅子游戏，觉得自己就像那个第一轮就输掉的女孩。可是当有个神秘男子鬼鬼祟祟跟踪她、送她唐人街买来的可爱纪念品，令她心有所属时，谁还会想要一个像唐这样的英雄人物呢？

感恩节晚宴设在下午五点。三点钟时，来了一车戴着棒球帽的墨西哥人，还带来了一只锡纸包着的火鸡和一些用塑料桶装的土豆泥。

"有微波炉吗？"其中一人问道。

"交给我好了。"露拉说。

斯坦利先生显然很失望。也许受了唐的误导，他还以为来的会是一些帅气的失业男演员呢！

他说："我敢打赌，唐肯定帮这些人办移民了。"

其中一个墨西哥人给了露拉一页打印的说明书。

"要用微波炉。"他说。

斯坦利先生直叹气。

"别担心，"露拉说，"会很棒的。"

剥掉锡纸包，只见那只火鸡外面像是裹了一层胶冻，黏糊糊的。这么大一只鸡，微波炉肯定烤不熟。于是露拉把它放进烤箱，又照电视上看到的，早点把它拿出来，这样鸡肉就能自行收干汁水。

唐五点一刻才现身。他带来的那位女伴十分漂亮，只比露拉大个几岁的样子。唐介绍说她是某某人，是在他公司干了多年的最牛律师，还夸她可能是史上最牛的律师。

"再次请教您的尊姓大名，"斯坦利先生说，"我现在年纪上去了，有点耳背。"

"别胡说，斯坦。"唐直朝他瞪。

"我叫萨维特拉·达斯古普塔。"那位女士答道。她身穿一件打褶男式衬衫，腰部扎在牛仔紧身裤里。一头乌黑的秀发修剪得很漂亮，说话时发梢轻轻拂过双肩。这让露拉觉得自己打扮得既邋遢又土气，好像一块臃肿的填馅儿面包，被萨维特拉的衣褶像刀片一样均匀地分成一片一片。露拉甚至都还没真正动手下厨，裙子上已经染上了一块块油渍。

客人们都滞留在前厅里。斯坦利先生本来应该招呼他们进来的，可他也没招呼，因为这种事情以前都是金姜做的。斯坦利先生不应该雇露拉的，应该雇个有能力操持家务的人，也好让他们爷俩有个真正的家。露拉从萨维特拉的眼神里看出他们家不成家的假象，就像以前从阿尔瓦诺眼中看到的一样。神奇的是，人的适应力真强，你很快就习惯了，对这假象视而不见。不知阿尔瓦诺在哪儿过的感恩节。他在吃火鸡和酸梅酱吗？或者跟哥们一起去北边的布朗克斯泡酒吧，看看体育新闻，喝喝国产的桶装梅酒，这个可能性似乎更大。

露拉仔细观察着萨维特拉，决定吸取教训，不再装出一副高高在上的女主人架势。客厅里露拉已经事先摆好了意大利香肠和奶酪，切好的苹果片边缘都已经氧化发黄了。等两人无意间都走到了客厅时，露拉和萨维特拉好像互换了身份，萨维特拉仿佛成了女主人，露拉倒变成了局促不安的客人。露拉最恨这种女人之间争强好胜的游戏，尤其是当她束手束脚不能自主的时候，因为唐为了她的移民问题已经是化腐朽为神奇，她总不能恩将仇报，对他的新女友无礼吧。

萨维特拉盯着奶酪和那些蔫了的水果。

"真有秋天的感觉。"她说。

萨维特拉好像一枚价值不菲的胸针别在金姜的沙发边儿上，眉飞色舞地跟斯坦利先生聊起她在唐的公司里处理的那些案件，并说她已经跻身乔治敦的阶级顶层。言语间隐约传达一个事实，那就是她连大公司的丰厚待遇都拒绝了，就为了"回馈"这个为她家庭提供了美好生活契机的国家。唐喜笑颜开，就好像萨维特拉是他有出息的亲女儿似的。而且他确实是把她当作一个娇贵又任性的女孩看待的。说像阿比盖尔一样，一点也不夸张。他总是对她嘘寒问暖，关怀备至。

斯坦利先生给大家倒上了酒水饮料。给露拉和萨维特拉倒了红酒，给齐克一杯冰镇黑咖啡，又给他自己和唐各斟了一杯苏格兰威士忌。

"请来杯淡点的。"唐说着，匆匆瞥了一眼露拉，就这一眼，说明他还记得那天一起吃中饭的情形。

斯坦利先生问萨维特拉她的家人都是哪里人。

"大颈区。"① 她回答得一个字也不浪费。

唐补充道："萨维特拉的祖父来自孟加拉国，她的家族拥有一家纺织厂。"

萨维特拉说："我曾祖父曾为克里斯汀·迪奥生产丝绸。"说着，还朝露拉这边诡秘一笑，搞得露拉半天才明白过来。原来虽然同样是移民，露拉的肤色却比唐和斯坦利先生的都稍微深一些。

"我喜欢你的衬衫，"萨维特拉对齐克说。齐克听了这话露出了喜悦，唐和斯坦利先生也都很高兴。除了露拉所有人都很高兴。

"狗喘气乐队？"齐克低头大声念道，似乎在读衬衫上的字，"你听说过他们吗？"

"没有，"萨维特拉说，"但我希望你哪天能放一段他们的音乐给我听听。"

---

① 位于纽约。

"有什么有趣的新案子吗？"斯坦利先生问唐。

"晚饭吃得好好的，干吗要破坏兴致？"唐说，"还不是老样子，就白宫那些变态神经病、基地组织那些疯子，和困在他们中间的无辜平民。"

"对不起，我不该问的。"斯坦利先生说。

唐说："可是，听着，我们的才女萨维特拉已经找到了一个漏洞，能撬开我们那几桩关塔那摩案件的缺口。"

露拉简直快受不了了！唐的女友不仅美丽性感，而且还是个法律天才！露拉怎么就不能为唐和萨维特拉以及关塔那摩的囚犯高兴呢？

萨维特拉说："唐这人很有才。"

唐说："萨维特拉很有自己的主见。"

萨维特拉说："唐这人搞不好最后要进关塔那摩湾。"

"我要真被关进去了，萨维特拉答应带咖喱饺给我吃。"唐说。

这对爱侣亲密地依偎在沙发上。齐克走到沙发后面，装出一副被恶心到的样子，只有他爸和露拉能看见。于是露拉叫齐克到厨房里来帮她一下。

"把烤炉打开，"露拉说。

"好大的火鸡！"齐克说。

"壮小伙儿，"露拉说，"把这个端到桌上。让大家都坐好别起来。"

齐克端起盛火鸡的大盘子，哼哼得好像举了个重物似的。露拉端着一碗碗土豆泥从餐厅跑进跑出，还有她事先用一条条面团发的面包卷。从烤箱的门看进去，那些黏糊糊的面团渐渐膨胀，发成一个个滚瓜溜圆的手榴弹形状的菠萝包，真有趣。

"需要我帮忙吗？"萨维特拉问道。

"坐着就行了，"露拉说，可是没人听她的，尽管齐克也多次嘱咐他们坐下。为了把这次感恩节的晚餐准备得像模像样，露拉可是不辞劳苦。她特地从"好地"超市买了有机蜂蜡蜡烛，还动用了金姜最好的瓷器，甚至还熨了桌布。

"我不是跟你说过吗，斯坦？"唐说，"我给你推荐的那个餐饮公司很棒吧？"

萨维特拉说："我们是不是该把齐克叫回来了？他好像对我们没辙儿，自己消失了。"

斯坦利先生对露拉皱了皱眉，你怎么没管好齐克？

大家如坐针毡地苦等了半天，总算听到了齐克的脚步声。

"欢迎回来，"萨维特拉说。

"大家开动吧，"露拉说，"开吃！我怎么忘了做肉汁了？再等两分钟就好。"

只听萨维特拉在她身后喊道："你确定不用我帮忙吗？"

"不用，"露拉说，"真的。"可是果真如唐所言，萨维特拉满有"自己的主见"的，跟着露拉就进了厨房。她撅着臀部，一只胳膊肘顶着冰箱门，摆出一副神庙里女神的姿势，说道："我能问你个私人问题吗？"做肉汁本来就够麻烦的，她还添乱。

"当然可以。"露拉庆幸自己还能集中精力把面粉搅进热油里。

萨维特拉啜了一口红酒："你跟唐有没有发生过关系？"

"当然没有！"露拉矢口否认。能实话实说的感觉真好，可是听上去怎么那么假呢？"他是我的律师。"

萨维特拉说："唐也是这么说的。我只是需要再核实一下。我跟他都交往两周了，他才告诉我他已婚并且有个女儿。在争取人权方面，他是个英雄不假，可是一遇到女人的问题——"

"他们分居了，我觉得。"

"实际上还没离婚。还是合法婚姻。法律我在行。"

"唐是个好男人。"露拉说。

萨维特拉说："我听说你是个作家。"

"你看，"露拉未置可否，"肉汁已经烧好了。"

露拉和萨维特拉从厨房出来，看见其他三人已经开始用餐了，她俩互换了下眼色，居然出奇地友好并且意味深长。两位女士都心照不宣，要是美国女孩，肯定会抱怨这三个美国男人太没礼貌了。可露拉和萨维特拉都来自古老的文化，在她们的文化里男人就应该像国王或是被宠坏的小孩一样，有权让人等并且有权先吃。她俩也很识趣，还是别指望这些馋猫们假惺惺地表现一下绅士风度了，尽管她们传递的那个眼色意思是，可我们现在都是美国人了呀，这三只馋猫难道就不能等等我们再开吃吗？

斯坦利先生正在讲故事，说他工作的地方有个小伙子，每天骑着一辆赛格威两轮电动车上班，办公室的同事都觉得很拉风。结果上周这小伙子从车上掉下来，摔得锁骨两处骨折。齐克和唐都不喜欢他讲的这个故事，当然各有各的原因。三个男人一时无话，都巴巴地盯着露拉和萨维特拉帮他们往盘子里盛食物。

"萨维特拉！你怎么了，没事吧？"唐问道。

"好极了，"萨维特拉边说，边用手轻轻掐了一下唐的胳膊。

"谈谈你的工作吧，斯坦，"唐问道，"谁会想到，我童年的伙伴都已经当上了大学教授了。"

斯坦利先生耸耸肩。看到萨维特拉刚才对唐的肢体接触，他就像泄了气的皮球，兴致一下子低落了，再也不想开口说话了。

最后他终于开口了，"其实，要是市场哪天重蹈覆辙，就像那个张扬的小伙儿骑赛格威摔下来，我一点也不觉得奇怪。这些房产泡沫、金融衍生品、次级贷款……"大家都看着他苍白的手指像电动车似的在桌面上滑行，然后一下子从桌边自由落体。

"你开玩笑吧？"唐问道。

"我可没你那么幽默，"斯坦利先生说，"我从来都不幽默。"

"拜托，"唐说，"别——"

斯坦利先生说："在座的各位还有谁记得'安然'这个词吗?① 你们不会这么快就忘了吧？我要是个平头老百姓，我一定

---

① 安然事件，2001 年发生在美国的安然公司破产案以及相关丑闻。

会去把我的养老金都提现，去买黄金，藏在床垫底下。"

露拉扫视四周，观察其他人的反应。露拉多少经历过经济崩盘这回事，所以想告诫他们：别以为这种事不会发生在美国。可唐还有萨维特拉都一脸茫然地看着斯坦利先生，就好像他只不过是在说"危险了，快没有土豆泥了"似的。斯坦利先生又说："我们看到的安然公司破产事件只不过是冰山一角。盲从的大众都像旅鼠一样手拉着手集体跳崖，风险控制对于他们来说就是一个高深的术语罢了。"可是他们依然表情木然，无动于衷。

"旅鼠们不会手拉着手，爸爸。"齐克说，"它们压根儿没有手。"

"你说起话来跟阿比盖尔的口气一样，"唐对齐克说，接着又忧心忡忡地瞥了一眼萨维特拉，自己提到了女儿，她会作何反应？

萨维特拉没反应，只是问齐克最喜欢哪门课。

"什么哪门课？"

"学校上的课，"萨维特拉说。

"哪一门都不喜欢。"齐克说。

唐说："我跟你说过没，斯坦？我上周回关塔那摩湾了。联合国的那些人本来要来审查的，结果行程取消了，因为他们没有取得跟被关押的囚犯一对一面谈的权限。噢，于是囚犯们又开始绝食抗议了。绝食者从鼻腔到胃都被插上了管子，强行喂食。而且这些管子都是重复使用，所有囚犯都在一根流水线上，共用一根管子。他们被绑在一种恐怖的特制椅子上，连想吐出来都不能吐——"

萨维特拉说："天哪，唐！重复使用的鼻饲管子？我们可是正在吃感恩节晚餐啊！你得让自己休息一下——"

"休息，"唐说，"只有那些囚犯们没法休息，还有那些为我们打仗的可怜孩子们也没法休息。"

斯坦利先生摇摇头。"我们确实有很多需要感谢的。"

"举个例子。"齐克说。

"感谢我们没坐牢，"斯坦利先生说，"感谢你没有参军。"

"暂时还没有，"齐克说。

"我们像你这么大的时候，就遇到过征兵。"斯坦利先生说。

"你跟我说过，"齐克呆板地应道，"你把征兵证给烧了，走上街头到五角大楼去抗议，还——"

唐说："我们举国上下，家家户户都在感恩。能在这个国家生活是一种恩惠，我们都应该心存感恩。我们应该祈祷，感谢我们来之不易的自由。这些跟酸梅酱无关，跟那些教会我们种植技能却被我们全部屠杀的土著居民们也无关。"

"在东北地区不是这样，唐，"斯坦利先生说，"东北地区没怎么发生屠杀。"

"哥伦布这个该死的傻帽走错了路，还以为他们都是印度人。"话一出口，齐克心里大惊，意识到自己说错话了，居然当着萨维特拉的面提"印度人"这个词。

"火鸡真棒!"萨维特拉说。

"谢谢夸奖。"露拉说。

唐说:"我真要谢谢那个人,向我推荐了这么好的餐饮公司。"

唐和萨维特拉提前离场。

他们走后,齐克和斯坦利先生一起帮露拉清理。斯坦利先生说:"可怜的唐!上任妻子贝特西已经让他吃不消了,现在这一任非得把他榨干了不可。"齐克正小心翼翼地把盛肉汁的锅子从炉子上端到水槽边,露拉连忙闪身给他让道儿。

齐克说:"老爸,你还巴不得能有个那么漂亮的女友把你榨干呢。不过,'榨干机'到底是个什么玩意儿?"

斯坦利先生没理会他,说:"你们两个没我帮忙能打扫完吗?"

"没问题。"露拉说。

第九章

　　这场大雪铺天盖地，簌簌地从天而降，像是一个不祥的征兆。悄无声息的世界里坏消息频传：先是齐克的学校停课了，接着，出人意料地，斯坦利先生的公司也停业了。幸亏有这些自然灾害的新政和应急措施，斯坦利先生才能打开电视看看早间新闻。电视里，女记者正劈劈啪啪拍打着浑身的雪花，好像刚打过雪仗似的。她鼓着腮帮子，捋着胳膊上的雪，而在她身后，一辆接一辆破卡车正歪歪扭扭地在高速公路上艰难行进。

　　"破纪录了。"斯坦利先生唠叨了好几遍，就想说明他不能去上班完全是恶劣的气候变化造成的，而不是因为他娇气、怕冷，缺乏阳刚之气。齐克虽然表面上一副兴高采烈的样子，可露拉怀疑他是装的，其实心里宁愿去上学，也不愿跟她和他爸待在家里。

　　漫长的一天横在三人面前。该怎么打发呢？一切都折磨着露拉的神经，不管是齐克吵人的音乐，还是斯坦利先生细碎的脚步声。除非因为血缘关系或者恋爱关系，除非是别无选择，否则谁能忍受跟别人住在一起啊？这么大的一栋房子怎么仿佛变成小小的斗室？她多么希望能逃离这里啊！

她说："我想回床上待着。"

"没关系。"斯坦利先生说。

几个月前，露拉在金姜的药柜里找到了三片安眠药。虽然她对跟金姜有关的一切药品都很小心，但她还是把这安眠药留了下来，以备急用。而新闻不是说了吗，现在正是紧急时刻。

露拉睡得不好，饱受噩梦折磨。大部分梦境都忘了，只有两个还记得。一个梦里她梦见已故的爸妈和奶奶来看她，另一个梦里——或者是同一个梦？——她梦见自己坐在体育场上，眼睁睁地看着一卡车一卡车的面粉倾倒在丹妮娅身上。露拉恍惚间明白，原来这个国家信奉正统派基督教，通奸者一律处以极刑，被烤成苹果派。

她醒来时，雪仍在下，天灰蓝灰蓝的。一阵急促的铃声从露拉的手机上传出来。

"是露拉吗？"一个声音说道，"我把你吵醒了？快醒醒！已经是下午了。"

露拉用阿尔巴尼亚语说："我正梦见你呢！"

电话里丹妮娅用英语说道："希望你梦见我的是好事。"

"你在哪儿？"露拉说。

丹妮娅说："离你二十英里。我在新泽西州的梅尔浦伍德。"

"我还以为你在地拉那呢。你以前不总说新泽西不好吗？"

"我从来没回过地拉那呀，"丹妮娅说，"我跟你一样，在这儿啊。"

"我没你的消息，联系不上你，我都开始想，你是不是被拐走了。"

"真好笑，"丹妮娅说，"不过从某种意义上说，我还真被人拐了。哈哈，我开玩笑的。我结婚了，跟史蒂夫结婚了。他是个整形医生，多金，美国人。我们的故事浪漫得很。"

"你为什么不回我的电邮？"

"这个说起来就不浪漫了。"丹妮娅说，"我们见面的时候再跟你讲。想不想出来喝杯咖啡？或者吃个午饭，逛逛街什么的？"

"现在？你没看看窗子外面吗？我又没车。我被困在这里了。"

"我有司机，"丹妮娅说，"我来接你。"

"司机？"露拉重复道。

"司机呀！"丹妮娅大声说，"这信号出什么问题了？"

丹妮娅的声音听上去和以前一样，又不一样。不过，露拉也变了。就算没有任何事情发生，人每过七年全身细胞都换新一次，所以严格来说，以前的好朋友现在只不过是七分之一个陌生人。

"我不是说今天呀，"丹妮娅说，"我是说下周的今天！到时见啦，亲一下，再亲下。"

露拉走向窗边。只见斯坦利先生已经自己用铁锹铲出一条人行道，他总让齐克帮他，可齐克总也没答应。

齐克在雪地里玩得像个孩子，一个没有玩伴的大男孩。他堆了个雪人，由三个雪球组成，中间那个球上还穿了一件破皮夹克，还有——那是鞋油吗？——从它那凹凸不平的圆脑袋边儿上一缕一缕地流下来，就算是吸血鬼的头发了。它的眼睛是两张银色的光盘，反射着傍晚的余晖。跟一般的雪人堆得不同，这个雪人是背对着街道的。它仿佛正盯着房子，一只银色的眼睛对着露拉使了个眼色。

跟着斯坦利先生和齐克，露拉养成了个好习惯，就是不像在地拉那时那样，总防着邻居。这是个很好的转变。在地拉那，由于很多并非出于善意的原因，邻居是你吃饭、挣钱和做爱以后，甚至常常是做这些事之前，第一个要顾及的问题。斯坦利先生所在的小区，里面住的清一色是上学的孩子和他们的父母，还有几个寡妇。这里的生活趋于冷清，除非是夏日的周末，有人在院子里搞旧货售卖会。而今天，小区里只有几个女工在打扫卫生，几个小哥来送快递，还有一个临时工在用鼓风机把雪从一块草坪吹到另一块上，除此以外，空无一人。

一辆路虎揽胜开到斯坦利先生的房子前面停了下来，都没人注意到。丹妮娅下了车，走起路来就像是上台表演，只见她夸张地闪转腾挪，连一点雪屑都要避开，生怕弄脏了她脚上那双漂亮的靴子，尽管她的观众就只有露拉和司机两个人而已。丹妮娅在哪里买到这样的鞋和那么时髦的黑色大衣呢？就算不说露拉也知道，肯定贵得吓人。丹妮娅到底是怎么一步登天，从女佣变女王的呢？她又是怎么从曼哈顿东区鸡尾酒吧的一个非法外籍女招待，摇身一变成为一位多金的纽约客，或者至少是新泽西人的呢？

丹妮娅学东西一向很快。就是她教露拉如何避过试衣间和化妆品柜台的。露拉暗暗提醒自己可别嫉妒。自己肯定也拥有很多丹妮娅所没有的。但到底是什么，现在她一个也说不出来。看着朋友一步一停地从斯坦利先生门前的人行道上朝自己走来，露拉大喜过望，同时又十分眼红丹妮娅那身衣服。露拉的开心本应该是纯粹的。丹妮娅安然无恙。

两个好友在门口拥抱。

"你闻起来好香，"露拉赞道。

"特制香水，"丹妮娅说，"这可是用每二十年才开一次的玫瑰花调配而成的。"

"开玩笑吧，"露拉说。

"一半是开玩笑的行了吧，"丹妮娅说，"每十年开一次。"

她们又拥抱了一下，露拉把脸深深地埋进丹妮娅的羊绒披肩。只有当危险已经过去，露拉才意识到自己当初有多么的担心。

丹妮娅说："现在能进屋了吗？我的那啥都快冻掉了。"

"对不起，"露拉说，"来杯咖啡？"

"美式咖啡，"丹妮娅说，"有的话就上。"

"星巴克。"露拉说。

说着她向厨房走去，这样她就不用观察丹妮娅对金姜的装修风格以及她自己的生活作何反应了。丹妮娅就像是来自另一个世界的使者，拿着镜子的信使。这座房子里曾经一切的欢乐早已成为遥远的过去，散发着一股死气沉沉的陈腐气息。露拉发现丹妮娅一来，她身上的玫瑰香味儿就盖住了这股霉味，这才松了口气。露拉为什么要给自己找借口呢？还是让丹妮娅自己评价吧。

丹妮娅跟着露拉进了厨房，坐在一张高脚凳上，架着两只胳膊倚在吧台上。她粉白的双乳在鸽灰色毛衣的 V 领里呈现两个半球形。

"这地方很温馨，"丹妮娅说，"有家的感觉。"

"只是份工作而已。"露拉说。跟以前那个皮包骨的白俄女孩的老公寓相比，斯坦利先生的家已经是一个很大的进步，或者说前进了好几步。可丹妮娅随手放在吧台上的那个钱包又比斯坦利先生的家前进了好多步。两人是好朋友，她爱她，她也爱她。就一个钱包，有什么关系？

"请别抽烟，"露拉双手掌心朝上，小心地护着周遭脆弱的生态环境。

丹妮娅摇摇头，但还是把手中的香烟收起来了。"我不会见怪的，美国人都这样。我跟我丈夫说已经戒烟了。史蒂夫以前常往家里带些肺部癌变发黑的图片给我看。"

"跟我讲讲史蒂夫吧。"露拉说。

丹妮娅说："讲什么呢？史蒂夫人很好，很乐观。他清楚自己想要什么，又很有钱。他帅吗？也不见得，史蒂夫长得不帅。第一次见他，没准你会以为他是同性恋。我俩第一次见面时，我就是这么想的。搞错了。史蒂夫不是同性恋。他是个美国人。他想让我也成为美国人。我一谈到我的过去，他就觉得无聊，所以我干脆不提。一开始，他对所有阿尔巴尼亚的东西都兴致勃勃的，可是现在他想让我脱胎换骨，他想让我的生活从我俩见面的那天起就重新开始。没有过去，没有朋友，只讲英语，除非——"

露拉说："这就是你人间蒸发的原因？"

"不完全是，"丹妮娅说，"不过肯定也有这个原因。我也是在尝试。我想，总得给这场婚姻一个机会。史蒂夫很有控制欲，动不动就发脾气，不过要回避也很容易。比如不要关掉报警系统，或者记得关水龙头。这样的话也就没问题。我跟他的夫妻生活总是又短又老套，不过作为补偿，我能够疯狂血拼。每周逛两次，也许三次。当然他的家人都以为我是个俄国妓女。他妈他姐还有他的阿姨们审问我无数次了，问我们是怎么遇到的。显然，她们都以为我们是在网上，或者通过电话黄页里的广告认识的。所以我现在就学民间传说里的人间仙子，史蒂夫要见我脱光一次，我就要他付一次代价。"

露拉欠着身，吻了吻吧台对面好友的脸。她刚刚写过一篇关于人间仙子的故事，要跟她解释这个太复杂了。本来在想要不要跟她解释，又决定还是不解释了，这么一闪念，露拉高兴了起来。

"你那是什么意思？"丹妮娅问道。

"我见到你很高兴呀，"露拉说，"那你到底是怎么遇到史蒂夫的呢？"

"在机场遇到的呗，"丹妮娅又伸手摸香烟，接着又想起露拉的劝阻。"我回家的机票出问题了。我早就该知道的。我是在布朗克斯一家房产中介后面的小旅行社买的。售票处的家伙一看到我就没好气，我俩说着说着就吵起来了。我骂他蠢货。多大点儿的事儿嘛。他本来就是蠢货，而且幼稚。听我骂他，这个又蠢又幼稚的大块头卖票男就叫人来支援他。我想，这下完了，我这趟要去关塔那摩了，有去无回。"

露拉插了一句："我的律师有个当事人就被关在关塔那摩监狱。"

"真惨！"丹妮娅说，"可怜的家伙。史蒂夫当时正在商务舱那边排队，他队也不排了，就出来替我解了围。他的航班还有段时间才起飞。史蒂夫就是这种人，他会提前三个钟头到机场。那天他正准备去巴哈马首都拿骚去参加整形外科手术会议。我们俩在一张小圆桌的高脚凳上坐下来。那天我肯定是受了上帝的指示，才穿着短裙出行，而不是穿运动服。喝了两杯威士忌，史蒂夫就问我，要是他取消航班，我愿不愿意立马跟他回家。第二天早晨，他说他会搞定一切。所有的一切。他果然言出必行。"

"那天晚上一定不同寻常。"露拉说。

"对于史蒂夫而言确实是。"丹妮娅说，"讲完了。他很善解人意。我很快就能成为美国公民了。嫁了个美国医生，这简直是美梦成真。"

"很好。"露拉搓了搓手掌，仿佛这样就能把普通人通往丹妮娅的今天所必须经历的一切艰难险阻搓掉似的。她内心的小宇宙颤抖了，开始自怨自怜。其他人得来都那么轻而易举，只有她例外，人人都交过好运，一路顺风，只有露拉还在这条路上深一脚浅一脚地艰难跋涉着。她对自己说，要有耐心，或者至少保住自尊吧。她已经拿到了工作签证，绿卡也很快就会拿到，也许很快就能成为美国公民，而且全都是靠她自己，不必嫁给一个自己并不爱的人。可转念一想，一切化为泡影的可能性也依然存在。她说不定会被驱逐，灰溜溜地回到地拉那，而丹妮娅仍将住豪宅，逛街买漂亮衣服。

"什么都不容易啊，"丹妮娅说，"今天吃晚餐时，他会跟我讲什么隆鼻术很高超，或者什么缩臀术很有挑战性，可我一张口，不管讲什么，他就拿本杂志看。不过好处是，我什么时候想把身上哪个部位紧一紧，改一改，他随时能免费帮我做。他的合伙人对我永远是笑脸相迎，还帮我隆胸，做了个迷死人的乳沟。"

"那你现在为什么打电话给我呢？"露拉说。

"我想你了，"丹妮娅说，"我觉得无聊。"

"这里是容易无聊。"露拉说。这样说出来，感觉真好。时不时地，斯坦利先生和齐克都问过她会不会觉得无聊，她总是否认：不，一点也不无聊，我找了好多事情做。阿尔瓦诺和他的兄弟也暗示过，斯坦利先生的房子就是座坟墓。他们不是说过，这房子闻起来像个墓穴。

"任何地方都会无聊。"丹妮娅皱了皱眉，她的珠光唇膏印在斯坦利先生的咖啡杯沿儿上了。她舔了舔指尖，抹去上面的唇印，就好像一位母亲从自己孩子的脸上抹掉另一个女人亲过的痕迹。"一天怎么有那么多分钟！没准儿哪天史蒂夫就会问司机——用西班牙语问——我今天的行踪。这样最好了，司机会跟史蒂夫讲到你，他就不会吃醋，以为我去跟什么男人幽会了。我这生活，好处是能逛街购物，坏处是性生活比较糟。"

"你都有司机了！"露拉说。

丹妮娅色眯眯地笑起来。"他叫乔治。多米尼加人。二十二岁，帅死人不偿命。"

"我连开车都不会。"露拉说，"我大部分时候都被困在这里走不了，除非搭公交。"

"我不是跟你说过嘛，"丹妮娅说，"这里到市中心用游的也就十英里远。"

露拉说："你说话还是带口音。你的美国老公史蒂夫喜欢你的口音？"

丹妮娅做了个鬼脸。"他喜欢一边做爱一边说话。就那时候他喜欢我的口音。甚至喜欢听我说阿尔巴尼亚语。他以为我在讨饶，真是一团糟！其实我当时是在说，明天我得让女佣格拉迪斯把冰箱清理一下。不在床上的时候，他不怎么喜欢我的口音。他说，我越是多说美语，跟越多的美国人说话，我听起来就越像美国人。"

露拉说："我这里的情况恰恰相反。这里人人都想让我保持本色。他们喜欢我们国家所有的童话故事和俗语民歌之类乱七八糟的东西。你知道吗？我开始写些小故事了，关于我们家乡的。"

"你一直是个很有创意的人。多有想象力啊！我记得，有一天晚上我们在拉尚吉塔值完班，你喝醉了，编了些疯话，说你爸教你瞄准麦当娜的心脏练射击。那个叫弗兰科的服务生后来哪去了？他不算帅，不过还……"

"关于麦当娜的那个可是真事儿，"露拉说，"是麦当娜的图片。"

丹妮娅说："我想你。不过，听着，今天不逛街。我没那么清闲。清洁工今天要来取客厅窗帘。我还得回家吩咐格拉迪斯做什么晚餐。"丹妮娅亲了亲她的指尖，"今晚做炸鸡。我还没住进去时她就已经为史蒂夫工作了。"

不得不去某个地方，是拥有权力的象征。就在那篇女首席执行官建议买昂贵内衣的文章里，同时还提到了另外一个公司女法人，透露她的成功秘诀在于，永远给别人一种感觉，就是她很忙没时间，其实呢，她也没那么忙。露拉也必须待在一个地方——

不就是这里呗——也有人需要她：齐克。

"我们也有女佣：埃斯特利亚。"露拉说。

丹妮娅披上大衣，"给我打电话。早点打。你不用再担心我被卖到迪拜当性奴了哦。"

两人拥抱、亲吻，再次拥抱。然后丹妮娅走了，露拉留在那里，觉得没那么孤单了，又有了盼头，可同时她又觉得筋疲力尽，她走到客厅，脚底轻飘飘的，一屁股坐进沙发里，直到丹妮娅走出门口留下的最后一缕香水味散尽，才起身离开。

丹妮娅安然无恙，还交了好运，这让露拉如释重负。但她的来访又如同泼了一盆冰水，令露拉如梦方醒，不能再沉迷于斯坦利先生家了。快醒醒吧！那些钓到金龟婿的姑娘们，那些嫁给意中人的姑娘们，她们才不会躲在新泽西的郊区做白日梦，痴心妄想着阿尔瓦诺会操一口粗鲁的民工腔向她表白说，他对她的思念一点也不比她对他的思念少。

坐在齐克的电脑前，真是一种愉悦的消遣。有没有人对这样的故事感兴趣？一个男人想盖一栋房了，可是总是盖到一半就塌了，直到他做了个梦，梦见要解决这个问题，必须把他的爱妻筑进房子的地基里。房子终于建起来了，但地基总是湿答答的，浸透了他妻子的眼泪。斯坦利先生和唐·塞特贝洛显然以为，一旦跨进阿尔巴尼亚境内，物理学规律就不再适用了。幸亏她以前提过，她的故事一半是虚构一半是现实。等她写得多了，能够结集成书了，他们就会帮她全部分类整理一遍。但眼下就让她的这两位美国守护天使误以为她写的都是真人真事也无妨。

露拉正写着这个场景，造房子的男子向他妻子解释，为什么需要将她活埋，房子才造得起来。她不肯，他就一把将她推进事先挖好的小坑里，边哭边和水泥。露拉完全沉浸在自己的故事里，这时门铃响了，在露拉听来，就像那个丈夫挥动铁锹抹平水泥时发出的锵锵声。她飞奔下楼，打开门，竟发现"皮夹克"正站在门口。

"小妹，你怎么不高兴啊？""皮夹克"金提一边问，一边回头瞟瞟身后。冬天严寒的天光照在他坑坑洼洼的两颊上。露拉让他进屋，他进来以后反而更加不安了。他该不会是背着阿尔瓦诺来约她出去的吧？阿尔瓦诺该不会是把她让给自己兄弟了吧？男人之间一向有这种变态伎俩，露拉早有耳闻，但还从来没亲身经历过。他们以为她是一大块烤羊羔肉吗？随随便便就扔给下一个人？不过金提是来拿枪的，这个可能性更大点儿。她就让他站在客厅里，听他嘴里嘟囔些什么。

"什么？"露拉说。

叽里咕噜，叽里咕噜。

"我听不懂你在说啥！"

"叽里咕噜叽里咕噜，圣诞夜？我们头儿？……圣诞夜有空吧？他想知道，你想出去吗？"

怎么每一句都是问句？金提说起话来简直扭捏得像个十几岁的小姑娘。不过她渐渐地总算弄明白了，原来这家伙是月老，来牵线搭桥的。露拉恨不得张开双臂紧紧搂住他，直到他的"皮夹克"都被挤得裂开来才罢休。阿尔瓦诺是不想以身犯险，当面被拒，真令人感动啊！不过，他就那么笃定她没别的安排吗？也太轻率、太自以为是了吧。还有两周就是圣诞夜了，而她也确实没别的安排。

要是让"皮夹克"转告阿尔瓦诺说她没空，他会是啥下场？信使带来的坏消息若是关于约会的，多半不会招来杀身之祸吧。怎么说得好像阿尔瓦诺会有多在乎似的，他总不至于为此迁怒于自己的兄弟吧。他只要再派一个人去替他约别的女孩就行了。

露拉说，"请转告他，行，乐意奉陪。"

"他八点到这儿行吗？他说打扮得漂亮点，行吧？"

"打扮得漂亮点？"露拉说，"我一直打扮得挺漂亮呀。要看相对于什么而言？"阿尔瓦诺怎么有胆这么说？不过也许并不是他比较大男子主义比较傲慢，而是语义上的歧义吧。说不定他说的"打扮得漂亮点"意思是"盛装打扮一下"，也许他们是不想露拉穿着 T 恤衫牛仔裤到了正式场合尴尬，所以才这么说的。还用说吗，她肯定会盛装打扮一下的。这可是圣诞夜啊。可她还没来得及问具体细节，金提就握了握她的手，转身离开了。任务一完成，他这大忙人就可以回去，到别的地方去忙要紧事儿了。

圣诞节前两周。冬日里，天光又短又无情，整日揣摩着"打扮得漂亮点"这几个字的含义，简直让思想不堪重负。是丹妮娅那种水准的漂亮，还是阿尔巴尼亚标准的漂亮呢：越闪越好，越紧越好，合成材料越多越好，最重要的，豹纹越多越好。或者就像那些和造型夸张的经纪人老公同游巴尔干半岛的发型夸张的歌手那种？阿尔瓦诺可比他们酷多了。他所说的漂亮，肯定跟露拉所说的漂亮是一个意思。

露拉既有耐心，又很友善，尤其是对齐克。开车去"好地"超市的路上，他俩结合高中聊了些关于人生目标这个形而上学的问题，露拉向他保证人生是有目标的，又聊了些关于开车和其他司机的八卦。齐克说，随着圣诞节临近，司机们开车都越来越粗野，越来越容易发火。

"圣诞节你想要什么？"露拉问道。

"不知道呀。什么也不想要。慢着，有个 DVD，是一部经典老电影，叫《吸血僵尸》。"

"你写下来，"露拉说，本来没打算花钱满足齐克这个吸血鬼迷。上次已经在圣马克坊街给他买了一条带铆钉和金属洞眼的皮带，还给斯坦利先生买了一台苹果音乐播放器。

心中明知这样做不好，露拉还是让齐克在这种坏天气开车去超市。结果那辆老爷车不小心滑进了路边的雪坡，她和齐克只好挖雪才把它弄出来，把她的靴子都给毁了。这件事她没敢告诉斯坦利先生。圣诞夜，也就是去年金姜离家出走的日子，她要抛下斯坦利先生和齐克独自出门，要解释这个就已经够难以启齿的了。

她一直等到一个周六的下午。齐克跟朋友们出门了，说是去为圣诞购物。露拉看见斯坦利先生正独自在客厅里读礼拜天报纸的周末版。明天的新闻今天看。他下身穿着一条丝光斜纹棉布裤，上身一件羊毛背心，里面是针织衫，不知他怎么搞的，似乎比他穿西装的样子还要别扭、难受。他看上去就像罗杰斯先生，也就是露拉小时候在奶奶那台走私电视机上看到的第一个美国人。

　　"我有话想跟你谈。"露拉说。

　　斯坦利先生说："我有个疯狂的想法，咱们出去走走吧。"

　　"太疯狂了吧，"露拉说，"外面冷死了。"

　　"外面的空气有益健康，"他说，"被困在这栋黑屋里，你会变成《惊情四百年》里那个吸血僵尸的。"

　　只有吸血鬼迷孩子的爸爸才会说出这种玩笑话。很有斯坦利先生的风格，总是希望对别人有好处。

　　"哈哈，"露拉笑道，"好吧，我去拿外套。"出了门，她指着两人在室外冷空气中呼出的一团团白气，面露责备之色。

　　"就在小区附近走走，"斯坦利先生说，"冻不死人的。"

　　街上除了他俩，空无一人，除非把邻居草坪上的塑胶充气驯鹿和唱颂歌的人偶也算在内。时不时有车经过，但也没有一辆会为他俩减速。他们在一栋栋房屋之间慢慢地走来走去，偶尔驻足欣赏一下圣诞节的展示灯饰。露拉酸溜溜地想，这些东西费的电都够整个阿尔巴尼亚用了。不过这些彩灯肯定都是低瓦数的。为什么她直接就本着外来移民的心态，一面看不惯一面眼红，为什么就不能单纯地享受这无伤大雅的美国传统习俗呢？还不是因为挂这些灯饰，本来就是为了让外面的人嫉妒里面的快乐呗！

尽管露拉对美国人的家庭生活已经了解不少，她还是希望能和家人们一起去逛大盒子商场①，一起安装圣诞装饰，妈妈和姐姐负责提新点子，爸爸和弟弟负责乖乖听从。以前，准许他们读的外国文章只有很少的几篇，其中之一是安徒生的《卖火柴的小女孩》，当时是被用作证明西方阶级暴行的反面教材的。露拉和其他人一样，都信以为真。可是等她到了美国，过上了新的生活，她才了解了其中的细微差别。斯坦利先生所在的阶级，跟卖火柴的小女孩冻死前盯着的那个客厅的人家来自同一个阶级。她要写的回忆录，还可以拟个备选题目，就叫《站在外面朝里看》。

这时斯坦利先生在一个大拖车般大小的塑胶雪橇前停了下来，露拉说："我想跟你说件事。要是你不介意的话，我这个圣诞节不能跟你和齐克一起过了。"

"当然不介意。"斯坦利先生飞快地答应了，"那，你有什么事吗？"

"出去玩，"露拉说，"跟几个朋友一起。"要是斯坦利先生问到什么朋友，她就说是拉尚吉塔的老朋友。

"噢，那很好。"斯坦利先生说，"我们也希望你有自己的生

_____

① 占地面积很大的零售商店。

活。"他继续朝前走向下一块草坪，那里有个托儿所，里面有一匹骆驼，跟真的一样大小，身上的石膏已经剥落了，就像是搏斗时被其他动物爪子挠得皮开肉绽似的。

"应该没什么影响。"他说，"我想，就算不要圣诞树，不挂装饰品，也不吃圣诞大餐，齐克也一样会开心的。"

圣诞大餐？去年斯坦利先生拖回一棵枯树，然后在商场里过的圣诞节，他难道已经忘了吗？

"你肯定？"露拉问道。

"我不知道。"斯坦利先生说。

露拉说："在我家，独裁者不准信仰宗教的时候，人们还是会庆祝圣诞。人们会把果仁千层酥垒成金字塔的形状，看上去就像一棵棵圣诞树。"以前圣诞节时，奶奶会做果仁千层酥。关于金字塔的那部分是她自己补充的。"独裁者也就睁只眼闭只眼，因为他十分喜爱金字塔，自己死后也埋进了金字塔。直到后来人们把他挖了出来。"

"把他挖出来？"斯坦利先生问道。

露拉点点头，"然后又把他重新下葬。"

"太可怕了，"斯坦利先生哑然失笑，又马上打住了，"我猜，这个事情恐怕没多少人知道吧。"

"阿尔巴尼亚的每个事实都是鲜为人知的事实。"露拉说。

真是个可爱的阿尔巴尼亚孩子，斯坦利先生对她微微一笑。

他说："你真是个无价之宝，露拉。趁年轻好好享受吧！好，现在回家吧。你说得对，冻死人了。"

"露拉，这是乔治。"丹妮娅一边介绍，一边把做过美甲的无瑕玉手绕在司机的手腕上。司机乔治哔哔哔地揿着车喇叭，招呼露拉自己出来，免得丹妮娅和她的美靴再次遭受斯坦利先生家门口积着雪的人行道摧残。"乔治，这是露拉，我的好朋友。"

"你好，"乔治的笑容照亮了后视镜。

"你好，"露拉有点闷闷不乐。丹妮娅太懒了，本来她可以进屋待久一点，好让露拉讲讲自己跟阿尔瓦诺的，姑且这么说吧，恋爱史。跟人描述自己一厢情愿的暗恋已经够难堪了，更何况还要当着新泽西最帅的司机面！尽管如此，她还是很感谢丹妮娅毫不犹豫地就答应带她去逛街。无论如何，她俩还是朋友，手拉着手一起跨越她们之间开始出现的金钱和阶级的鸿沟。

"不用担心乔治，"丹妮娅说，"他只会讲五十个英语单词，而且都是跟这里的公路有关的。我一直在教他阿尔巴尼亚语。这是我们之间的暗语。对吗，乔治？"

"对，"乔治说，"是的。"

"想想看，"丹妮娅说，"我们谈话都不是同一种语言。"

"那史蒂夫对这个有什么反应？"露拉说。

丹妮娅把食指往脖子上一抹，笑道，"我开玩笑的。史蒂夫对自己不知道的东西也不想知道，他这人一点好奇心都没有。那你到底遇到什么十万火急的情况了？"

"我没说十万火急啊，我说很急。"

"你说了十万火急。"丹妮娅坚持道。

也许露拉确实说过"十万火急"这个词儿。"好吧好吧，我的本意是很急。我需要新衣服穿。"

丹妮娅挑了挑一边的眉毛，"这就叫十万火急？现在的巴格达才叫十万火急。过去的卡特里娜飓风才叫十万火急。在兵工厂里拆卸步枪的阿尔巴尼亚的十岁小孩儿才算得上十万火急。这个你听说过吗？"

"我老板跟我说过。"露拉说。

"你老板人真好。"丹妮娅边说边上上下下打量着露拉。她说，"好吧。就算你十万火急。"

"去夏特山商场。"① 她用英语对乔治下达了指示，又用西班牙语说道，"谢谢，劳驾了。"

一旦开车上路，开口就容易多了。从某种意义上说，没那么私密了。露拉于是不假思索，竹筒倒豆子般把阿尔瓦诺和他两个哥们的故事一一道来，倾其所知。等她讲完，丹妮娅沉默了很久很久，搞得露拉不知所措，只好又思前想后地反省自己刚刚说的那些话有多荒诞。

"让我搞搞清楚，"丹妮娅说，"你要跟他一起过圣诞夜的这个男人，带你去吃了顿泰国料理，把你搞得神魂颠倒，偷偷溜进

---

① Short Hills Hills，新泽西高档购物中心。

你的房子洗了个澡，还在你的电脑上乱写——"

"是齐克的电脑。还有，他还留了件礼物。"露拉开始想念那只可爱的小狗，还有它那不图回报的亲昵。她动不动就让它叫，结果坏了，修不好了。

"什么礼物？这一茬儿你没跟我说过。"

露拉笑笑，让你发挥一下想象吧。

"礼物不意味任何东西，"丹妮娅说，"谁知道打哪儿弄来的。"

说完，她们默默地坐车，都不再说话。直到丹妮娅说，"好极了，乔治！我们到了。只有这家商场还算像话，其他的简直浪会时间。"

"浪费时间。"露拉纠正她的话。

丹妮娅耸耸肩。"看你咬文嚼字的。反正我们一定要弄清楚这一点：你想确定变态先生是不是知道你的心思，他想上你就能上你。相信我的话，他求之不得。"

"找你谈就对了，"露拉说，"你交过的古怪男友可不少。"

丹妮娅抹过珍珠色眼影的眼皮眨了眨。露拉暗想，她是不是想起了那个粗暴的小个子股票经纪人，总是不肯在床上做，而是梦游似的，亢奋地领着丹妮娅到男厕所后面和拉尚吉塔附近的小巷子里去。

"别岔开话题，"丹妮娅说，"就停这里吧！别再想那个把车停在入口两步远的猛男了。"她猛地打开车门，快步穿过停车场。露拉连忙跑去追她。丹妮娅是在逃跑吗？可能是在逃避露拉跟阿尔瓦诺的浪漫爱情吧。干柴烈火的真爱，哪怕仅有干柴烈火真爱一场的可能性，才唯一能比得上丹妮娅跟史蒂夫平淡无趣的婚姻所带来的优渥生活吧。爱情，甚至是有希望得到爱情，从某种意义上说，能让你高人一等。

可就算如此，露拉这点微不足道的优越感，很快就消失在装满镜子的化妆品柜台后的女售货员们眼中。在她们的审视下，露拉的外套好像变成了小丑的破衣烂衫。她就穿着这破衣烂衫快步走到丹妮娅身后，转移了那些本来在招徕她朋友的女售货员的注意。她们把露拉打量了一番，目光就移到别处，就好像看到了一个毁容的人似的。接着她们又把殷切的目光对准脚蹬鸵鸟皮靴的那位，好像在说，到我这儿来，到我这儿来。

"我需要一套新衣服，"露拉说，"要性感，但又不失优雅。"

"试试香水，"丹妮娅对她说，"相信我。别去想什么新衣服，别想超短裙啊，网眼丝袜啊，不系扣衬衫啊，性感高跟鞋啊之类的。又浪费钱又浪费时间。往私密部位喷点昂贵的香水，还有会让男人兴奋的部位。史蒂夫让我明白了医学杂志上的一个道理。特定的气味会让男人血流速度加快，让他们迅速勃起。比伟哥还见效。要是勃起超过四个钟头，你就得叫医生来了。问题是，不同的气味对每个男人起的作用不同。所以史蒂夫自己做了研究，带回家一小瓶油，值一百万美元，而且很可能是违禁药物。他说是用阿富汗军阀的菜园子里种的罂粟榨取得来的。鬼知道到底打

225

哪儿弄来的。反正他要我涂哪儿我就涂哪儿，结果我起了疹子，难受死了。所以现在我只好把自己弄得闻起来像妓女似的，还要装模作样地用阿尔巴尼亚语说脏话。你觉得有趣吧？"

那些女人站在亮闪闪的柜台后面，笑眯眯地看着她俩，是不是在猜，这个有钱女孩是在抱怨自己的性生活吗？

"外激素。"① 露拉说，"就像昆虫家族一样。你捏死一只甲壳虫时发出的那种怪味儿，对于另一只甲壳虫来说就是难以抗拒的性的气味。"

"是死亡的气味吧。"丹妮娅说，"我在机场遇见史蒂夫的那天，往身上喷了快一瓶的香奈儿五号。"

露拉说："飞机上坐你邻座的那位该多享受啊。"

"那次飞机上没人坐我旁边。"丹妮娅说，"没坐飞机。我觉得喷点在身上也无妨，要是我想带着它回阿尔巴尼亚的话。机场海关的保安说不定还偷回去送给她的女朋友呢。"

丹妮娅一个柜台接一个柜台地检阅着，看看这瓶，瞅瞅那瓶，把那些对着空荡荡的商场过道抛了一天媚眼的女人们的希望拿起来又放下。丹妮娅突然抓住露拉的小臂说："别走神。锁定这个男人。就是他了。搞清他的喜好。跟着你的直觉走。"

这下好了，所有的售货员都看着她俩。丹妮娅和露拉竟然就站在众目睽睽之下谈论如此深入的话题，仿佛时间和空间都停滞

---

① 生物体释放的化学物质，能影响其他同类生物的行为。

不动了，居然觉得连逛街这件正事都没那么重要了，这得有多强大的自信啊。露拉自己一人就不可能这么勇敢。没人做得到。她是多么需要、多么依恋她的朋友啊！丹妮娅穿梭在一个个柜台之间，边往一片片正方形纸巾上喷着香水，边用一支粗短的铅笔写下每种香味的名字，最后她把选择范围缩小到三四块小纸片。丹妮娅这是在哪所高档的富贵千金学校学到的本事？

"闻闻看。但是脑子里要想着那个男人。"

"闻起来全都开始一个味儿了。"露拉说。

"天哪，你没救了。"丹妮娅吻了吻露拉的脸颊。周围卖香水的女人们都瞪大了眼睛。她们是不是以为露拉和丹妮娅是一对同性恋俄国妓女，今天下午是偷偷出来幽会的？她看出为什么史蒂夫的父母对丹妮娅这么不放心了。他们大错而特错，知道的少之又少。可是他们信她朋友一句谎话，另一个谎话就实现了。无论如何，在他们心中，她的形象已变成一个野心勃勃的女子，一心想踩着社会的梯子往上爬，而他们的儿子就是最底下的那一级横档。

"我觉得有股霉味儿。"丹妮娅说，"一个男人把枪藏在你这里，还冒充是搞建筑的——"

"冒充？他确实是搞建筑的呀。"

"冒充的。"丹妮娅说，"也许俘获他的心最快的方式就是撩起裙子给他看。注意，别穿底裤。"

"我不会这么干的。"露拉说。

227

"明白。"丹妮娅说，"所以我们才来挑香水。别走神，再重新来。"

露拉喷了点香水，闻了闻，脑子里努力想着阿尔瓦诺。可不管她怎么努力，她都无法想象，不过闻到一股刺激的或者香甜的什么味道，他就会不由自主地跳到她身上？

"试试这个。"丹妮娅将凉丝丝的香雾喷在露娜的手腕上。"等它先挥发一下。好了，闻吧。"

露拉闭上双眼，深深吸了一下。

在老家地拉那，她家那个街区后面有一个垃圾场，那里面有一棵树，在垃圾堆、杂草丛和从周围窗户中如雨点般落下的香烟屁股和油炸食品中茁壮成长，开出一树繁花，美不胜收。好在它的花期一般在五一国际劳动节前后，所以附近的委员会也就不去管它，通常按规定，任何赏心悦目的美丽事物都是西方资本主义精神毒药。这棵"五一节树"花期为一周，人们就会在傍晚下楼，成群结队地或者独自站在那里呼吸着充满花香的空气。没有一个人会把树枝偷偷折下来带回家。等到花一谢，孩子们就知道可以在外面玩到很晚了，扔花瓣，丢花蕊，互相嬉戏打闹。而此时此刻，丹妮娅喷在她手腕上的香水闻起来就像那些温暖的春天的晚上。

"就这个，"露拉低声说。那个香水瓶是宝石蓝的，就像奶奶在世时用来装栀子花水的那些玻璃小药瓶——让她回想起奶奶讲的故事，就是关于那个四处收集泪水当作护肤品售卖的女人的故事。单单想起这个故事，似乎就是自找祸殃的不祥之兆。露拉决定把这瓶香水放在藏阿尔瓦诺那把枪的那个抽屉里。让她新买的香水和他的手枪一起共度一段时光。

一个声音问道："要包起来吗？"

"算我送的。"丹妮娅说。

"不行，我不能让你破费。"露拉说。

丹妮娅一挥信用卡，"算是史蒂夫请客，"她对女售货员说。

第十章

　　斯坦利先生圣诞节前一天就休假了，花了一早上的时间翻箱倒柜，还以为他在找什么重要宝贝呢，结果被他翻出来一大包圣诞节装饰金箔，他把它们一绺一绺地挂在相框上。中午，齐克睡醒了，斯坦利先生问他，能不能帮他一起去挑棵圣诞树。显然，他已经忘了曾经说过不打算过节的。

　　齐克说："今晚就是圣诞夜了，你觉得还能有什么好树留下给你挑？"

　　斯坦利先生说："说不定还有很多呢。还是有很多可供我们选的。"

　　齐克说："那你自己去好了，要我干吗？"

　　斯坦利先生说："管它呢，又不是非得要圣诞树！"

　　齐克说："就是嘛，又不是非得要圣诞树！"说完就打开电视机。他是在试探他耐心的美国老爸到底有多少耐心吗？不是，他是想提醒他内疚的美国老爸，他妈妈就是在圣诞夜抛弃了他俩的。

六点了，露拉决定开始梳妆打扮，一会跟阿尔瓦诺出去。齐克躺在沙发上，看着电视里燃烧圣诞柴的画面，而斯坦利先生就坐在椅子上，看着自己的儿子。

"噢，快看呀，这简直跟我老家的电视太像了，"每当露拉想说些什么缓和他俩之间的压抑气氛，她都能听到自己声音里发出一种刺耳的颤音。"新闻播音员会向我们播报西方饿死的人数，背后的墙上还有一只钟在计时。"

斯坦利先生说："齐克，你瞧，我们能不能看点更有意思的？"

"不能，"齐克说，"我就喜欢看这个。这个最有趣不过了！"

斯坦利先生想问什么又强忍着没问，最后还是问道："齐克，你这么亢奋不是嗑药了吧？"

"过节高兴啊，我能不亢奋吗？"齐克说。

斯坦利先生招招手，示意露拉跟他进厨房。他说："我觉得他想他妈了。"

"对不起，"露拉说，她本意是想表示同情，可是说出来倒好像是在道歉。在阿尔巴尼亚语里面这是两个不同的词，意思天差地别。

斯坦利先生像个教士似的张开指尖："说实在的，我妻子选这个时间离家出走有她的深意，说明她有多生气，说不在乎是很难的。我告诉过你她是圣诞夜走的吧。"

"你说过，"露拉说。金姜是个多没良心的恶魔啊。可是露拉心中的某个地方却理解金姜的那种恐慌。她敢肯定，或者说几乎

231

能肯定，今晚不能留下陪他们的内疚感会在她出门的一瞬间消失得无影无踪。

"我得去准备一下了。"露拉说。

尽管露拉告诉自己，跟阿尔瓦诺的约会没什么特别的——确实，要降低期望值，说再多都不为过！——可她还是不仅用上了自己所有的乳霜香皂，而且还把从第一天到纽约起存着没舍得用的每一个沐浴用品小样儿都搽了个遍。打开那一个个小瓶子，给自己抹上那些商家吹嘘得效果神乎其神、包你用了还想用的什么珍贵的膏啊油啊的，简直有种过把瘾就死的快感。

她裸着身子走到卧室另一头，打开内衣抽屉，轻轻打开包裹着阿尔瓦诺那把手枪的柔软衣物。她一手拿着那套真丝内衣，一手拿着枪，有点举棋不定，就好像她正在掂量这两样东西孰轻孰重，好做出取舍一样。她把那把枪放进那团胡乱堆在一起的涤纶内衣里，穿上那条真丝内裤，扣好文胸，然后鼓起勇气来到镜子前，准备迎接自己又老又丑的尊容。而事实是，她的身型看上去还挺健美，像个年轻姑娘！她的臀部还没怎么松垂，想想自己一天到晚地坐在斯坦利先生家里动也不动，这真是个惊喜！一时间她灵魂出窍，仿佛飘进了另一个人的视角，一个更加热切、充满爱慕的目光……就像阿尔瓦诺的。她想入非非起来，如她所愿，阿尔瓦诺褪去了她的蕾丝文胸和真丝底裤。即使长期压抑克制，欲望的生理信号仍是如此明白无误。露拉想，这就像骑自行车一样吧。虽然她从来没学过骑自行车。

要冷静！就这么春情荡漾、欲火焚身地去赴约，而且是跟阿尔瓦诺第一次真正的约会，实在太不明智了。

既然听了丹妮娅的劝告，没花钱买新衣服，那么要"打扮得漂亮点"，最好还是穿她的小黑裙和高跟儿鞋吧，既能让她的小腿看上去瘦点，跳舞也不累，如果非得跳的话。接下来她开始化妆，要化得既不会让美国人觉得太浓，又得明显到能让那个阿尔巴尼亚男人看出她确实努力化了。她先试了三种不同色调的腮红，又擦掉了重抹，接着反复试验那瓶昂贵的香水，直到付出了惨重代价，才摸索出一个恰到好处的剂量，既能撩人兴致，又不至于显得自己太积极主动。就这样反复折腾，她竟还提早了二十分钟打扮停当。

幸亏提早准备好了，因为阿尔瓦诺也早到了二十分钟。她的手机"嘀"的一声，屏幕上出现了一条短消息："车停在门外。"真是简明扼要，而且现在他的手机号码存进露拉的联系人名单里了。

她事先在脑海里预演了出门时的情景。一切都和事先想好的一样顺利。她抓起自己的外套，一面说"圣诞节快乐"一面轻轻地掩上门，这会儿又加了一句"等会儿见"，好让他们爷俩放心，她不是永远不回来了。出门走上了人行道，她的骑士就在那辆闪亮的黑色战马里揿响了喇叭——哔，哔，你好！这家伙有点毛毛躁躁的，也许他有点紧张吧。

露拉灵活地坐下，亲了亲阿尔瓦诺的面颊。

"圣诞快乐！"他说。

没想到，这回阿尔瓦诺换了一种古龙水，其气味之浓烈，瞬间颠覆了丹妮娅之前所有不辞劳苦的嗅觉研究成果。阿尔瓦诺为了今夜精心打扮，好像雄孔雀分泌了性外激素，令露拉身上那久违的夏夜气息不战而降，但她反而心中暗喜，连丹妮娅为了这瓶东西破费都不在乎了。更高兴的是，他没穿很多阿尔巴尼亚男孩热衷的那种亮闪闪的合成材料紧身衣。他上身穿一件黑色衬衫，衬托得他的头发越发得红，外面罩一件黑色夹克，下身穿牛仔裤，这一身让他看上去很像拉尚吉塔那些为了酒不惜一掷千金的男人。露拉并不想跟那样的男人交往，那她为什么不介意阿尔瓦诺打扮得像他们呢？因为她不想成为一个专横女友呗，刚刚交了男朋友，就用美国的风俗习惯和穿衣打扮对他指手画脚的，好像自己什么都懂似的。

两人突然意识到双方都为了彼此换了香水，一时间哑口无言，不知道说什么好了。这肯定能说明点什么，但愿这说明一个可能性，那就是阿尔瓦诺也打算今晚跟她上床。露拉心里犹如小鹿乱撞。都是丹妮娅和她的好点子！这"兄妹"俩，满身刺鼻的香水味儿，活像一对色情狂，还想再假装这只不过是普通朋友间纯洁的外出过夜，得有多难？

"我们去哪儿？"露拉问。

"布朗克斯，"阿尔瓦诺说，"还能去哪儿？"

他们穿过乔治·华盛顿大桥，只见大桥如一个个光圈，串联在银绦般的哈得孙河之上，似真非真，似幻非幻。桥下，河两岸积雪未消，亮起的街灯周围腾起一团团闪闪发光的雾气。

阿尔瓦诺说："那你老板和他儿子现在怎么庆祝圣诞呢？"

"看电视呗，正在放燃烧圣诞柴。"露拉说。

阿尔瓦诺说："凄惨，真凄惨。"

"拜托，我已经够内疚了。"露拉说。

阿尔瓦诺从白石大道出口下来，接着问道："你真没跟你老板上过床吗？"

"上帝啊！"露拉说，"我得跟你说多少次——？"

"对不起，"阿尔瓦诺说。

露拉说："不过圣诞节到底有什么意义呢？我们在老家又不过圣诞节。"

"现在也过，"阿尔瓦诺说，"对于阿尔巴尼亚人，这里现在是旅游旺季。人人都往这儿跑。也不知道他们来干啥。逛逛无线电城，坐坐圣诞老人的大腿。我这会儿就有三个从发罗拉来的表弟，正睡在我家卧室的地板上。"

在阿尔瓦诺家过夜是没戏了。可打什么时候起，露拉非得在正儿八经的床上做？想想以前常跟男朋友们溜出去，剥去衣服在独裁者的地堡里滚来滚去，现在她难道已经人到中年，变保守了吗？

这时阿尔瓦诺说："我在想，不知道有没有人做过调查：到底

235

有多少阿尔巴尼亚男女的第一次是在地堡里？"

露拉说："你该不是刚刚读到了我的心思吧，还是怎么的？"

"真的吗？"阿尔瓦诺说，"那太好了！"说着，他双手仍握着方向盘，用胳膊肘碰了碰露拉的。"你知道吗？我有个表弟给我带了一小瓶波斯尼亚什么地方的泉水。他们管它叫男性之水。应该就是巴尔干半岛的伟哥。"

"你需要这个？"露拉问道。

"上次我试过，不需要。"阿尔瓦诺说。

露拉看见车窗外一束束探照灯光扫过天幕，下面是一片工业废墟，在远处灯光的指引下，他们平稳地停在一栋平房前面。房顶上，有红、绿、银三色光拼成的"圣诞快乐、新年快乐"几个大字。大门上挂着一只双头鹰，用一串灯泡镶了边儿。

"我听说过这地方。"露拉说。

"谁没听说过？"阿尔瓦诺说。

两个系着领结的家伙冲着雷克萨斯的车门跑过来，阿尔瓦诺挥手示意他们闪开，等他和露拉都下了车，才把钥匙交给他们。

"这些代客泊车服务差劲死了，"阿尔瓦诺说，"付钱给不认识的人帮你停车，还瞎把自己的车座和反光镜给调坏了。可这一片周围比较乱，得有人帮你看着车，免得万一有个瘾君子为了卡在车座下面的几块零钱砸了你的窗户。"

几个彪形大汉守在门口，正在检查身份证件，随意之中透出威慑。其中一人认出了阿尔瓦诺，为他让出一条道，阿尔瓦诺领着露拉从中通过。露拉因为受到特别优待，一时被兴奋冲昏了头脑，手足无措起来，两人不是胳膊碰胳膊，就是肩膀撞肩膀，阿尔瓦诺也都愉快地忍着。这个地方阿尔瓦诺也带其他女孩来过吧？一想到他的过去，露拉的好兴致差点被搅坏了。

这时，露拉看见一名保安正笑呵呵地拦住一个女招待，使她近不得身来，那姑娘挥舞着手臂，拳头雨点般地敲打在他气喘吁吁的胸膛上。

"朝我吐唾沫？"他说，"一个阿尔巴尼亚好女孩就是这样讲礼貌的？"

那女招待冷冷地看着露拉，想看看她和阿尔瓦诺如何收场。露拉想告诉她说：都是化学反应。不知什么原因，她想起那天萨维特拉问她跟唐·塞特贝洛是否有一腿。露拉对阿尔瓦诺的过去又了解多少呢？她连他的现在都一无所知。

突然，一阵稀里哗啦的噪音响起，一下令露拉从沉思中回过神来。阿尔瓦诺拉着她走进人群，露拉想起为什么这种感觉——熙熙攘攘，人声鼎沸，呼吸困难，空间拥挤，胸膛里激情澎湃——正是你想要的那种感觉。火花从一个躯体窜到另一个躯体上，每个人的身体虽然都包裹在一个气泡里，却又对近旁别的身体异常敏感。这正是两具即将发生关系的躯体之间无言的对白，虽然在周围嘈杂下轻如耳语，却仍能令人欲火焚身。

从门口离开，空间没那么拥挤了。派队开始疯狂之前，舞池里甚至有种婚礼的绝望气氛。舞厅司仪不见其人，只闻其声：

"慢慢来!"好像舞会还不够慢似的,随后一位灵魂歌手唱了首节奏舒缓的情歌。几对恋人、新婚夫妇或者刚订婚的情侣亲昵地翩翩起舞,一半是沉醉,一半像是在让他们自己,也令世界相信,他们的未来仍会这么如胶似漆地在一起。

"我们去喝杯饮料吧。"阿尔瓦诺说,再一次读懂了露拉的心思。他找了个没人的角落,让露拉等着。连她想喝什么都忘记问了。或许男人都这样,内心深处都是原始人和布朗克斯人,不仅帮约会的女孩把餐都点好,而且还必须得让她喜欢。

阿尔瓦诺消失在舞会的频闪灯照射的黑暗中。要是他永远不回来了怎么办?在自己打车回去之前,露拉要等多久?这儿的单身男子遍地都是。她完全可以跳跳舞,尽情玩乐,甚至找别的男人送她回家也未尝不可。可是她不想见任何人,只想跟阿尔瓦诺待在一起。今天是圣诞夜,他不会这么对她的。没人会卑鄙到这么没下限。"没人"的意思是,除了金姜。

终于,她看见阿尔瓦诺快步朝她走来,两手各端了一杯烈性酒。"对不起,让你久等了。我刚遇到了个疯子,想跟我大吵一架。他非说我们把他的空调机装反了,把灰尘啊、油烟啊、垃圾什么的都吹了他小宝宝一身。现在要我们重新给他装——"

"我还以为你们只搞商铺装修。"露拉说。

"是的,"他说,"我跟你讲过的。那家伙神志不清了。这杯是你的,干杯。"

"干杯。"露拉啜了一口。是梅酒,象征道别和问候、庆祝和安慰的酒。露拉自认为并不是一个特别有民族自豪感的人。就她自己的亲身经历，大多数情况下国家就像宗教，是令你憎恨其他民族还觉得正义凛然的借口。可是梅酒就不可同日而语了。梅酒是阿尔巴尼亚特有的，口感十分特别。一谈到梅酒，哪怕是对祖国毫无眷恋之情的阿尔巴尼亚人也会两眼放光，热泪盈眶。只要一听到这个词，他们就兴奋莫名。

"像妈妈的母乳。"阿尔瓦诺说。

"令人忘情的杯中物。"露拉说。

"天啊，棒极了。谁说金钱买不到快乐？说这话的人肯定从来没尝过极品桑葚梅酒。"

"我喜欢里面的核桃。"露拉说，

"那句话同样适用，"阿尔瓦诺说，"千金难买你喜欢。"

露拉正发愁梅酒这个话题已经快要无话可说了，突然喇叭里传出一阵刺耳的静电干扰噪声，接着响起了阿尔巴尼亚民族音乐。一个男歌手在唱他无法忘怀的女人，他身后的单簧管似乎在努力让他振作起来，随着音量渐强，电子鼓抑扬顿挫、叮叮咚咚的鼓点像是对人群都施了魔咒，把着了魔的人们都拉进了舞池里。

"再来一杯吧？"阿尔瓦诺问道。

"我还没喝完，"可也真是奇怪，露拉低头一看，酒杯好像自己空了似的。"当然，何乐而不为？"她笑道。

"这才是我的好姑娘。"阿尔瓦诺说完，就迎着进来寻欢作乐的人潮，奋力朝吧台走去。

他的姑娘？没听错吧？也许就是赞她喝酒的速度快而已，没别的意思。他本来可以说，我的好哥们。不过这回她不再担心他一去不返了。她靠在墙上，只觉得墙壁也像是跟着鼓声的拍子在颤动。她观察着移步舞池边上的那些人，就好像那是一个真正的池塘，有的人正准备纵身一跃，有的人则小心翼翼地伸进一只大拇趾试探深浅。

她有多久没有见过阿尔巴尼亚人跳舞了，差点想不起来，那场面有多么让人不由自主想加入，一起跳起来，哪怕你再冷漠、再时髦，再怎么对阿尔巴尼亚舞蹈不感兴趣。那么多形形色色的人不断加入，一起跳着简单的舞步，无论男女、老少、胖瘦，也无论已婚还是单身。没有人板着脸，没有人戴着空虚焦虑的面具，而这样的脸孔，露拉常常在美国人身上看到。美国人发明了自己的舞蹈，即使在想传达自信、性感，或者他们到底是单身还是名花有主这样的信息时，也想努力让自己看起来没那么忸怩不自然。当美国人在诺亚方舟里配对时压力该多大啊，做爱前后都要奏乐，女孩们成群结队地跳舞，从来没有男人成群结队跳舞，她们扭动着，一面炫耀着自己的身体，一面又各自保持距离。阿尔巴尼亚人才不管这些呢，他们就抓住队伍中最后能抓到的那只手，然后一切跟着音乐走。让音乐主宰。

阿尔瓦诺又取了更多的梅酒回来时，露拉正在原地跳着舞。他俩互敬了对方，阿尔瓦诺哈哈大笑起来，嘴里的那颗金牙对着露拉闪闪发光。阿尔瓦诺自在地坐到露拉身边，跟着音乐节拍微微扭动。当他的臀部轻轻擦到了露拉的，她多想像一只猫那样在他身上蹭来蹭去啊。

幸亏，在决定到底要不要跟人群一起跳舞之前，他们每人还要喝光两杯梅酒。巧的是，舞蹈突然停了，这样就给了他们更多的时间，好琢磨一下下一步该干什么。这时，帷幕开启，一个穿白西装的男子跳上低矮的舞台，他先用英语和阿尔巴尼亚各道了一声"晚上好"，博得了一阵热烈的掌声。他一会儿说母语，一会儿说英语，既讨好了坚持乡音不改的老一辈人，又讨好了从来没学过母语的孩子们。但大家都听懂了他那些关于新朋旧友、兄弟姐妹以及今晚家人共聚一堂的俏皮话，并且都很喜欢。接着他提到了今晚将来为大家表演的明星们的名字，还有这些天才表演过的美丽城市，每念一座就赢得了更多掌声。接下来又有两位男士，也穿着白西装，试了一下键盘乐器，其中之一听起来像是单簧管，另一个听起来像架子鼓，掌声更加热烈了。最后主持人又鼓动观众对歌手表示热情欢迎，那歌手于是大摇大摆地走上台，一脸漠然，就好像疯狂的掌声是她日常生活的背景噪声似的。接着她突然咧开猩红的嘴巴笑了，弯腰鞠了个躬，向台下飞吻。

这歌手同齐克一样，是一头黑发，只不过涂了发胶，显得乌黑油亮。她的发型就像脸两边各有一个问号，发卷倾泻在肩头。她一袭白衣，袖子是透明的薄纱，上面缀有珍珠花朵，就像婚纱上的那样，下身只有一条迷你裙，紧紧地绷在她的小腹上。脚蹬一双长筒白靴子，中间露出一段长长的大腿，在深冬里呈现出健康的小麦肤色，尽管她的脸和双手都很白。

"艾达·古尔比小姐！"主持人大喊她的名字。那歌手挽起双臂，手掌向上，不停地问这问那。接着她对着人群开始唱歌，唱得是请求每个好心人给她忠告，告诉她，她爱的男人不爱她，该怎么办。没人相信她爱的人会不爱她，但她的声音让人时时刻刻对她歌中所唱的那种感觉感同身受。露拉从来没有过那种感觉，接着她想起了阿尔瓦诺，心想现在该是时候开始跳舞了吧。她瞥了一眼阿尔瓦诺，本以为会看到他被勾了魂儿，兴致勃勃的样子。谁知，他只摇了摇头，耸了耸肩，那意思再明显不过了，他觉得艾达·古尔比小姐的表演太露骨了，这想法可真讨露拉欢心！他耸肩，意思是说他更喜欢比较正常点的、不那么豪放的女人……也就是，像露拉这样的！

艾达·古尔比对台下观众伸出手，抓着他们，把他们拉进舞池，好像要抚慰她受伤的心唯一的方式就是尽情跳舞。人一点一点增多，排成一行。接着这队伍越排越长，形成一个圆圈，又一个圆圈。这时人们分成两排，男人一排，女人一排，面对面站着。

露拉拿走阿尔瓦诺手中的空酒杯，连自己的一起放在吧台上，然后拉着他的手走进了舞池。一下去露拉就被那排女人拉了进去，同时阿尔瓦诺也被那排男人拽进了队伍。那队伍领头的男人围着一条红围巾，上面绣了一只双头鹰。露拉刚喝下的酒不多不少，既让她放松，又不至于放荡，于是她轻移舞步，自然而然地如同行走，但又不显得那么清高古板。怎么这次她还觉得挺开心的？她不是一向讨厌大合唱、阅兵式这种整齐划一的形式吗？她喜欢这儿的音乐，喜欢身体随着架子鼓和歇斯底里的单簧管的节拍尽情舞蹈的感觉。

露拉一手拉着一个涂了紫色眼影的姑娘，另一只手拉着一个中年妇人。那中年妇人面带微笑，年轻姑娘则没笑。露拉很信任她们，微微闭了会儿眼睛。也不知道阿尔瓦诺到哪里去了。不过也不必担心他离开了，或者去找了个更漂亮的舞伴儿。大家都在一起跳舞，露拉和阿尔瓦诺都在这里。当两支队伍交叉扭摆到一起时，露拉总算看到他了。他比大多数男人都高。原来阿尔瓦诺是会跳舞的。他昂首挺胸，自信满满，但又不显得傲慢。他多帅啊，能跟他一起来这儿多开心啊。为什么要在乎那把枪呢？就算他喜怒无常脾气古怪，对自己所干的营生遮遮掩掩的又有什么关系呢？还有下三滥的偷偷跟踪，也都既往不咎吧。

阿尔瓦诺看见她了吗？她也不知道。只见他的队伍一扭一摆地在靠近，直到他就站在她的对面。他看见她了。四目相对，电光石火。什么也不必多说，她的大脑一片空白。露拉爱上了这种感觉，脑海中性爱的声音淹没了其他所有声音，那些理智与常识、羞怯与疑虑的喋喋不休。全世界只剩下欲望如此迫切的声音，他们唯一感兴趣的问题就是：怎么做，什么时候做，到什么地方做？会很放松还是会很尴尬？

阿尔瓦诺和露拉擦身而过的时候，回头互望了一眼，也不在乎周围人的目光。这时阿尔瓦诺那条队伍转了个弯，他背对着露拉，露拉透过一个个舞者们注视着他的背影。除了继续跳舞之外别无选择。

终于，音乐停止了。只听那歌手连声说"谢谢大家，谢谢谢谢"，接着一连串的飞吻洒落在舞者身上。大家都恋恋不舍地松开彼此的手，鼓起掌来。

阿尔瓦诺找到露拉，一条胳膊搂住露拉双肩，拥着她向出口走去。他掏出一张支票和一张收据，交给女招待。那女的察觉出来了，现在也不是争风吃醋把露拉全身上下再打量一遍的时机。他俩走向门外的寒冷冬夜，刚走出大门，阿尔瓦诺突然抓住露拉吻她，一阵暖意。门口的门卫们都吹着口哨，为他俩叫好。阿尔瓦诺交出停车票，又把露拉拉到暗处，用力地吻她。停车的保安揿了好几声车喇叭，才把他俩分开，坐进车里。

阿尔瓦诺很体贴地按了一下加热座位的按钮，低下头再次吻她。露拉身下座椅的暖意很快如一股暖流，流进全身。外面已经下雪了吧，露拉依稀能感到挡风玻璃上的雨刷在轻轻发出沙沙声。

"白色圣诞节快乐。"阿尔瓦诺说。

"祝你白色圣诞节快乐。"露拉说。

阿尔瓦诺松开露拉，像只落水狗似的摇了摇身体。他一边开车，一边不好意思地猛拽了下衣服，对自己身体的某个小秘密腼腼一笑。露拉猜他的秘密一定是勃起得厉害，心中窃喜。开过几个街区，他靠边停在了刚才经过的工业区街道旁。那街道之前看上去吓人兮兮的，现在倒觉得既幽静又浪漫。

又是一阵热吻，他们紧紧相拥，要不是中间隔着个排挡杆就好了。露拉停下来歇口气，就在那一瞬间，她似乎站在一步之遥的地方，看着自己的激情正在与理智激烈争吵，理智告诉她不愿意跟阿尔瓦诺首次约会就在车里做爱，即使这辆车很宽敞。就算是在柔软舒适的床上，要克服裤子拉链、文胸搭扣和第一次见对方赤身裸体这三重阻挠，都已经够难为情的了，更何况是在车上。

"不在这里，"她的护花使者温情脉脉地低语道。

"对，不能在这里。"露拉赞同道。

"到我家去，"阿尔瓦诺说，接着他一拍脑门说："看，你把我的脑子都弄乱了，我都忘了我表弟们在我家。"

露拉弄乱了他的脑子。他想得到她——得到她！——这念头居然令他把三个活生生的表弟给忘了。露拉等着阿尔瓦诺自己开口提出去哪家旅馆过夜。不能让他看出是她的主意，即使她确实有这个想法。她可不想自贬身价，弄得好像是个经常主动投怀送抱的荡妇似的。

阿尔瓦诺在自动导航仪里输了几个词，说："她会告诉我们旅馆的信息。"接着又说："妈的！我没有信用卡。我有个朋友在俱乐部里皮夹被偷了，等他打电话叫停信用卡时，已经被人刷走五张往返多米尼加的机票了。所以我现在只随身带现金和驾照。我可以还你钱——"

"我也没有信用卡,"露拉说,"我连现金都没带。"

"麻烦大了。"阿尔瓦诺说完,又吻了她一下,好像这样就能解决问题似的。过了片刻,露拉只听自己说道,"我们可以去斯坦利先生家。"

"什么?"阿尔瓦诺说,"要自我介绍吗?你好,我是你家保姆的朋友?"

露拉说:"他们都睡觉了。但我们一定要非常小声。"

"一点声音都没有。"阿尔瓦诺说。露拉心想,不知是不是真有可能因为欲火焚身而晕倒。也许坐着就不会。这时阿尔瓦诺重新发动汽车,露拉将一只手搭在他的大腿上,用指关节外侧轻轻触碰他的下体,果然不假,心中又是一阵窃喜。她必须让阿尔瓦诺在斯坦利先生醒来之前离开。

阿尔瓦诺柔声呻吟着:"别。天黑路滑的,我得专心看路。"

露拉于是坐好,闭上双眼。没想到最后那两杯梅酒酒劲儿还挺大的。也许集中精力想想怎么解决燃眉之急能让头脑冷静下来:怎么走到她的房间动静最小?万一斯坦利先生或者齐克还没睡,正守着圣诞老人从烟囱里下来抓个正着,她该怎么解释呢?

阿尔瓦诺说:"上帝要发明四轮车,就是因为今晚。"

受酒精的影响,露拉差点没趁这会儿,说起她不在家时阿尔瓦诺偷偷溜进斯坦利先生家这回事。她会说,这次我们一起溜进去。

可到了最后关头，更理智的判断占了上风。万一不是阿尔瓦诺呢？他听说这房子里有跟踪狂不请自来，在里面洗澡，还在电脑上写巴尔干小说，说不定会觉得赤身裸体手无寸铁很危险，没准儿会变卦呢。这时公路上结了冰，阿尔瓦诺减速慢行。露拉提醒自己要注意观察，看他听到"斯坦利家"这几个字有何反应，有没有露出任何蛛丝马迹，证明他之前已经去过那里，并且不用她带路就知道怎么走到她的房间。

阿尔瓦诺从贝沃特公路出口下来，停了车。两人再次热吻，等到他重新启动引擎，露拉的疑虑全部抛到九霄云外去了。

斯坦利先生家的窗户全都黑灯瞎火，除了大门外的灯还为露拉留着。她让阿尔瓦诺躲在那棵桑树后面等着，自己偷偷溜到窗户那边，确保斯坦利先生没站在冰箱旁边像平常那样喝着凉开水。

她朝阿尔瓦诺竖起大拇指，示意警报解除。然后打开门，把阿尔瓦诺推开，这样在他们安全溜进她的房间，他就不能吃她豆腐了。偷偷摸摸对于阿尔瓦诺来说轻车熟路。难为他这么一个体格健壮的大男人，动作轻起来像只猫似的。露拉居然忘了观察他，看他是不是认得路。

露拉打开自己的房门。一股什么味道？像什么东西发霉或者发酵的味道，还混合着什么有机物质腐烂的气息。就像在地拉那老鼠死在墙里的气味。新泽西也有老鼠死在墙里吗？当然有。可是为什么偏偏是现在，偏偏在这里，偏偏在她找到心上人并且把他带回家的这个晚上？或许他不会注意到吧。她把他拉进房间，关上门。外面街上的灯光从窗户照进来，她拉上百叶窗，打开夜灯，把光线调暗。她知道男人喜欢看。黑灯瞎火的，她那么贵的内衣岂不是白买了。

"什么味道？"阿尔瓦诺问道。

露拉说："小孩子的宠物兔逃跑了，在墙缝里产下崽儿了。"

阿尔瓦诺说："我一直搞不懂为什么兔子会产下那么多崽儿。"

"那我们来看看，"露拉说。

"看尸体就免了。"阿尔瓦诺警惕起来。

"当然不会。"露拉说。

阿尔瓦诺坐在床沿儿上，膝盖分开，轻轻把她拉到身边。阿尔瓦诺的吻既甜蜜又老练，令露拉心驰神往，迫不及待。紧张和担心当然会有，但也让人更加亢奋。穿那条真丝小内裤会加分，真是明智之举。给阿尔瓦诺一个美好的惊喜。

等露拉抬起头来喘口气，那股味道越来越强烈了。

"嘿，你在哪儿？"阿尔瓦诺说。

"就在这儿啊。"露拉说，示意自己就在原地。她刚刚重新欲火焚身，阿尔瓦诺却一把把她推开了。

"怎么回事？"阿尔瓦诺说。

露拉一转身。只见一个女人正站在浴室门口，浑身湿嗒嗒的，一丝不挂，只有一只手上包了条毛巾。露拉连忙把灯调到最亮。那女人身上脏兮兮的，沾满了棕褐色的什么东西，露拉但愿那只是泥污。她背对着浴室的灯光，所以脸背光，周围的发卷在灯光照射下形成一圈明亮的灰红色光晕。接着她走到了亮处。

"金姜，"露拉说。

"到底怎么回事呀？"阿尔瓦诺说。

"孩子的妈妈，"露拉说，"齐克的妈妈，女主人。斯坦利先生的妻子。我也是从照片中看到的。"

"你不许碰我的照片。"金姜说。

"见到你很高兴，斯坦利太太。"阿尔瓦诺说。

"快给我滚开，猪。"金姜说。

"真不赖，"阿尔瓦诺对露拉说，好像全都是她的错，"你的室友真有礼貌。"

"她不是我的室友啊，"露拉说。

"你的老板，"阿尔瓦诺说，"你老板的妻子。"

"我跟你说过，我以前从没见过她！"

"那她在你房间里干吗？"

金姜上前一步。她在昏黄的台灯下，又离得这么近，把露拉吓了一大跳。露拉不知道第一眼该先看哪里，或者哪里又该非礼勿视。她不敢看金姜腰间堆着的那一圈圈汽车轮胎般的赘肉，也不敢看她松垂的臀部和稀稀拉拉的阴毛，还有沾了一道道褐色污迹的松垮大腿，当然更不敢看在家庭快照上看到过的她那张面具似的丑脸。

"这是巧克力，"金姜说，"为了去除你带到这屋子里的骚味儿，我只好把巧克力涂满全身，小姐。"

金姜说的"骚味儿"到底是什么意思？是你一把火烧掉斯坦利先生和齐克父子俩的快乐家园之后，我帮他们打扫完灰烬所剩下的残留吗？

"巧克力，"露拉说，"希望真是巧克力。"

"真恶心。"阿尔瓦诺说。

"你闭嘴，蠢货。"金姜说着，夸张地一挥手，掀开了手上的毛巾，只见下面竟然藏着一把斩肉刀！她先将那把刀朝露拉一挥，接着又朝阿尔瓦诺砍去。露拉一眼认出了那把刀，上次她为齐克做花椰菜时，这把刀一下子就把花椰菜茎劈成两半。金姜怎么找到的？本来就是她的刀啊。

"请把刀放下，女士。"阿尔瓦诺说。

"拜托了，斯坦利太太。"露拉说。

"再喊我一声'斯坦利太太'，我就把你的脸皮割下来。我会杀掉你们这对狗男女，让你们躺在地上把血流干。"

"你就忍心让你丈夫和儿子看到这一幕？"露拉说。

"去他们的，"金姜说，"那小子也跟他爸一样是怪胎。"

那个给儿子寄明信片，开朗乐观的金姜哪儿去了？她不是暗示西部的红色岩石和清新空气已经治好了她的精神疾病吗？金姜离开新泽西又回来，折腾这一圈，真的是去朝圣了吗？她到底去哪里了？她用斯坦利先生给她寄的钱干什么了，又是怎么让他相信她的病情已经好转了？露拉本该提防着那把刀的，可是她的思想不由得穿越时空，直到迷雾散开，整个真相从头至尾一览无余。

原来一直都是金姜在作怪。她有家里钥匙。露拉怎么就没发现，原来是金姜溜进了房间，在她的浴缸里沐浴，还在齐克的电脑上写小说？去参观大学的那天早上，这念头倒是一闪而过。但马上被她打消了。因为她宁愿以为是阿尔瓦诺。而且，金姜一直从全国各地寄明信片过来！还有那只可爱的小狗玩偶，被她耍得更厉害了，她无疑是故意这么做的。为什么她老板的妻子要送她可爱的发条玩偶呢？真相一直在那里，现在水落石出，也是迟早的事。

"你让我儿子吃那些垃圾，"金姜说，"速冻汉堡！匹萨。你以为当妈的不知道？你以为我没看到你存在冰箱里的那些有毒的面团？"

"我只是满足齐克的要求。"露拉说，"他要吃什么我就买什么。"

"首先，谁给了你权利，让你可以直呼我孩子的名字？谁给了你权利喂他吃毒药？"

"他不是孩子，"露拉说，"我给他吃的也不是毒药。"

"对于母亲来说他永远是个孩子。"阿尔瓦诺说。

"闭嘴，你这个巴尔干小子。"金姜对阿尔瓦诺晃了晃手中的刀。阿尔瓦诺为什么不夺过刀？他是个高大强壮的男人，而金姜不过是个弱小的女人。也许他跟露拉一样在怀疑，她身上涂的那东西并不是巧克力。眼下，晕血战胜了对死亡的恐惧。

"这是个什么房子啊？"金姜问道，"我告诉你，这就是个妓院。今晚是圣诞夜，可楼下甚至连棵圣诞树都没有。"

"拜托，女士，把刀给我。"阿尔瓦诺说。

"让我一刀捅到你肚子里我就给你。"金姜回道。

"我们不会伤害你的。"考虑到武器在谁手上，露拉这话有点不合逻辑。不过金姜这么老，又神志失常，赤身裸体的，更容易受到伤害。金姜又向前逼近几步，她身上闻起来像是巧克力，但也隐约有股屎臭味。

"伤害我？你已经伤害我了。跟我丈夫睡觉，让我孩子不理我，把我辛苦得来的一些都给毁了——"

阿尔瓦诺说："这么说你的确跟你老板睡过了！"

露拉说："我保证，我从来没跟斯坦利先生上过床！"

"斯坦利先生，"金姜说，"听你叫得多亲热啊。斯坦利果真给自己找了个女奴。真是个特兰西瓦尼亚妓女。"

"我不是特兰西瓦尼亚人。"露拉说。

"她是阿尔巴尼亚人，"阿尔瓦诺说，"我也是。"

"很好，"金姜说，"我打印第安纳来，但我也不每隔五分钟到处去跟人说。"

"阿尔巴尼亚不是印第安纳，"阿尔瓦诺说。

"够了!"金姜说,"真让我恶心!我可不跟个骑骆驼的讨论政治问题。"

"嗨!"阿尔瓦诺嚷道,"不许这么说!"

"你给我轻点,"金姜说,"你敢吵醒我丈夫和儿子,别怪我一刀割了你的喉咙,小子。"

露拉想象着斯坦利先生和齐克在床上鼾声如雷的样子。她的心一下子抽紧了,觉得他们好可怜。他们一家三口,包括金姜。

阿尔瓦诺说:"把刀给我。慢点儿,冷静点儿。大家都别慌。"

"你在哪儿学的英语?你看《法律与秩序》吗?"金姜上前一步,拿刀尖儿指着阿尔瓦诺的脖子。

"你为什么威胁我?"他说。

"因为你威胁到我了,"金姜答道,"这个臭婊子在我丈夫的房子里都敢出卖他,她还有什么坏事做不出来?说不定这已经不是第一次了。"

"你做过吗?"阿尔瓦诺问露拉。

确实,还有什么好说的。

"把你的裤子扣好。"露拉对阿尔瓦诺说,"就算死到临头,你也得把裤门拉好,让你活在世上的最后几分钟有点尊严吧。"

"谁也不会死的。"阿尔瓦诺说。

"谁都得死。"金姜说。

"你要穿件睡袍吗?"露拉问金姜,"你肯定冻死了吧。"

"我才不穿你这骚货的衣服，"金姜说，"你衣橱里有啥玩意儿，我都看到了。"

有那么一瞬间，露拉气炸了。但再一想也很公道。露拉以前不是也把金姜的花短袖衫和肥裤子放自己身上比试。

"我的睡袍很舒服，很暖和。"露拉说，"是我奶奶给我做的。"每次一拿奶奶撒谎，人人都会原谅她。奶奶也会原谅她的。她在天之灵肯定会愿意救她一命的。一想到她身上的屎，即便是巧克力，也会弄脏奶奶的睡袍，露拉又有点想打退堂鼓。她真该保持头脑清醒了，因为压根儿没有所谓的"奶奶的睡袍"。

但确实有把枪。露拉这时候才想起那把枪，说明她不是个有暴力倾向的人。不管有没有上膛，枪总比刀强。她爸爸以前常说，你根本不需要开枪，只需要亮一亮枪就行了。要是已经被金姜找到了怎么办？她不可能找到。否则她现在对阿尔瓦诺挥着的就不是一把刀了。

金姜正冻得浑身冰冷，也没能抵挡奶奶暖暖的爱。

"好，"她说，"有件睡袍最好了。"

露拉说："我去拿。"

露拉扭头看着金姜正拿刀挟持阿尔瓦诺。看到身后金姜那松垂的身体，她的喉咙突然像被扼住了，一阵呜咽。总有一天露拉的皮肤也会变得那样松弛。年轻人本来不该知道这些的，可露拉总是提早就知道了。甚至连她的翘臀都取决于是否能留在这个国家。要是能在一家高档健身房申请入会，她的肌肉会比在地拉那紧致二十年。

阿尔瓦诺意味深长地看了露拉一眼。他很可能以为，露拉打算帮金姜穿上睡袍时，由他趁机夺刀。要是真有睡袍的话，那还能奏效。他知道有把枪，但不知道露拉把枪放哪儿了。因为，他不像金姜，他没有时间、没有动机也没有机会到这个房间里来翻看露拉的东西。

金姜忙着应付阿尔瓦诺，根本来不及多想，为什么露拉会把睡袍放在衣柜的抽屉里。她总是来窥探，怎么会一直没有发现那把枪呢？也许露拉的内衣制造了一片魔力区域。果真如此的话，钱花得也值了，虽然此刻，紧贴着她胸部的真丝和大腿根儿以上的底裤，只会令她难堪地想起自己破灭的欲望。

露拉用枪瞄准了金姜。

"把刀扔掉，"她用自己最有信服力的声音命令道，但愿自己的声音能像警察对劫匪的语气那样。

金姜对着枪抬了抬下巴。"开枪好了。我死了也含笑九泉。开枪打死我，看你怎么跟我丈夫和儿子解释，然后你再被押到遣送中心，有去无回。"说着，她耸耸肩，转身对阿尔瓦诺挥舞着菜刀。"你知道吗？我受够了你的脸，就你现在的这副样子。"

露拉此刻该怎么做呢？一切都跟计划背道而驰。一分钟过去了，又一分钟过去了。

露拉扣动了扳机。

后坐力震得她往后一退。要是爸爸在场，看到她跟跟跄跄差点摔倒，肯定会大发雷霆。整个房间一下子照亮了，好像四面墙上全装了镜子，空中亮晃晃的，到处弥漫着带着火星的云母碎片。露拉突然觉得一阵不可抵挡的睡意袭来，她眼前看到的最后一个画面就是，麦当娜对着一个用子弹把她射成马蜂窝的小女孩面带微笑。

等露拉睁开眼，只闻到一股焚香的味道。不，是火药味儿。烟味儿。金姜一头向墙撞去，惊呆了，但显然没有受伤。三人都没受伤。那把刀已经掉在房间的另一头。墙纸上露出一个黑洞洞的窟窿，一股石灰粉簌簌地从里面流出来。阿尔瓦诺连忙抓起一条毯子，轻轻地裹在金姜身上。

"到底怎么回事？"金姜说，"该死的睡袍在哪儿？"

"根本没有睡袍。"露拉说。

"骗子。"金姜骂道，"你这个满嘴谎话的娼妇。杀人犯。你差点杀了我。"

这时门开了。斯坦利先生五秒钟就看到了一切。

"上帝啊，"他说，"该死的上帝啊。"

"斯坦利！"金姜说，"你看看我！你的骚货小娼妇要杀我。"

"她手上有刀。"露拉孩子似的辩解道。

"你好，亲爱的，"斯坦利先生对金姜说道。说完他低头吻了吻自己妻子的头顶，露拉最不希望看到的一幕发生了，心里无比难过。斯坦利先生捡起地上的刀，又拿走露拉手中的枪，看看刀，再看看枪，就像一个筋疲力尽的母亲在孩子们玩闹过后收拾着地上的玩具。他一手拿刀一手持枪，走进浴室里，把武器放进去，然后出来随手关上门。对于他这样无比有安全意识的人来说，他显得异常平静。可是露拉为什么要大惊小怪呢？他本来就是这样的呀。他的冷静确实令人称道，但她能看出，这也许就是把金姜逼疯的一部分原因。

"你好，亲爱的?"金姜模仿得像极了斯坦利先生的语气，令露拉不由得想起了齐克。"你就这么一句？你好，亲爱的？斯坦，你真是太活在自己的世界里了!"

"你是露拉的朋友吗?"斯坦利先生问阿尔瓦诺。

"我堂兄。"露拉说，"斯坦利先生，这是我堂兄阿尔瓦诺。"

"堂兄个屁。"金姜说，"她和这个所谓的堂兄正要上床呢!"

阿尔瓦诺从床边站起来，向斯坦利先生伸出一只手，"我是露拉的堂兄阿尔瓦诺。"

正在这时，走道里响起一个声音，"发生什么事了?"

"别让齐克进来。"露拉大声说道。

"妈妈，"齐克说，"你身上是什么东西?"

"是巧克力，"金姜说，"还记得我们以前经常烤曲奇吗，很开心吧?"

齐克穿着一件黑T恤和格子短裤。他像个没睡醒的孩子似的拿拳头使劲揉眼睛。看他的样子啊！露拉真想大声哭出来。可她到底想让齐克的父母看到什么呢？

"这里好臭，"齐克说。

"你在发抖，金姜，"斯坦利先生说，"你妈妈在发抖，齐克。"

"我心里冷，"金姜说。

"太恶心了，我出去了。"齐克说。

"你们谁，快拉住他。"金姜说。

"让他走，"斯坦利先生说，"他没必要看到这些。你坐在那里舒服吗，亲爱的？这张椅子很软很舒服，你不愿意坐过来吗？"

她身上脏死了！露拉差点没点破。可那是金姜家的椅子。

"谁都别靠近我，"金姜说。她靠在墙上，两条腿在毯子底下晃荡，十个脏兮兮的脚趾在缎子包边上蹭来蹭去。

"我不知道里面有子弹。"露拉说。

"你不知道里面有子弹。"金姜嘲笑道。

阿尔瓦诺看看露拉，又看看金姜，一脸无辜和茫然的样子，任谁也不会怀疑那把枪是他的。那把上了膛的枪。他走进浴室，拿了那把手枪出来了。

"这个交给我来处理吧。"他说。

"谢谢你，"斯坦利先生说，"可这把枪是怎么跑到我家里来的？"

"我觉得是你妻子的。"露拉说。

"你他妈的说谎！"金姜喊道。

"还有那把刀呢？"

"是厨房的菜刀，"露拉说着，再次对金姜点点头。这个疯女

258

人进来时可是全副武装，她可不是碰巧拿到凶器的。

"你这个骗子！人渣！"金姜说，这次有点无可奈何。

"谢天谢地，还好没人受伤。"斯坦利先生说，"我的天啊，这病真可怕啊。"

"一点不假。"金姜说，"你知道最要命的是什么吗？就是嫁给你。"

斯坦利先生叹了口气。接着他走到电话机旁，拨通了一个号码，连电话簿都不用查。他说："请问有医生当班吗？我是斯坦利·拉克。金姜·拉克的丈夫。对不起，我知道现在是圣诞夜。可你能转告医生给我们回个电话吗？我没想到妻子竟然回家了，我们之间出了些状况。"

"出了些状况？"金姜说，"这是什么蠢话啊？怎么好像是我丈夫在请那头乳猪过来，就是上次把我治好的那个天杀的胖子，想当弗洛伊德的医生？"

"你得穿上衣服。"斯坦利先生说。

"你敢碰我一下试试，我很生气，"金姜说，"你敢靠近我一步，我就喊谋杀啊、强奸啊，让你那些僵尸邻居都从他们的坟地里站起来，跑到这儿来。嘿，你听。听到了吗？"

"听到什么？"斯坦利先生说。

"前门关上的声音。"金姜说，"有人出去了。我是说我们儿子。"

"真的吗？"斯坦利先生说，"齐克真出去了？"

"当妈的有心灵感应。"金姜说。

斯坦利先生让露拉去找齐克，她到处都找过了也不见齐克的影子。于是斯坦利先生请露拉和阿尔瓦诺去帮忙找找齐克，他应该还没走远，一定要把他带回家。

"你外套在地板上，"金姜大发善心，伸手指了指，"你神魂颠倒去上床时丢在地上的。"

"我和金姜没事的，"斯坦利先生说，"你们只要确保齐克安全。"

阿尔瓦诺忙不迭地跑向他的车，露拉紧随其后。越野车里仍然有一股露拉的香水味儿混着阿尔瓦诺身上古龙水的味道。阿尔瓦诺把枪放进仪表板下的杂物箱里，露拉突然觉得一阵深深的悲哀，仿佛她和那把枪长久的恋情就此告终了似的。发动了引擎，阿尔瓦诺说："可怜的孩子。我有个弟弟，跟他一般大。他跟我姨妈住在一起，留在都拉斯。他是个大孩子了，喜欢冲浪，因此不肯离开海滩。"

"我是独生子。"露拉说。

"你真不幸。"阿尔瓦诺说。

"我们去公交车站看看。"露拉说。

"这个点儿了，公交车站不运营了。"阿尔瓦诺说。

"就去找找看。"露拉为他指路，果然，他们发现齐克正蜷缩在站台的长椅上。

"上车，"阿尔瓦诺说，"外面冷。"

齐克也没抗争，乖乖上了车。露拉本来想劝他说，他会没事的。可是有阿尔瓦诺在场，她还是忍住没劝。而且，此时此刻齐克心中所感受的巨大震动，让她觉得自己的一切伤心事都算不得什么。她房间里那个疯女人是这可怜孩子的妈。齐克只穿着 T 恤衫和短裤就跑出来了，露拉听到他冻得牙齿咯咯地直打架。

　　"我打开暖气了，"阿尔瓦诺说，"一会儿就热了。"

　　随着温度升高，车内的气氛也渐渐舒缓柔和起来，就好像是老友重逢，甚至家人团聚似的。妈妈、爸爸、齐克。虽然受雇来照看齐克的人是露拉，她跟齐克比较亲近，也比较关心他，像妈妈一样，但是爸爸才是一家之主。就让阿尔瓦诺暂时拥有这个权力好了。有人帮她一起担起重任，着实轻松不少。只有此刻，当露拉设想她正和阿尔瓦诺共同担负起抚养一个十几岁男孩的重任时，她才不得不承认，这担子实在太重了。露拉浑身正洋溢着一股轻松愉快的暖流，突然想到她肯定永远也见不到阿尔瓦诺了，心里打了个寒噤。

　　"你好点了？"阿尔瓦诺说。

　　"你车开得很好。"齐克说。

　　"谢谢，"阿尔瓦诺说，"露拉的表哥乔治介绍我认识一个人，才帮我搞到这辆车。"

　　"你们俩就是这样认识的吧？"齐克问道。

　　"你想开吗？"阿尔瓦诺说。

　　"你是认真的吗？"齐克说。

阿尔瓦诺连齐克是否有驾照都没问，齐克也懒得提他不能夜间开车这码事。斯坦利先生知道了会杀了他们的。尤其要杀露拉。不过既然她找回了他儿子，他最终还是会原谅她的。

　　"我不认真的话，会问你吗?"阿尔瓦诺说，"我可不拿我的车开玩笑。"

　　"那太好了，当然想，"齐克说，"太棒了。"

　　阿尔瓦诺示意露拉坐到后座上去。虽然露拉坐在阿尔瓦诺身后会更方便些，但她还是不怕麻烦地绕一圈来到齐克身边，她站在车门口，等着他下车。

　　"当心点，"她说，"你知道你爸的——"

　　"我'拔'?"齐克反问道，"我'拔'怎么了?"露拉的口音这么重吗? 他俩第一次见面时，他不是还夸她英语标准吗? 打那时起，他从来没纠正过、批评过她呀。要不是因为刚刚看到他妈妈赤身露体、发疯发狂的样子，露拉真想问问他，我到底做错了什么，你要这样对我?

　　"开心点儿，"露拉说着，吻了吻齐克冰冷的面颊，她以前从来没有这么做过。齐克连忙躲开。露拉系好了安全带，这时阿尔瓦诺又问齐克是否认得仪表板上所有的标识。

　　"对我来说有点不熟悉，"齐克说，"我的坐驾是辆1970年的老爷车。"

　　"太性感了，"阿尔瓦诺说，"现在人都不再把车做成那样了。"

　　要是阿尔瓦诺现在能读到露拉脑中的想法就好了，她正向他发送一连串信息：齐克从来没有开过夜车，他这是第一次开，居然是在冰天雪地的圣诞夜，开着一辆价值六万美元的越野车，而且车厢里还有一把抢！

"那些亮，那些不亮。"阿尔瓦诺说。

"懂了，"齐克说，"一切准备就绪。"

齐克开得很慢。街道上空无一人。至少雪已经停了。露拉悬着的一颗心总算开始放下了。开到斯坦利家门口，露拉有点失落，但是当阿尔瓦诺说"继续往前开"时，她又高兴起来了。

经过家门口时，露拉透过灯火通明的窗户往里看，斯坦利先生还在那里吗？他帮他的妻子洗净身体、换上衣服了吗？斯坦利先生那辆本田讴歌仍然停在老地方，但是她和阿尔瓦诺溜进她的卧室时拉上的那扇百叶窗却看不到踪影了，那好像已经是上辈子的事情了。

齐克没把车开出小区。虽然他已经破了一条大戒，但也不打算全部破戒。他还是没有僭越他爸划定的界限。他们一共兜了十个街区，二过家门而不入。第三次经过家门口时，只见门外停了辆救护车。齐克又往前开了几条街，在街角处停车，跟阿尔瓦诺换了个位置。

"停得不错，"阿尔瓦诺说。

"现在我们回家吧。"齐克说。

斯坦利先生正好在发动汽车，准备跟救护车一起去医院。救护车灯不紧不慢地闪烁着，撒下一个个光圈，一明一灭，像是悬着溜溜球的那根线。

露拉摇下车窗，问斯坦利先生是否需要她陪他一起去。

他说："你真体贴，露拉。但是我想，事情已经得到控制了，你还是留下来陪齐克吧。"

齐克大声说："圣诞快乐，爸爸。妈妈怎么样了？"

"圣诞快乐，齐克。"斯坦利先生说，"她会好起来的。你们三个，确定没事吧？"

"我们肯定没问题，"露拉说。

"放心吧，"阿尔瓦诺说，"我会全部检查一遍再走。"

"很感谢，"斯坦利先生说，"我把前门锁了。"

"我带了钥匙。"露拉说。

救护车闪着灯，两辆车一前一后地慢慢上了马路，很是凄凉。

"祝你好运，斯坦利先生，"露拉在后面喊道。

"给你们点时间道别吧，我就不打扰了。"齐克说。露拉和阿尔瓦诺目送他进了家门。

阿尔瓦诺说，"这个叛逆的坏小子拿走了钥匙。"

"这孩子很聪明。"露拉说。

阿尔瓦诺说："他爸如果一直把他管得这么紧，迟早会害他变成同性恋。你和这小子真的不需要我进去帮你们检查大衣柜和床底下吗？"

"当然不用，"露拉说。早知如此，她和阿尔瓦诺第一次进来时就应该检查一下的。第一次也是最后一次。

"今天晚上可真不一般啊。"阿尔瓦诺说。

"开始挺有趣的，"露拉说，"后面就没那么好玩了。"

"下次一定从头到尾都好玩，我保证。"阿尔瓦诺说，"等我电话。"

但他不会打来的。露拉也说不清自己怎么会知道的。但她就是知道。根本就不会有下次，更不要说从头到尾都好玩了。阿尔瓦诺都已经把抢拿回去了。他不会再打电话来的。最后他终于确定了：她就是个灾星，晦气的女人。

"再见，"露拉说。

"新年快乐，"阿尔瓦诺说。

第十一章

露拉醒来时，眼前一片斑驳清冷的光辉，天空像墓石似的泛着惨白。她觉得脑袋里像是有个童年时玩的铁皮魔术盒子，一个小丑嗖地从里面弹出来，吓人倒怪地咚咚敲着小鼓。而此时，又传来教堂里当当当的钟声，和着脑子里那咚咚的鼓声，简直让人着魔、发疯。生辰快乐，我主耶稣！

全美国的小孩子们都开心得几乎要喘不过气来，他们个个抓紧床垫，铆足劲头，恨不能马上咚咚咚冲到楼下，稀里哗啦地撕开礼物包装。露拉清楚，这只不过是电视里才会看到的美国生活。她也清楚，现在有一半的美国人正在病痛和孤独中度过，甚至无家可归，巴不得圣诞节早点结束，不过要能先领点免费的火鸡、找个潮湿发霉的地方容身就最好不过了。可是，当离家出走的妈妈突然在圣诞夜出现，身上一丝不挂，沾满了巧克力和粪便的污迹，当家里的女主人用刀挟持了阿尔巴尼亚保姆和她的约会对象，又有多少家庭能从这样的圣诞夜恢复平静呢？

现在，露拉总算想起房间里为什么这么冷了。她昨晚留了一扇窗，想让发疯的金姜留下的臭气散发掉，可是没用，那股味道还在。

她的手指也还散发着刺鼻的火药味儿。她想起爸爸曾跟她描述，他们的一个邻居有种怪癖，每次一开枪，接下来的三天都要闻手指上的弹药味儿。这也是她的爸爸为什么会被驱逐的原因。这个闻火药味儿的邻居原来是警察的线人。说点什么出格的话让他听到，马上你就自食其果。

她的爸爸进了监狱，直到他答应给一个狱监搞把火枪，才被放了出来。他在监狱里几乎没待满二十四小时，但是从那以后，他就自称为前政治犯。虽然那时候露拉年纪还小，她还是记得那一整天，她是数着每分每秒，数着姑妈给妈妈一杯接一杯端来的茶度过的。妈妈坐在厨房的餐桌前，情绪波动得厉害，时而惊慌失措，时而心灰意冷，除了不停地端起茶杯又放下，整个人一动不动。在露拉的脑海里，那一二十个钟头的记忆，是跟电视新闻交织在一起的，电视里那个板着脸的新闻播音员用一成不变的声音喋喋不休地念着新闻，身后的时钟发出令人发疯的滴答声。而此时此刻，在斯坦利先生的房子里，那只钟表似乎也走得慢了，一分一分地倒计时，直到他们父子醒来，面对昨夜金姜回过家这个事实。这种事情在任何地方都有可能发生，命运的无情捉弄把时间变成你的敌人，无情、刻薄，又有耐性，拖拖沓沓不慌不忙地折磨着你。

看到自己为斯坦利先生和齐克买的礼物仍然原封不动地被包

在圣诞盒子里，放在衣柜顶上，露拉很吃惊，居然没被金姜翻出来毁掉。没人有心情庆祝节日。但即便如此，既然已经花了钱又费了精力，却不设法帮助斯坦利先生和齐克庆祝他们悲哀的圣诞节，怎么也说不过去吧。想到这里，她把目光从礼物上移开，好像是在逃避灾难残骸似的，弯下腰去捡自己那套高档内衣。她起身太快了，只觉得喉咙口突然涌上一大口胆汁，差点没呕吐出来。

露拉把那些盒子拿到楼下，把它们和厨房吧台上的其他礼物放在一起：一个写着齐克名字的信封，一个落款为"送给爸爸，齐克敬赠"的小盒子，还有一个用银色纸包着的大盒子，上面附着的卡片上写道："送给露拉，祝圣诞节快乐。斯坦利和齐克敬赠。"这些礼物摆放得七零八落的，不尴不尬地跟日常用的那些杂货、邮件和报纸摆在一起。就算没有圣诞树，斯坦利先生难道就不能把礼物放得整齐一点，放得离壁炉近一点儿吗？全国各地的父母都会告诉他们的孩子，圣诞老人读到了他们的信，听到了他们的祈祷，因为他们都是很乖的美国孩子，所以要奖励他们，给他们带来最新款的芭比娃娃和最热门的电脑游戏。斯坦利先生家却是个例外。他家昨晚的那个不速之客，跟从北极飞来的那个快活的老爷爷可是风马牛不相及。

露拉该怎么面对斯坦利先生呢？该怎么挑起话茬儿呢？早上好，圣诞快乐，你妻子的事我很难过。她一方面怕不自在和难为情，对自己的老板深表同情却又爱莫能助，一方面又很想知道昨晚金姜到底怎么了，内心激烈地斗争着。最后还是好奇心占了上风，露拉用力摇着咖啡研磨机。很快，她就听到斯坦利先生的浴室里响起了淅淅沥沥继而哗啦哗啦的水声。

不一会儿，斯坦利先生穿着周日便服走进了厨房。

"闻起来很香，"他说，"圣诞快乐，露拉。你感觉还好吧？"

"我也说不准，"露拉说。

"你脸色看上去很苍白，"他说。其实他的脸色也一样白。

"是光线的问题吧。"她说。

他给自己倒了一杯咖啡，背对着她说："昨晚的事情很抱歉。"

心痛得几乎难以承受。既心痛又同情。

"又不是你的错，"露拉说。

"我知道。但是肯定很扫兴。这房子里都发生这种事情了，可能你出于理性考虑决定不再继续工作下去了，我的担心也是很自然的。"

斯坦利先生打哪儿冒出来的念头，觉得她会走？他觉得露拉是这种人吗？一个会在这种时候抛弃他和齐克的人吗？他为什么要跟一个在圣诞夜带所谓的"堂兄"来到他家过夜碰巧让他撞见的女孩道歉呢？何况那个"堂兄"面对枪居然若无其事，他拿走那把枪斯坦利先生还感谢他呢？再说，他口中的"这种事情"又是指什么事情呢？

"你妻子怎么样了？"露拉不知道该怎么称呼她。既不能说金姜太太，也不能说拉克太太。

"我们很幸运。不管我妻子怎么想，她的医生很有人性。他推荐了一个非常棒的服务。我们幸运得很，他们还有房间。"

幸运！有人给金姜换衣服，有人给她洗澡，或者没有也说不定。不过也确实幸运，居然没人中弹。幸运的是齐克没有永远消失在夜色中。幸运的是金姜不管去哪儿了，再怎么着也是一个五星级的休养胜地，跟巴尔干疯人院相比，简直一个天堂，一个地狱。

"好了！"斯坦利先生说，"既要照顾金姜，齐克又要上大学了，我们一时半会儿都休息不了了。"

我们？听到这个，露拉差点没喘过气来，直到她意识到斯坦利先生其实是在说他自己。她正准备随便聊点关于阿尔巴尼亚的情况，在那里医生的态度取决于你付多少钱。或者，她也许应该谈谈，在专制统治下，精神病院的数量比政治监狱还要多一倍。人们常说，最有趣的人都在疯人院里，或者说，最单纯的人。通常情况下，斯坦利先生都喜欢拿美国跟阿尔巴尼亚相比较。不过，也许现在不是说这些的时候。

"谢谢你照顾齐克。"他说，"谢谢你把他找回来了。上帝保佑。想想就后怕——"

"他本来就想被找回来。他很担心你。"这是真话，说出来也毫不费力，既能让斯坦利先生感觉好受点，也让露拉趁机从昨晚阿尔瓦诺让齐克开车的记忆中回过神来。那对齐克来说最好不过了。阿尔瓦诺表现得多有爱心啊！她再也见不到他了。可是昨晚，齐克和斯坦利先生之间的父子情差点决裂了，跟这相比，自己这点男女感情上的伤痕又算得了什么？

露拉一转身，只听齐克说道："今天是圣诞节吗？是吗？"

"齐克，"斯坦利先生说，"真是太阳打西边儿出来了！我们都没听到你下楼。早上好，圣诞快乐。"

露拉仔细打量着齐克的脸，他还是皱着眉头，摆着一副臭脸，跟以前的每个周末早上没什么区别。要是你不认识齐克，即便你认识他，你也无法从他脸上看出，这孩子的妈妈昨天晚上刚刚在他家保姆和一个酷酷的阿尔巴尼亚小伙面前神经崩溃发了疯。那个阿尔巴尼亚小伙子还让他开了他的雷克萨斯呢。说不定明天早上他才会表现出来，也说不定是后天，或者二十年以后也说不准。要说露拉从巴尔干历史和美国电视节目中得出一个教训的话，那就是久远的记忆会被尘封起来，直到有一天瓶盖砰的一声打开。对于齐克未来的媳妇来说，这又是飘在头顶上的一片乌云。

斯坦利先生说："露拉，快拆礼物看看。"

露拉说："让齐克先来。今天是圣诞节，小孩子优先。"

"女士优先。"齐克说。

也就只有一个礼物要拆，露拉夸张地撕掉包装纸，打开盒盖，从一堆泡沫塑料中托出一台笔记本电脑。一时间，露拉心潮澎湃，如翻江倒海，齐克和斯坦利先生见状连忙不约而同地转过脸去，仿佛在躲避一场爆炸似的，以免看到她哭的样子。她的眼泪都是真情实意发自内心的，但她还是装作低声呜咽，好纵容自己多享受一会儿满怀喜悦如同飘在云端的感觉，以及对这份完美的礼物，这份对她的未来慷慨的投资所怀有的感激之情。我会让自己配得上这份礼物的，我会让你们觉得值得的。我会拼命工作的。我会编些好故事，不再弄虚作假。自从见到阿尔瓦诺以后，日记就荒废了，我会全心全意继续写的。现在，也没有理由不写了。她没什么好遮遮掩掩的了。从今天起，她真正意义上的美国新生活将重新开始。

"谢谢你们。"露拉说，"现在该你了，齐克。"

齐克打开爸爸送他的信封，里面是张支票。"谢谢。我可以一直用现金的。"接着他又拆了露拉送他的皮带，当场就围在腰间。

"好棒的铆钉！谢谢你，露拉！"她没想到齐克居然这么瘦。即使扣在最后一个洞眼上，那根皮带还是松松垮垮地滑到了他的胯部。她也没想到那金属孔眼居然这么牢固，把根皮带变得跟盔甲似的，好一个失落文明的完美流行配饰。

"能修好，"斯坦利先生说，"我们可以往上面再打一个孔——"

"你觉得什么东西都能修好，爸爸。"齐克说，"什么都修不好。"

"嗯……"斯坦利先生说，"来看看圣诞老人给我带了什么礼物吧。"他谢谢露拉送他的苹果音乐播放器，尽管耳塞太大了，都从他耳朵里弹了出来。他表示自己会研究怎么用的，说着就把它塞回了盒子，估计永远也不会再拿出来了。

"送给爸爸，"斯坦利先生读着礼物上的字。齐克轻轻地哼了一声，本来只是哼给露拉听的，谁知斯坦利先生也听到了，那轻轻的一哼仿佛犹然在耳，直到齐克说："希望你喜欢，爸爸。"

斯坦利先生打开包装，只见里面是一本书，"《金刚经》!"

"这是佛教冥想录。"齐克说，"当你觉得……压抑的时候很有帮助。""压抑"这两字让气氛变得有点郁闷，昨晚那令人不安的一幕幕又开始缓缓回放。

斯坦利先生一页页地翻着那本经书。"你想得真周到，齐克。完全出乎意料。我很感动。"

"这不是我想出来的，"齐克说，"是阿比盖尔选的。"

"阿比盖尔？唐的女儿阿比盖尔？"

齐克点头。

"我怎么不知道你们俩还保持着联系?"

"她就冥想，不吃东西。"齐克说。

"那可不明智。"他爸爸说。

"阿比盖尔和雪莉还有我——"

"雪莉是谁?"

"另外一个朋友。"

"可这名字怎么听上去这么老气横秋的?"斯坦利先生说。

"老气横秋是什么意思?"齐克问露拉。他为什么要问她呢?昨晚在阿尔瓦诺车外换位置的时候,他不是还嘲笑过她的口音吗?

"就是年纪大,"露拉说。

"雪莉是我们班上一个孩子。我困了,去睡个回笼觉。昨晚没睡好。圣诞快乐。谢谢!"齐克带走了露拉送的皮带,但是他爸送的支票却留在吧台上没拿。

"你不想去看看你妈吗?"他爸爸在身后喊道,"我想我可以——"

"下次吧,"齐克说,"不过也许再下次吧。"

"可能也只能这样了。"斯坦利先生对露拉说。

"抱歉我也要上去了,"露拉说,"我真的也好累。"

斯坦利先生说:"先别走,我能问你个问题吗,露拉?"

"随便问,"露拉低声说,接着又提高音量重复一遍,"问什么都行。"

"那把枪是怎么跑到家里来的?"

"你问过我的。我跟你讲过。我想是你妻子带进来的吧。以前从来没见过。她一定是从厨房里拿了菜刀,两手准备。"金姜真应该好好反思自己对儿子的所作所为。她失去了好多东西,现在连解释发生过什么的权利都失去了。就算她说的是真话,又有谁会相信她呢?

斯坦利先生说:"齐克给我的那本佛经……你不觉得这可能

274

是个苗头吗……我也不知道……他是不是遗传了他妈身上的某些东西？"

"是那些女孩子让他以为这很酷。他不是解释过的，记得吗？"

"不错。那我就放心了。"斯坦利先生说，"记得一定要多喝水。"

露拉坐在书桌旁，直到听到斯坦利先生出门的声音。她目送他拖着脚走向车门然后驾车离开。接着她拿出自己的新手提电脑，抱到自己的房间里。几分钟后，齐克来敲门，问她是否需要帮忙连上因特网。露拉说，她需要他帮忙开机。

那天下午过得很愉快，她坐在床上，看着齐克摆弄她的新电脑。圣诞节从下午一直到晚上，两人没有一句话不是关于电脑的。

……

第二天早上，丹妮娅打来电话，八卦露拉昨晚的约会情形。香水起作用了吗？露拉说，她的约会很……有意思。要是跟丹妮娅面对面的话，她会多透露一些。丹妮娅问她新年前夜有什么安排，她说她也还没确定，她男友那天晚上要出差。

丹妮娅说："他已经是你男友了？他新年前夜要离开不陪你？我记得你不是说他是搞建筑的吗？什么样的包工头新年前夜还要出公差？他不会已经背叛你了吧？"

"我们还在相互了解的阶段，"露拉说，"一切都很有新鲜感。"露拉尽量想让"新鲜感"这个词充满神秘的浪漫色彩和情欲。想当年对签证官撒谎说，她要回家跟未婚夫在圣诞节那天完婚，当时她还觉得难以启齿，可现在呢，她的演技居然变得如此了得。假如那个所谓的未婚夫真有其人，昨天还是他们结婚一周年的纪念日呢。

"我懂了，"丹妮娅有点闷闷不乐，"史蒂夫说新年前夜他想要享受二人世界，就我们两个，安安静静地分享一瓶上好的香槟。只要一想到这个点子，我就想自杀，想吐。"

露拉向自己保证过，不会自杀。她们发誓要早点碰头，然后各自"啵"地亲了一下手机，挂了电话。有个闺蜜真好，即使不得不对她撒谎。下次见丹妮娅时，她一定会告诉她实情，把和阿尔瓦诺的约会，还有金姜的突然出现都原原本本讲给她听。

接下来的几天，露拉一直在研究她的新电脑。她有大把的时间可以打发，外面天又很冷，所以她尽量宅在自己房间里不出门。齐克和斯坦利先生都还放假在家，不过斯坦利先生经常出门，去探望金姜。斯坦利先生又展现了他的另一面：一个体贴而又负责任的丈夫。有一次，露拉听见他问齐克，是否能想到什么他妈妈可能需要的东西，齐克闷不作声，搅得斯坦利先生心里很不是滋味。多悲哀啊，在他们的家庭遭遇变故的困难时期，他们父子俩都没能同心协力，互帮互助。

不相互扶持也就算了，父子俩还会吵起来，因为齐克这么糟糕的天气里要开那辆老爷车去超市。斯坦利先生说应该在家订好货，让"好地"超市送货上门。他又描述了一番路盐会如何如何腐蚀那辆古董车的底盘，他又如何如何不打算付钱保养车身。齐克说不过他，只好说反正他也不饿，索性不去了。斯坦利先生说，人人都得吃饭。

新年前夜，他俩吵得最凶。斯坦利先生不让齐克坐一个比他年纪稍大的男孩开的车，去参加朋友的派对。斯坦利先生说他不认识那个男孩，因为齐克从来没把朋友带到家里过。齐克说，兴许现在可以把朋友往家里带了，因为妈妈已经被关起来了，这回安全了。露拉听到楼下有人"啷"的一声摔门而去，接着是一阵愤怒的咆哮，像是要吃人似的，那声音一定让斯坦利先生想起了他离开妻子的那个地方。

新年夜来了又去。三人都早早上床睡觉。要不是因为报纸上放了一张人们撒五彩纸屑的照片，露拉都差点忘记这是新年前夜。也许这个夜晚，不喝个一醉方休、不做爱、不吃某种来年会带给你财运或福气的特别食物很不吉利。什么样的厄运会降临在他们身上呢？露拉迷信地敲了敲木桌子。

露拉被这栋房子囚禁了，更确切地说，是被这间房间囚禁了。她利用这寒冷的冬日写了篇故事，是关于一个受了诅咒的农场。她奶奶以前讲过，世界上有这种受诅咒的地方，住进这种房子的人都会早夭、暴毙或神秘死亡。在露拉的故事里，一天，一个男子来到了培拉特，声称这个农场是他的爷爷遗留给他的。他不在乎那个诅咒。不顾众人劝告，带着娇妻和漂亮的儿女搬进了农场。他们开始种苹果、种番茄、种莴苣，还养鸭养羊。这个农场成了他们的私人乐园，因为别人都害怕诅咒，怕惹祸上身，都不敢踏进农场一步，但这并不妨碍他们在集市上购买农场生产的农产品。一切都风平浪静，什么坏事都没发生。而且当接二连三的瘟疫和蔬菜病虫害摧毁这个地区，反而只有他们的农场得以幸免。只因邻居们都迷信，所以不敢靠近农场，正好把瘟疫都隔离在外面了。

露拉苦思冥想了好几天，该怎么样让那个诅咒最终应验呢？但是她开始爱上这勇敢的一家子，所以不愿意联想到大火、洪水以及地震这类的天灾人祸。于是她想象着他们健康长寿地活着，他们漂亮的儿女生出更多漂亮的子子孙孙，每一年，农场变得更加高产，这里养的羊羔都更加肥壮活泼，这里种的苹果都更加香甜。

写这个故事，露拉花了很多时间，比花在其他故事上的时间都多，而且她也最讨厌这个故事。因为她根本不相信这是真的。要是那农场真的那么富饶，早就被政府收走了，而且要是这家人想要回哪怕一棵苹果树，都有可能被送上法庭。再者，这故事似乎在讲这样一个道理：不要理会众人的眼光，走自己的路，生活就会一帆风顺的。连她自己都不相信。按照她自己的经验，你可以循规蹈矩，或者离经叛道，拒绝向世俗屈服，可又有什么分别？还不是一样逃脱不了冥冥之中命运无情的摆布？

不管她怎么想，反正斯坦利先生和唐会喜欢这故事。美德、正直、勇敢、天道酬勤——这种故事正对他们的胃口。露拉决定不拿给他们看。他们越是称赞，她越是心烦。她的小宇宙还没有强大到心安理得地接受他们的赞扬。另一方面，这故事说不定齐克眼下正好用得上。做该做的事，跟随自己的内心，坚持不懈，你就会拥有幸福的家、最鲜嫩的小羊排和最香甜的苹果。

她把那故事的底稿打印出来，敲了敲齐克房间的门，然后轻轻推门进来。齐克正穿戴整齐地躺在床上，耳朵上挂着 ipod 的耳机。露拉不得不踢了两下床，他这才睁开眼睛。

"《跳蚤咬狗》，"他说，"我喜欢这首歌。你要听听吗？"

露拉说："你那么大声干吗？你应该听听佛经唱诵。缓解压力很有效果。"

"胡说八道，"齐克说，"我就知道我爸多半会相信。"

"他还问过我说，你送她那本书是不是意味着你越来越像你妈了。"话一出口露拉就意识到说漏嘴了，可是已经来不及了。她一直很注意，不能把父子俩私下谈论对方的话相互转告。这次也许她只是想找个借口把话题引到"妈妈"上，说不定齐克愿意谈谈他的妈妈呢。

"休想！"齐克说。

露拉说，"想不想看看我写的东西？"

齐克接过那份底稿。没过多久，他来到了露拉的房间。

"这是真事吗？"他说。

露拉严肃地点点头："发生在我奶奶的村子里。"

"太棒了。"齐克说。

……

露拉并不想邀功，但她还是注意到，读了她写的故事几天以后，齐克礼拜天早上居然起床吃早饭了，宣布他要去读大学。他说："我猜这是我活着走出这个破地方的唯一出路。"

"破地方"三个字令斯坦利先生一怔，但他很快恢复镇静，说，读大学可不仅仅意味着可以逃离家这个破地方。不过不管怎么样，齐克总算做了正确的抉择，他还是很欣慰的。接着，父子俩消失在书房里，在里面一直待到傍晚才出来。

"有进步，"当两人终于从书房出来时，斯坦利先生大声宣布。

现在，露拉多了一项工作，就是帮齐克填一张张入学申请表。这差使既繁琐又无聊，齐克却表现出难得的毅力，他是多么想尽快离开这里啊，露拉尽量不让自己觉得受伤。可并不止是这样，他想成长。人人都想成长，或者说，应该成长。

当齐克向露拉请教，该如何写申请，露拉建议他上网查查那些大学的主页，弄清楚大家都想听到些什么话题，然后再写。露拉很高兴他来问自己而不是问他爸。要是问他爸爸，他肯定会给他一个错误的建议：心里怎么想就怎么写。

齐克给露拉看一个草稿的开头，"我想要自由，充分展示我的个性，同时成为更大的集体里必不可少的一分子。"

露拉说："齐克，动动你的脑筋！有哪个十几岁的小青年像这样说话的？你不能原封不动地抄人家的话。我以为你想进大学的。"

第二篇草稿是这样起头的，"读了关于贵校的所有资料，我觉得这是一个能让我回归真实自我的地方，并且能让我以身边同样来这里成长和学习的同学为榜样，努力学习。"

"这下说到点子上了。"露拉说。

现在，齐克每次放学回家，都会问有没有他的邮件。每当一封封邮件从邮筒里滑出来，露拉都在找有没有一个鼓鼓囊囊装着好消息的信封。要是有哪所大学录取他了，他们两个就都解放了。

一个礼拜六的早上，那封信终于到了。齐克撕开信封，飞快地读完那封信，对着空中挥了一拳，口中说道"行了!"斯坦利先生和齐克击掌祝贺。

"恭喜!"露拉说。

这绝无仅有的一个好消息来自艾丽丝·埃姆斯大学，穿过休斯敦再往北行驶四十五分钟的车程就到了。听名字像是个女子学校，但斯坦利先生说这所大学多年前就已经实行男女同校了。虽然离家不是很近，但也不算远，足够斯坦利先生和齐克去参加新生茶话会了。

"你跟我们一起去吗?你帮了齐克那么多，去参加也是理所当然的。"斯坦利先生一定觉得参加茶话会是某种奖励。确实也是。反正随便去个什么地方总比哪都不去强。他明明是在请露拉陪他去，给他支持，但却弄得好像他在帮她忙似的。

"乐意奉陪。"露拉说。

第十二章

当他们沿着那些雄伟的石廊漫步时，露拉研究了一遍大学的宣传册，浏览了各种体型和肤色的漂亮男女学生照片，时不时停下脚步，读一读那些妙趣横生又富有教育意义的话。那些图片看上去都非常真实，但露拉还是半信半疑，担心所谓的艾丽丝·埃姆斯大学只是购物中心里门框被木条封起来的一间门面房。她在一个电视节目上看到过，一所网上的冒牌大学承诺能送孩子们去上医学院，结果骗光了他们父母一生的积蓄。以前看到美国人上当受骗，被那种他们以为只有东欧才有的骗局给诓了，她会幸灾乐祸。以前在拉尚吉塔，她听客人们讲过的骗局实在多了去了。可现在，她开始担心齐克和斯坦利先生了，已经不像过去那样看到美国人上当受骗就冷嘲热讽的，所以在心里暗暗希望艾丽丝·埃姆斯可别是个什么卑鄙的骗局，真怀疑这是哪个骗子用他最喜欢的妓女的名字来招摇撞骗的。

茶话会当天，他们正走在前往那所大学的半路上，斯坦利先生突然减速，说道："等等，我想起一些事情。这所大学有点问题。大家都知道的问题……没多久以前……"露拉和齐克都坐着一动不动。他俩都不喜欢斯坦利先生的语气。就跟上次新年前夜他不准齐克跟朋友出去玩的语气如出一辙。可是斯坦利先生似乎又想不起到底出过什么问题了，于是再次加速前行。露拉的心头又恢复了安宁，差点与失望擦身而过，安宁的感觉反而更加强烈了。

　　白皑皑的积雪晶莹地覆盖在绵延的草地上，闪着光辉，填满了城堡塔顶上的垛口。这里的冷空气似乎比新泽西的冷空气还要清冽、刺骨，让人真想找个温暖、有潮湿的羊毛气息的室内待着，听着年轻人像夏天的空调那样嗡嗡地低声谈话。

　　在一块停车位的边上有一条标语："欢迎 2010 届。"露拉真不想计算到 2010 年自己有多老了。齐克对着标语旁晃悠着的一个紫色气球点了点头。

　　他说："我希望这可别是一个昂贵的错误。"

　　"这是天意，"斯坦利先生说，"每一分钱都花得值。"

　　毗邻草坪上方的那些立柱式走廊，还有通往镶木大厅的楼梯上那一溜彩色玻璃窗，仿佛都在窃窃私语：那可是好多好多分钱。两个穿礼服的高个女学生坐在一张书桌前，对大家频频微笑，督促访客将姓名写在贴纸上。斯坦利先生和齐克乖乖照做，可露拉说："我只是个朋友，就不必写了吧。"于是没贴那张名字贴纸就走了，搞得那两个女孩有点不知所措。

这所学校为什么不选在一个更有亲和力的地方呢？那样的话，新生和家长们就不会这么容易在这冷清广阔的校园里迷路了。宣传册上可能有一小部分学生决定不来参加茶话会，所以这里只放了两张长桌子，上面摆了一盘盘水果切片和垒成金字塔形的芝士块，已经被吃得不成型了，还有瓶装水、果汁和几个商用俄式大茶壶。

只有茶，露拉很失望。

家长们一边耸着肩膀，小心翼翼地捧着盛满热茶的瓷杯小口小口抿着，一边跟其他同样紧张不安的陌生人聊着天。露拉注意到，他们不停地看表，又极力掩饰，生怕被别人发现似的。要不是因为齐克最近跟哈默尼亚·贝瑟尼那次不愉快的经历，还会觉得他们的眼神看上去这么虎视眈眈的吗？

"离那些女孩子远点儿。"露拉小声说。

"相信我，"齐克说，"我可是吃一堑长一智。"

这时候一个额头又圆又亮的女人朝他们冲了过来，主动伸出手要跟他们握手，露拉的第一反应是赶紧闪开给她让道。就这样，她惊慌失措地也没听到这位招生主管助理的名字。助理看了一眼齐克的名字贴纸，表示齐克要来艾丽丝·埃姆斯大学读书她非常高兴。

她说："要是我不停地啰唆我对这里的喜爱之情，你们可能会觉得有失偏颇。"

露拉趁这个机会溜到一边，给自己倒了杯茶，然后找了个角落坐下来，装作对这里发生的一切兴致勃勃的样子。慢着！这回有趣了。一个男的朝她走过来了。

"我叫卡尔，"他自我介绍道，"卡尔·列文。在哲学院任教。"

更妙了，还是个犹太人。在老家听女孩们说，犹太男人都是很出色的男友人选。阿尔瓦诺和他关于空调的谎话，就算是真的，都见鬼去吧。保持冷静。露拉在心里提醒自己。她想得太多了，要不是那天晚上发生的事让她引以为戒，刚刚过去的这段日子会发生些什么啊！而且，今天的场合是连接齐克即将从孩提时代进入成人世界的桥梁，跟露拉和她不光彩的爱情生活有什么关系？而且保证这座桥足够坚固，也是露拉的责任。

"你是新来的学生吗？"教授问道。露拉想，我看上去有那么年轻吗，还是他对所有陪富有老公和他读大学的子女到这儿来的第二任妻子都这么说？

露拉答道："我在阿尔巴尼亚读过大学。我朋友……我是说，我朋友的儿子今年秋天到这里入学。"

"等等！"他说，"你就是那个阿尔巴尼亚朋友！还能有别人吗？"

露拉说："您是什么意思？"事情就那么巧。他们知道你是谁，而且等的就是你。你以为这不过是个大学茶话会，可实际上是移民局下的圈套。就像他们向非法移民们保证，从发给他们两张免费的棒球赛门票到赦免他们，无不信口开河。可一旦他们现

285

身，马上就被逮捕。不过露拉没什么要担心的，多亏了唐，她现在是合法身份了。

只见教授的嘴唇一开一合，却没听见他说些什么。

"不好意思，没听清，"露拉说。

这次听清了，他说的好像是"大家都很喜欢齐克那篇文章"。

"什么文章？"

"就是关于继承了受诅咒的果园的那个家庭，他们辛勤劳作，结果什么坏事也没有发生，他们养出了最壮的羊羔，种出最甜的苹果。齐克在结尾写了一句话，说这个故事是从一个阿尔巴尼亚朋友那里听来的，这故事让他意识到，勤奋努力、坚定信念，坚持做自己认为对的事情是多么重要，他能生活在一个人们都不相信诅咒的国家觉得多么幸福。这种见解真积极，而且他写得真好。"

齐克抄了她的故事。露拉得告诉他，剽窃是不对的，这事宜早不宜迟。

"非常坦白地说，"教授说，"齐克在众多申请入学的学生中不算最强的。但是这所学校并不只看重分数和考试。他就因为那篇文章被录取了。"

斯坦利先生付给露拉的工资每一个子儿都付得很值。要是露拉早点给齐克讲讲关于欺骗和生存两者关系的基本道理就好了，管你后不后悔的，真有那么糟吗？一旦齐克心想事成，去了自己想去的地方，他就能理清这中间的道德问题了。这么一件微不足道的家庭内部知识产权侵权纠纷事件，怎么能跟露拉写的故事让齐克达成心愿这个事实相提并论呢？卡尔教授对齐克的文章赞不绝口，这时候露拉几乎已经相信，齐克把她写的文章署上自己名字交上去，这并不是剽窃，而是合作。

教授说："我的一个同事大声朗读了这个故事。这已经在招生办中间传开了。这是目前为止我们收到的最有趣的文章。我做招生工作是兼职的，不过我受聘教授下半学期的哲学概况课程，也就是从马基雅维利到马克思这部分。我还没取得终身职位，所以他们让我做什么就得做什么。"

露拉说："你眼下就已经开始讲哲学了。"

"而且，你肯定了解，这里也有过非常时期。"

可露拉并不了解。他没有言明的那个问题（露拉听到了些什么？）让她想起斯坦利先生提到的这所大学的某种困难。

"怎么个非常时期？请说清楚点。"

"还用说吗？就是枪击事件。"

"什么枪击事件？"露拉问道。

"总归是理科生。即使在这里，我们压根儿没有值得一提的理科项目。我从来没教过那孩子，但他的导师们都说，他的弦绷得太紧了。他们一向这么说，我知道是什么意思。太看重分数，压力太大。谁也不知道他从哪儿搞来的来复枪。他是从门房那里开始射击的——"

"这是什么时候发生的事？"

"前年。"

"有人死亡吗?"露拉提心吊胆地问道。

"没有,谢天谢地。那家伙不会瞄准。只有人受了几处皮肉伤,然后他就被保安摁倒在地。这枪手体重九十磅。场面血腥得很,一片混乱。全校都震惊了,不过幸好,这次事件中没有人死亡。"

"那孩子后来怎么了?"

"被遣送回新加坡了。但是同时,我们学校的生源也完全枯竭了。家长们都很紧张。没人相信同一个地方不会被雷劈两次。"

露拉连忙在脑子里记下关于雷劈的这句话,万一斯坦利先生想起他听说的关于艾丽丝·埃姆斯的那则不好的新闻,就能告诉他同一个地方不会被雷劈两次。

教授说:"要是明年还像今年这样惨淡的话,我们的工作就悬了。我想,这也是为什么齐克的故事能这么轰动的一个原因吧。这正是眼下每个人想要听到的话:坚持做自己认为对的事并把它做好,总会雨过天晴,诅咒的阴影总会消散。"

怪不得这个地方没人关心分数,急着招学生进来,原来只不过是为了让新生的脚步抹掉过去的血迹。露拉微微替齐克感到自尊心受到了伤害。就算齐克剽窃了她的作品,那也应该换来一所更好的大学吧,而不是一所大家都不要上的大学。可是你自己没读过自己写的故事吗?那个受诅咒的农场上结出了最甜的苹果。这所大学校园很美,学生们看上去也都很快乐,这位教授既帅气又和蔼可亲。

她说："为什么这个国家频频发生校园枪击案？"

"任何地方都一样，"卡尔教授说，"其实也没有你想象得那么频繁，但是媒体就热衷报道这类事件。"

"疯狂和暴力。哈哈……"

"你的英语真是无可挑剔。"他微笑道，"那请问你现在从事什么工作呢？"

"好吧，实话告诉你，我其实不是什么阿尔巴尼亚朋友。我是他家的用人，负责照顾齐克，直到他去读大学。"

"那接下来呢？"

"问得好。你有什么建议吗，教授？"

"拜托，"他说，"还是叫我卡尔吧。"按照露拉以往的经验，说了"叫我卡尔"这句话离问她要电话号码也就没多远了。

"你有什么建议，卡尔？"露拉尽量让"建议"这个词听上去有些挑逗的意味。

"实际上，我妻子正在管理一个了不起的项目，是学校出资创办的，刚刚在这里启动。这个项目旨在帮助妇女、新近的移民、需要抚养子女的失业单身母亲找到工作。她是一名律师，非常了不起，她是兼职做公益事业——"

露拉的大脑仍然卡在那个小小的称谓上。我妻子。男人暗示女人可以追求自己的方式多种多样，但说"我妻子"绝对不是其中一种，至少不会在刚见面的短短几分钟里，就用那种自豪的声音宣告自己心有所属。

"我去找找她。"卡尔说。

"很高兴见到你。"露拉嘴上如实说,心里却在说,永远别再见面了。哦,斯坦利先生去哪儿了?他们多久才能离开这个浸透着师生鲜血的犯罪现场啊?

没等露拉找到斯坦利先生,问他什么时候可以回家,她就看见卡尔已经回来了,带着一位黑发女子,看上去有些面熟。露拉一边努力回忆,一边极力用冷淡的肢体语言表明,自己从来没有想过要跟你抢男人。

"萨维特拉!"露拉终于想起来了。

"你们俩认识?"卡尔问道。

"世界真小。"萨维特拉语气冷冷的。

"她是我律师的同事。"露拉说。在两个如此天差地别的场合遇到同一个人,发生这种巧合的几率能有多大啊?也许比露拉想象的几率要高一些。在地拉那,这么巧的事也时有发生,但通常都有着千丝万缕的家庭和血缘关系。以前她曾在英语课上认识一个男生,觉得有点眼熟,有一天晚上跟他酒后乱性,哪知道,后来才发现他竟是自己叔父第二任妻子的外甥!

"唐·塞特贝洛是你的律师?"卡尔说,"难怪!那家伙真是个英雄。"

萨维特拉说:"我是第一天来这所学校时认识卡尔的。我们元旦那天就结婚了。"

"非常突然，"卡尔说，"一见钟情。"

"直到现在他还头晕目眩，"萨维特拉说。她笑盈盈地看着卡尔，这到底是说明她的爱开过小差之后又回心转意了，还是她故意掩饰和唐一起过感恩节的事实？

"祝贺你们，"露拉说。

"我很喜欢齐克的文章，"萨维特拉说，"卡尔拿给我看了，但我从来没有联想到那个阿尔巴尼亚朋友就是你。直到我刚刚看到你，这才明白过来。齐克把你跟他讲的故事都写下来了，多美好的一件事。而且还写得那么好！你为那孩子付出的太多了。这只能说明一个问题，教育的方式实在是多种多样。所以应该跳出常规。"

露拉把自己写的故事给唐·塞特贝洛看的时候，萨维特拉读到过吗？太神奇了，居然能跟一个只有一面之缘的人分享这么多的秘密。若是她俩早几年认识，得共享多少不可告人的秘密，肯定能成为最好的朋友。

萨维特拉说："关于我在这里的工作，不知道卡尔告诉了你多少。我们也只是刚刚启动，但我觉得一定能取得大成就，帮助妇女找到进入主流社会的门路。"

"我倒需要一份工作。"露拉听到自己居然这么说。你不是有工作嘛？万一萨维特拉把这话告诉唐，唐又转告斯坦利先生呢？

"我理解，相信我。"萨维特拉装作一副心照不宣、欣然应允的样子。紧接着，她又紧蹙眉头，装出专心思考的神情。以前，奶奶常常警告她不要皱眉，她还总是嘲笑奶奶。事实再次证明奶奶是对的。萨维特拉还是当心为妙。

萨维特拉说："当看到一位来自一个……怎么说呢，不是每个人都能来的国家，并且两种语言都说得很流利，其中她的母语也不是每个人都能说的那种语言，我首先想到的工作就是法庭口译。"

"太英明了！"卡尔用崇拜的目光注视着妻子。

露拉说："做一个阿尔巴尼亚语的翻译，能接到多少活儿呢？"

"比你想象的多多了。"萨维特拉说。

"上帝啊，确实不假。"卡尔说，"贩卖可卡因、走私海洛因，还有我刚刚从新闻上读到的有组织的盗窃团伙——"他话说到一半连忙打住。生怕自己冒犯了露拉的祖国。"听我说了些什么呀，抱歉。我不该以偏概全的，就好像每个意大利人都试图去抢劫似的——"

"没关系，"露拉说，"别担心。不管怎么样，如果我们阿尔巴尼亚的犯罪率意味着能给法庭翻译带来更多的工作——"说到这里她笑了一下，好让他们知道她是在开玩笑，她对自己的祖国并没有那么敏感，这样他们就会对自己更有好感。

萨维特拉的妇女组织通常晚上聚会。露拉解释说自己没开车，要搭晚班车回去，其实则是在找借口早走。因为她觉得跟一群比自己还困难的女人坐在一间屋子里是件很晦气的事，但她知道，其实很多美国人认为这正是让自己转运的一种方法。

萨维特拉说一旦法庭翻译的职位有了空缺，就会给露拉发电子邮件。于是露拉娴熟地写下了自己的电邮地址，就好像自己是个经常发布个人信息寻求就业机会的老手似的。

开车回家的路上，齐克说："这里竟然有那么多乐队，你猜有多大几率能找到跟我听一模一样音乐的人？"

百分之百能找到，露拉想。以前那个哈尔摩尼亚大学的贝瑟尼不是就喜欢齐克最爱的乐队吗，难不成她是装出来的？

齐克说："那得有多巧啊？"

露拉说："说到巧……你猜你今天遇到谁了？还记得上次感恩节唐带来的那个名叫萨维特拉的女孩吧？她嫁给了这所大学的一位教授。教哲学的。"

"我看到你跟一对年轻夫妇在聊天，"斯坦利先生说，"我也觉得那女的很面熟，但是……都已经结婚了？感恩节不是六周前才过去的吗？不知道唐为什么没提过。不过他为什么要提这种事？他满脑子都是比这更重要的事情。"

露拉感觉得出，这句话里隐藏着一丝不易察觉的欣慰。也许是因为斯坦利先生的朋友，一个单身父亲，被一个更年轻的男人挖了墙角？

斯坦利先生说："齐克，你在这里遇到很多友好孩子，我感到很高兴。但是喜欢同样的乐队并不是去上大学的理由。"

齐克说："怎么不是？这是唯一一所肯收我的学校。而且我什么时候说过这里的孩子都很友好？"

"是你选择了这所学校，"他爸爸说，"我们一起选的。"

"我觉得挺好的呀！"齐克吼道，"我喜欢！现在别来烦我了行吗！"

"你知道吧，"斯坦利先生说，"一个有趣的现象，这学校的建筑风格看上去和你妈现在待的地方有点像。"

"再好不过了，"齐克说，"我的大学看上去像精神病院。"

"不是精神病院，是康复中心，"斯坦利先生说，"而且我说的是那些建筑很相似，又不是说里面。"

露拉眼前浮现一幅画面：一声枪响，一个学生被枪的后坐力震得一个趔趄，另一个学生捂住前额，鲜血从她的手指缝间喷涌而出。同一个地方不会被雷劈中两次。露拉真得尽快找工作了，免得自己变成第二个斯坦利先生。

露拉真没想到，第二天一早就收到了萨维特拉的电子邮件。"你好，露拉！"那封信的开头这样写道。萨维特拉发给露拉的是一个网站链接，上面是一些纽约市和新泽西法庭招聘翻译的信息。其实根本算不上什么真正的工作岗位；你只是随时待命，随叫随到。露拉这还是第一次接触到"独立合同工"这个新名词儿。这个词儿里面既有"独立"，又有"合同"，这双重关联倒是令露拉很感兴趣，虽然"合同工"这个词还是令她不由得想到了阿尔瓦诺，想躲也躲不掉。你所需要的就是证明你会说一口流利的阿尔巴尼亚语和英语，而且会读英语，尤其是美国法庭上使用的那种正式英语，就可以通过，或者通过一半，或者有条件地通过。在纽约还有口译考试，你需要看一段录像，里面由几位演员扮演你祖国的证人，你一边看一边做口译，证明你懂得所有法律术语，诸如"认罪辩诉协议"、"保释保证书"以及"原告"等。这些术语都是露拉从电视上的犯罪节目里学来的。

有一点让露拉很疑惑，就是网站上建议想要成为译员的申请者参加庭审，以便让自己熟悉庭审程序。要知道在阿尔巴尼亚，除非你是戴手铐的犯人或者是要打官司讨回土地，否则没人能接近法庭一步。可是在美国，除了家事法庭，所有的庭审都是公开的。露拉请斯坦利先生转告唐，说她很好奇民主法制是如何运作的，斯坦利先生回来告诉她，唐很高兴她对这个感兴趣。而且他认为，在下曼哈顿区的法庭比纽瓦克的法庭能了解更多。斯坦利先生也很赞成露拉的计划，但他还是希望齐克放学时，她能及时赶回家。

"我保证。"露拉说。

第十三章

露拉耐心地等待着，看传送带运送着自己的手提包通过金属探测器。跟自己的同伴们一起挪动着往前走是一件很放松的事情，即使有人讨厌待在这里。门口的守卫并不介意这些未来的陪审员给他们带来多少麻烦，他们在意的是他们会不会拿手机在这儿拍照。露拉声明自己的手机不能拍照，颇有点引以为荣，这总能证明她没有犯罪企图了吧。她想象着门卫和她交换的眼神里含着某种东西，不仅仅是在评估她的恐怖威胁等级，而是更有人情味儿一点儿。这里有些闷热，似乎空气里的分子都在兴奋地骚动着，总算能到有趣的地方换换环境，而不必成天守在家里，无聊地看着冬日的天光在斯坦利先生家的草坪上悄悄变换着光影明暗。

坐电梯的时候，她从一起搭电梯的人口中猜到，他们如果知道自己正主动请缨要做他们不情愿做的工作，肯定觉得吃惊。电梯门一开，人群都朝一个方向出去了，她朝相反的方向走过去，很快来到一个房间，看上去跟上次参加齐克的大学茶话会的那个房间也没什么两样。里面的长凳上有很多空位，露拉悄悄地找到一个座位坐下，没惊动任何人。

女法官正向陪审团说明他们职责的严肃性，以及他们所承担的工作如何反映了民主和司法体制的优越性，她那小小的灰色脑袋好像一团烟灰色的小摆设，端端正正地摆在桌子边上。她对他们说，国家对他们所做出的牺牲表示感谢。露拉又忍不住开始愤世嫉俗，忍不住想到，法官这么说只是为了让大家对于失业这件事感到好受点而已。法官还提醒陪审员们在开庭的这段时间内要照顾好自己，吃午饭时横穿马路要注意安全，午餐时严禁讨论案子——她可不是在威胁他们，谁要是敢考虑投票定罪，就会被奔驰车加速撞倒，死于车轮之下。

这次是个非洲人，因被查获售卖假冒名牌包拒捕而受审。世界上到处都一样，不听警察的话就是犯罪，就像世界上到处都一样，警察看谁不顺眼就可以把谁扔进监狱。但营业执照这玩意儿，那真是太重要了！世界上所有的人行道两边都被卖热狗、卖清真午餐、卖香蕉、卖手镯的小商小贩们围得水泄不通。在地拉那，从橄榄油到卫生巾，所有东西街头都有卖的。她的朋友丹妮娅就是在从第三大道的小贩手中买到一只山寨路易·威登皮包的那一刻爱上美国的。

辩护律师身着细条纹西装，一头长发编成无数小辫扎成一束。这种时髦打扮暗示他性格高傲，追求完美，但同时也说明他本性不切实际，缺乏必胜的进取心。其间他两次引用了笛卡儿的名言，但是和这个案子好像没什么明显的联系。露拉想象在座所有人都说阿尔巴尼亚语，斟酌着哪些地方该译，哪些地方不该译，才能让这个非洲小伙子免于牢狱之灾，他只不过就是胳膊上挂满冒牌古驰包，遇到警察要查营业证件时撒腿就跑而已呀。可是她的观点又不算数。她在网站上读到过，翻译这份工作必须不带任何个人看法、不进行任何修改删减或解释说明。想到仅仅需要机械地把一种语言翻译成另一种语言，也不必不断地扪心自问孰真孰假，她也就觉得宽慰了。

公诉方的第一个证人是个警察，他即使不嚼口香糖的时候看上去也好像在嚼。他表示遗憾，声称被告曾挥拳袭击过他。辩护律师反问他，一个人何以做到一边跑一边挥拳。那警察解释说，被告是先挥拳然后才逃跑的，好像当律师是小孩子似的。接着又上来一个警察，是个瘦削的亚裔青年，佐证了自己搭档的证词。不过要是他的搭档说从被告的屁股里钻出来几头猪，他也照样会跟他串通一气。

辩护方没有目击证人。目击当时情况的人没有一个愿意出庭作证。于是法官说："马姆丹尼先生，你愿意为自己作证吗？"

马姆丹尼摇摇头表示拒绝。

律师们很快作了总结陈词。大家都心不在焉。法官又做了一些训诫，陪审团于是休庭讨论。露拉想知道这个案子到底如何收尾，所以待着没动。这时一个门卫走过来对她说："他们得讨论一阵子了，你可以抓紧时间去吃个午饭。"

露拉撒了个谎说："我健身时把脚扭了。"反正又没人让她发誓不说假话。

"那你慢慢来吧，宝贝儿。"门卫说。露拉闭目养神，直到再次开庭，法官命首席陪审员宣判。

"被告无罪，"首席陪审员宣布，他是个打扮另类的瘦高个儿，身上的旧毛衣袖口卷了边儿，露出手腕。他们怎么会选他当首席陪审员呢？而且更奇怪的是，他们怎么就做出了正确的判决呢？

辩护律师拥抱了自己的当事人。被告从他怀中缩了回来，直到这时，他才转过身，回头看看整个法庭。露拉看见他在哭。多么大快人心的场面啊！正义得到伸张，一条生命得到解救，权力的恣意滥施又一次得以遏制。在及时赶回家照顾齐克之前，还有没有别的庭审可以再看看？

在隔壁的审判室里，一个孩子正因为把大麻烟卷卖给便衣警察而受审。替他辩护的是一位年迈的律师，他在开场白中对陪审团说，虽然陪审员们可能不知情，而且从法律上他不应该这么说，但他还是提醒陪审团注意，他们的投票可能会把他的当事人——也就是这个男孩——一辈子送进大牢。法官听了直叹气，对辩护人说，他可不管这名律师是不是马上该退休了，他还是考虑传讯他，哪怕他的当事人不进监狱，他自己也可能坐牢，因为他宣过誓要拥护法制，不管他同意与否，也不管作为公设辩护律师他即将面临退休所带来的挫败感。那法官说到"公设辩护律师"这个词时，把它说得就好像"失败者"的同义词。这令露拉想到，在这个案子之前这两人之间肯定就已经有过节了。露拉离开的时候，法官仍然在痛斥那个老律师。

星期二，露拉又观看了一场庭审，是一个消费者保护组织起诉生产毒奶瓶的制造商。按理说，这个应该挺有趣的，强烈的健康意识对战奸商。但是看来看去的也没看到具体什么人参与进来，也没有哪个婴儿真的遭受了奶瓶的毒害。于是她又找了一间审判室，被起诉的是一名医生，他搞砸了一名妇女的胃部分流手术。只听那妇女陈述着食物从她口中吃进去后，直到流进她身上那件鹦鹉绿裙子下面遮住的袋子里面，这一过程中她所遭受的痛苦，可把露拉吓坏了，但是一想到万一原告是阿尔巴尼亚人，她该怎么办，她又觉得很沮丧，得找到所有消化器官的英语术语才行。

第二天早晨，窗户上结满了冰花，差点让露拉打消了出门的念头，干脆待在家得了。可她还是穿上最厚的外套，戴上羊毛帽，也不管发型被压坏了，然后顶着刺骨的寒风，不辞劳苦地倒了三班公交车去看庭审。当她从冰天雪地里走进室内，只觉得法院大厅显得格外热闹，雾气腾腾的。传送带上输送着的公文包和皮包就好像游乐园门口排队等候乘坐游乐设施的客人。甚至连金属监测器也变成了个摆设，好像是公园里搭的棚架，就连站岗的门卫都笑眯眯的。

露拉已经感觉到，她很擅长也很喜欢做自己即将从事的工作。拥进电梯里的乘客们似乎都被一圈金色的光晕包围着，在那圈光晕的衬托下，每个人的脸都格外美丽，令露拉惊羡不已。这些美国人的脸虽各有不同，但怎么都这么赏心悦目！今天早上，她做着思想斗争，那顶帽子暖和归暖和，可是一摘下来，头发都被压平了，得用手指理顺，有损自己的爱美之心，到底值不值得。那时，这些人也可能正坐在家中的镜子前面，对决定他们将以何种面貌展现给世人的每一个小细节都精挑细选，精雕细琢。这一切都多么奇妙啊，茫茫人海，全部是陌生的面孔，多么匪夷所思啊！到底是什么原因让她感到前途如此充满希望，甚至充满快乐？一定需要理由吗？难道就不能有一天醒来，看待世界的角度突然变了，既不是因为患了脑瘤也不是因为精神错乱？

露拉走进一间审判室，只见一位妇女正在起诉一家街角杂货店，因为地上有一个摔碎的咸菜罐导致她滑倒并伤到了腿。那女人装瘸装得太过了，走路时动作夸张，摇摇晃晃，就好像要对着陪审团挥舞她的拐杖似的——显然，这是她的律师给的糟糕建议，要么就是压根儿没给她建议。

露拉想，为什么要满足于当一个翻译就止步不前了呢？我很聪明，学东西一向快，说不定可以当法官呢！唐和斯坦利先生都可以帮忙，总有一天，我会报答他们，不只是金钱上，而是用他们更看重的方式。

杂货店主的辩护律师问道，为什么原告不能出具任何专业的医疗证明，似乎问到点子上了。直到原告的律师反问，难道被告律师不知道提供专业证明需要花钱，而他的当事人没钱支付吗，这一问似乎也很妙。

露拉也说不清楚谁说的是真话，很高兴这个问题自有陪审团做决定。那个陪审团是各色美国人的大杂烩，有男有女，有老有少，既有黑人、白人，也有棕色人种，大家都专心致志地听着，时不时要求重复一遍。总算等到宣布休庭，午餐时间到，露拉不由得欢欣雀跃。

幸好，午餐是电梯里的首要话题。在这么短的时间里，露拉已经听到了好几段关于哪里能找到最地道的广州面汤的讨论。在一个能消费得起的饭店，身边都是来自世界各地的移民伙伴们，大家共用一张圆桌，香喷喷的鸡汤热腾腾地冒着气，温暖了大家的脸，还有比这更好的方式来表达自己对这个国家的喜爱之情吗？

早知道不受面汤的诱惑了。要是她还像昨天那样待在审判室里不出来，就不会跟着去吃午饭的那群人一起走出法院大楼了。不出去，她也就不会看见"皮夹克"金提了。他正等在安检的传送带旁，目不转睛地盯着上面的篮子，好像生怕里面那件心爱的外套要离他而去了似的。金提没看见露拉，这给了她几分钟的时间决定是否要装作没看见他继续前进。面汤下面的火焰熄灭了，滋补的鸡汤停止了沸腾。

她叫了金提三声，他才听到。他差一点就朝她笑了，可是马上又面有难色。

302

"小妹，什么风把你吹到这种最下等的地段来了？"

置身于法院这种美国的正义殿堂，露拉立马觉得胆子大了很多，也很有安全感。她一把抓住金提的胳膊，把他拉到门口，金提连忙手忙脚乱地回到传送带旁救回自己的夹克，一边穿过大厅一边扭来扭去把胳膊塞进紧窄的袖子里。露拉竭力想传达这么一个事实，就是她和金提是凑巧碰见的老朋友，而不是两个阿尔巴尼亚恐怖分子通过事先约好的暗号认出了对方。

她说："我正在法庭申请一份工作。你呢？你为什么来这儿？"

金提挑了挑一边的眉毛："阿克伦惹上大麻烦了。审判今天开庭。"

"阿克伦？"

"我是指阿尔瓦诺。"

露拉甚至连他梦中情人的真实姓名都不知道。"他犯了什么事？"

金提环顾四下，怕有人偷听。"没什么。他犯了作为阿尔巴尼亚人的一级重罪呗。"

"我懂你意思。但是他被指控犯了什么罪？"

"他替我跟古力背黑锅。因为他们没说实话，古力跟我甚至都没受到牵连。就算这样，古力这小杂种还是吓尿了。他佯装他奶奶病危，躲到宾夕法尼亚州的阿伦敦去了。他奶奶要是死了，都是他的错。"

"没说什么实话?"露拉问道。希望是民事案件。希望告他的人是那个空调被阿尔瓦诺装反的家伙。

"我说过,没什么。"金提说,"就是欠了不该欠的人钱呗。听我说,咱们兄弟这回真得坐牢了。"

为了个空调可不至于真得坐牢。"他到底为什么被指控?"露拉连问了两次,第一次她的声音小得几乎听不见,第二次声音大得自己都没想到。金提的脸上闪过一丝恐惧。尴尬的恐惧。

"非法入侵住宅罪。很可能会判个十五年或者更多——"金提用手指做了个下流的动作。这回轮到露拉尴尬了,她忙转过脸看别的地方。

"其中一户人家有条狗受伤了。但那家我们根本没有进去过。就一处刮伤而已,说不定是那条狗剃毛时把自己弄伤了。就这也能算犯罪吗?可他们在墙上发现了一颗子弹。"

"那把枪的子弹?"露拉问。

"哪把枪?"金提反问道。

"就是你们留给我保管的那把。"

"谁还记得?"金提说。

"我记得,"露拉说,"走吧。"

金提只好又脱下自己的皮夹克,跟露拉一起重新排队走向金属探测器。

审判室里几乎没几个人,似乎是个好兆头。说明阿尔瓦诺的案子并没有招来一大群聒噪的记者。

"他在哪儿?"露拉轻声问道。

"在那儿。"金提说。

"哪儿?"

"就在那儿啊,真要命!"金提说。惊动了几个人回过头来。今天一天就准备这样过下去吗? 她和金提就像一对年迈的老夫妻,一边吵嘴并且大声嚷嚷,让对方难堪,一边眼睁睁地看着自己的同胞兄弟被判蹲牢房,他的刑期那么长,等他出来时,他可能都成了一个老头,想找一个二十岁的年轻姑娘,甚至坐过牢之后,想找个二十岁的小伙子也说不定。露拉想象自己去监狱探望他,两人隔着玻璃掌心相对。还得有人把阿尔瓦诺正确的姓名跟她说,她才好告诉狱监。

每个人都面朝前方。没有一个人的脑袋是阿尔瓦诺的,或者说阿克伦的。他俩走错了审判室。金提这个蠢货。

"我没看见他。"露拉坚持说。

"那儿,"金提说,"你再好好看看。那家伙染了该死的头发。"

怪不得。原来阿尔瓦诺的头发变成了黑色的,就像齐克的那样。

"他的律师告诉他,据统计,红头发的总是打不赢官司。发色决定一切。天生一头金发的人都能赢。金发之后就是灰色头发。"

"这律师打哪儿找来的?"

"布朗克斯啊,"金提说,"还能到哪儿找?"

305

只见阿尔瓦诺的律师上身穿一件灰色西装，下身是一条紧绷绷的裙子。头顶梳了个纹丝不乱的抓髻，银色的发卷在公共场合刺眼的灯光下发出柔和的光。她走近法官席，悄悄对法官耳语些什么。那老法官朝这位女律师色眯眯地笑着。

"辩护方告知我，他的当事人英语不好，很不习惯，所以已经为他找了一名翻译。"

"我哥们真是个天才。"金提小声说。

"你知道这一点吗，卡彭先生？"

名叫卡彭的地方检察官实实在在地站在那里！露拉心中又涌起对自己的第二祖国的热爱。只听卡彭先生指出，当被告被逮捕时，他说了一口非常流利的英语，尤其是骂人的话。这话引得前排几个警察一阵大笑，卡彭先生乘机向他们敬了个礼。

"混球儿！"金提低声骂道。

一个守卫突然出现在露拉和金提坐的那一排后面，警告他们再大声喧哗，就得请他们出去。他说话声音不大，但是很低沉，制造了一种嗡嗡回响的效果，引起了审判室里所有人的注意。

阿尔瓦诺-阿克伦回头了。他看上去很憔悴，但仍不失英俊，即使发色染得很失败。可怜的家伙！露拉暗忖，她之所以被抛弃，纯粹是因为自尊自傲。阿尔瓦诺根本没想过她。就算坐十五年的牢也好过灾难性的第一次约会。

阿尔瓦诺发现了金提，像往常一样耸了耸一边的肩膀，牵动着他朋友的神经。接着他注意到了露拉。没有惊喜，什么反应也没有。他的眼神冷漠、空洞，就好像跟她素不相识，也不想认识她。她为什么要出现在这儿？

"对不起，"金提对守卫说，接着又说，"操你妹！"还好是用阿尔巴尼亚语说的，所以只有露拉能听懂。

那翻译是位干瘪的男士，背有些驼，身穿一件十分扎眼的格纹西装。看来这里没什么太大的竞争嘛。要是有露拉在的话，任何有血性的法庭书记员都不会召这样不济的人来当翻译吧？尽管得到这份工作得花很长时间，至少她仍然能穿短裙。那翻译不停得举起前臂，仿佛是为了挡住英语的狂轰滥炸似的。"请讲慢点，再慢点。"他说。

"无效审判！"金提低声嘟囔道。

书记员宣读了指控。不是一起入室盗窃，而是好多起。全部都是杂货店和超市盗窃案。还牵涉到使用枪械。露拉听得双手直抱头。阿尔瓦诺还被指控向科索沃的恐怖团伙输送资金。

"反对！"阿尔瓦诺的律师吼道。

"反对有效，"法官宣布。

"这回他完蛋了！"露拉低声说道。

"这部分绝对是胡扯！"金提说。"我敢拿我女儿的命起誓。依我看，阿克伦太爱国了。"

"你有个女儿？"露拉问道。

"一儿一女。律师也知道这是瞎扯。你为什么闭着眼睛？"

为了读脑海里那张收银条上打印的字迹：橙汁和香烟。

金提用胳膊肘戳了戳露拉，"抬起头。坐直点。"

卡彭先生叫证人阿齐兹先生出庭作证。原来他是 C 大道 411 号"日升"超市的老板。阿齐兹先生声泪俱下地诉说，他手下的员工凌晨时分打电话来，他才知道超市被盗了。谢谢你，阿齐兹先生。请问辩护方有什么问题吗？得了吧，露拉想，又没人受伤，不就损失了些钱财嘛，又不是很严重。而且很有可能这家伙买过保险。那么谁才是受害者？某个富得流油的保险公司？阿尔瓦诺真是美籍阿尔巴尼亚裔劫富济贫的罗宾汉。

案发现场装有摄像头吗？有报警器吗？保安呢？没有，先生，这些一个都没有。只有一条狗。一条狗？是的，阿齐兹先生养的德国牧羊犬当时咬过入室盗窃者。那条狗中枪了。死了吗？没有，先生，莱克斯活下来了。露拉回想起阿尔瓦诺来带她去吃午餐时手上的绷带。他都那样了还来跟她共进午餐。不过也很自然。他都让她帮忙藏手枪了。

"他们什么人证物证也没找到。完全是旁证，说明不了情况。"金提该不是跟露拉看过同样的犯罪节目吧？

阿尔瓦诺的律师提出，她的当事人早在事发前一天就已经被那条狗咬伤了。当时她的当事人走进阿齐兹先生的商店买一夸脱橙汁，那条狗无缘无故地恶意袭击了他。她的当事人出于好心，拒绝就此事提起上诉。没想到现在他好心没好报，竟被冠上莫须有的罪名吃官司。

"说得妙，"金提说，"你说妙不妙？"

"不妙。"露拉看了看陪审团。人人都是一脸的不相信。

双方律师走向法官，窃窃私语了一阵子。接着法官宣布休庭。阿克伦·贾夏瑞的案子，纽约州明天上午九点重新开庭。

"贾夏瑞，"露拉重复道。这个法官居然没有警告陪审员们过马路要小心。

露拉看见阿尔瓦诺正跟他的律师商量着些什么，直到守卫来把他押走。他临走时回头看了看露拉。这一次他眼里有她。他双唇微张，眼神里都是渴望。此刻，两人四目相对，目光交融，几乎比那场没来得及享受的云雨之欢感觉还要好。他真心诚意地表示道歉，后悔后来没有再联系露拉。

露拉差点喊出了他的名字。他们尴尬的恋爱旧情复燃。也许事情还有挽救的余地。也许阿尔瓦诺只要一个法律细节就能洗脱罪名。既然他意识到他爱她，他一定会洗心革面，他俩就可以重新来过，再续前缘。就像两个陌生人，一桩重大盗窃罪反而成了他俩的媒人，让他们重逢在审判庭。

金提提出开车送露拉回家，露拉同意了，省得再冒着严寒倒三班车。金提从车库里开出了那辆越野车。露拉还没上车，就已经意识到跟他同行其实并不舒服。

"为什么要偷超市呢？"她问道。路上的车辆时多时少，金提开着车在车流里窜进窜出，一路向西。

"我怎么知道?"金提说,"又不是我们干的。"

"那为什么会有人要偷超市呢?"这回露拉问得没那么直接了。

金提把音乐开得震天响,算是回答。去你的,这些唱歌的塞尔维亚泼妇。歌词里要么是自吹自擂,要么是威胁恐吓,甚至都不押韵,露拉听着听着,越发沮丧了。

金提驾车进了林肯隧道。他们刚看见新泽西的灯光,金提的手机就像那条可爱的小狗一样叫了起来。

"别接,那个警察一直盯着你。"露拉说。

"那就让他一直盯着我的屁股好了,"金提说,"嗨,头儿,怎么样?"金提换成阿尔巴尼亚语,但是他多半只是发出一些噪声,哼啊哈啊的,但是全世界人民都能听出这些噪声意味着太糟糕了,不妙,我们遇到麻烦了。"好了,别担心了,头儿,一切都会好起来的。"

"他是从监狱里打来的吗?"露拉问,"我以为你只能接到一个电话。"

"有钱能使鬼推磨,到处都一样,"金提说,"但仅此而已。头儿说形势似乎很不利。又有新的控告,新的证据。他们想把纽约和新泽西北部发生的所有没破案的入室盗窃案都往他身上栽。小妹,我们想让你帮最后一个小忙。我们知道你有个好律师,就是那个一下子就帮你搞到了工作签证的那个人。"

"不是一下子搞定的,"露拉说。

"怎么不是,就是一下子。"金提坚持不松口,"我记得我们第一次见面时，你就把他吹得天花乱坠，说他是法律天才。所以现在头儿想问你，能不能跟那人谈谈。让他帮忙托托关系，走走后门。要不是人命关天，我们怎么也不会开这个口。"

露拉说："可我那个律师是搞移民案子的。完全是不同的领域啊。"

"律师总认识别的律师啊。"金提说，"就像谁不认识几个人啊。这叫亲缘关系模式，对吧？"

"亲缘关系模式？"

"我正在拉瓜地亚社区大学读人类学的入门课程。"

"给自己充电，"露拉说，"喂，当心啊！你差点把那个人撞死了！"

"我看见那个狗娘养的蠢货了。"金揢一边说一边猛打方向盘，"还有件事。头儿让我转告你，你们之间发生的事情并不是无关紧要的。这就是他让我转告你的原话。你看，我可不知道你们之间到底发生了什么，但是头儿就让我告诉你这——"

"不是无关紧要的。我听到了。我会尽我所能的。明天的审判你还来吗？"

"如果明天开庭当然来。这件事总归会结束的。但是到今天下午，形势并不乐观。我不想催你，但是你最好还是抓紧时间去找你的律师吧。"

"我跟你说过，我无能为力，"露拉说。

"总能想点办法吧，"金提说，"给他打电话。我们回城吧，我现在就开车送你过去找他。我在外面等，然后再送你回家。"

露拉直勾勾地盯着挡风玻璃，想起阿尔瓦诺离开审判室时脸上的表情。他那饥渴的眼神到底是因为她——还是因为她的律师？"我会考虑的。我给我的律师打个电话。他最近经常出城，他在关塔那摩湾工作，那儿的人真有困难。"

"小妹，你相信我，我们这次才真的遇到困难了。明天来不及了，我现在就送你去他办公室。"

露拉本该拒绝的。她本该试着拒绝的。可她没有，而是拿出手机拨打了唐·塞特贝洛的号码。露拉告诉他的秘书，她必须见唐本人。就现在。就见十分钟。

"你运气很好，"秘书说，"他刚从古巴回来。他两点，两点一刻有空。最多能给你五分钟时间。最好是要紧事。"

"人命关天。"露拉说。

唐喜欢给人以一种在布满灰尘的密室里工作的印象，就像老电影里的侦探那样。但露拉很久以前就发现了，也并非完全出乎意料，塞特贝洛·雷特曼和雷柏是一家令人望而生畏的大律所，员工数量巨大，平易近人，免得把客户们吓跑。前台接待是个身材矮小的年轻人，他拨通了电话，另一个身材矮小的年轻人带着露拉快步穿过一个迷宫般的办公区域，里面坐满了其他矮个子的年轻人，都是唐的手下。他们没有一个人抬起头来用羡慕的眼光盯着露拉，甚至都没人注意到她，她可是能够进入唐神圣不可侵犯的密室的亲友呀。她可不是什么有事相求的普通人，卑躬屈膝来求唐帮忙的。她和唐还有他们的家人曾经一起度过感恩节的。

唐吻了一下她的脸颊，那意思好像是说，你好，我只有五分钟时间。

"我正好路过附近，"露拉说。

"有何贵干，露拉？"唐说。

"我刚去了法庭，去看审判。我喜欢你们的法制。很公正，又很人性化。我看到一个法官嘱咐陪审员们过马路时要注意安全。在我家乡，那意味着她在威胁他们，但在这里——"

"我们尽力做到公正，"唐说，"有时也能做到。"

"有时能做到总比永远做不到好。"露拉说，"我在考虑成为一名法庭口译。"

"很好！我听说你遇到萨维特拉了。真是个争强好胜的疯子，但你不得不服她。我说，你到这儿来有事吗？"

"阿比盖尔好吗？"露拉问。

"很好，"唐说，"这周我把她接来了。那么到底是什么人命关天的事？"

露拉说："我知道，很可能你也无能为力，可我不得不请你帮个忙。我老家来的堂兄，他被冤枉抢劫。"

唐说："这个堂兄该不会正好是金姜出现的那天晚上在你房间里的那个人吧？"

如果是平时，露拉会很欣赏唐的反应如此之快。可这次未免也太快了点儿吧。

"那他们发现了你这个无辜的堂兄的什么证据吗?"

露拉说:"杂货店里有条狗咬了他。案发现场有血迹。是他的血。还有看门狗的。但事实是,那条狗是在那天案发之前就咬伤了他。"

对唐撒谎无异于自取灭亡。但冒险一搏还是值得的。她和阿尔瓦诺是共过患难的朋友。他们的性命都被金姜威胁过。他们来自同一个地方。种族精神病虽然会导致人们连续很多代杀侄甥、戮儿孙,但从好的方面看,就是保持了血统的纯正。

唐说:"拜托。别再说了。我不想知道。"

露拉说:"这是政治迫害。因为他是阿尔巴尼亚爱国者。"这话是真的吗?还是法庭上编造出来的?金提曾经说过,阿尔瓦诺——也就是阿克伦——也没那么爱国。"他是无辜的,我发誓。我是说,入室盗窃不是他干的。"

唐回到自己的桌子前,示意露拉坐下。他闭上双眼,揉捏着自己的眉毛。"你知道最痛苦的是什么吗,露拉?真正伤人心的是,你肯定以为我们真笨。我就奇怪了,你是以为所有美国人都这么蠢,还是以为就我和斯坦蠢?你真以为我们不知道你的那些家族历史都是编出来的吗?这也就算了,每个人都可以杜撰。我们都知道,连著名作家也杜撰。可现在你居然真的妄想我这个笨蛋会相信,你的男朋友,或者姘头或者一夜情的情人或者你的绿卡合法丈夫或者随便什么人,竟是一个被诬陷犯盗窃罪的无辜阿尔巴尼亚爱国人士？"

"他不是我男朋友。"早知道不戴那顶该死的羊毛帽子了！也许要是她的头发好看点儿，唐就会答应帮她。

唐说："你知道吗，露拉？要是你来到我办公室直接说，嗨，唐，跟我有一腿的那个阿尔巴尼亚男人惹上了入室盗窃的官司，你认识什么刑事犯罪方面的人吗？你能帮上忙吗？你要是这样说，我也还是帮不了你任何事情。我的意思是说，我仍然会觉得惊讶，世界上有多少暗无天日的私牢黑牢里被塞满了正遭受着严刑拷打的可怜人，而且他们中有一部分人除了名字叫阿卜杜拉之外，什么罪都没有犯过，当我正忙着搭救他们时，你居然会开口求我把时间浪费在帮你——或者拒绝帮你——搞定这种案子上。但至少你如果那样说的话，你要是实话实说的话，露拉，我不会像现在这样觉得自己的人格受到了侮辱。"

"我没有侮辱你的意思，"露拉说。怪不得唐那么有名望。他在软磨硬泡逼证人说出他想要的口供这方面真是天才。露拉想象着她素未谋面的唐的妻子贝特西是什么模样。接着又想到了萨维特拉，又想到那次跟唐共进午餐时他把手重重地放在她手上的一幕。一个在跟情人发生口角时能像审犯人一样的男人，肯定让女人发疯似的想嫁给他，想跟他做爱吧。

唐说："我还没沦落到不识时务的地步。非常坦白地讲，露拉，我对现在这个局势的解读让我感到……我说不清我的感受。疲惫。失望。我心灰意冷，露拉。你知道吗？就像我们以前聊的那样，我觉得很受挫。你在我幼时老友的家里做事，在某种意义上，你们是一家人。你也知道我所做的人生选择，我自讨苦吃，做了很多无谓的牺牲。可世界上总得有人这么做。每天顶着政府谎言、军方谎言和无谓的社会谎言汇成的污水浊流，一铲一铲地挖掘龌龊的真相。而现在，你居然也火上浇油，为了个男人撒这可悲的小谎，他根本就不该在斯坦的妻子发疯的那天晚上出现在你房间里。"

为什么不应该？露拉想问。为什么阿尔瓦诺就不该在我房间里？唐是因为嫉妒吗？是因为阿尔瓦诺有前科？还是因为他现在犯了罪？撒谎才是问题的症结所在。是不是因为露拉稍稍篡改了一下事实真相，就让唐觉得她不理解他的选择，他为什么舍易求难，放弃安逸的生活，否则他和他的国家就危在旦夕？唐是不是以为，她就努力帮一下自己迷恋的男人就会对美国的国父们和美国的生活方式造成威胁了？唐是个英雄。这件事到此为止，绝不再提。露拉敬重他勇敢、正直，随时准备济困扶弱。唐会因为她为救老乡撒了一个无伤大雅的小谎，就拒绝继续为她申请绿卡吗？不，唐一定会继续帮她的。无论从哪方面看，唔，从大多数方面看，唐都是个圣人。

"你看，"唐说，"我理解。人人都会为了爱情头脑发热做傻事。如果真为了爱也就算了。你是出于爱吗，露拉？"

不是！露拉本想矢口否认。或者真是出于爱吗？她不以为然。现在分析她对阿尔瓦诺的感情到底有多深，似乎还不是时候。

"你知不知道我最近在理解一个定义上遇到点麻烦?"唐说,"不,你怎么会知道? 嗯,是这样的,我理解上有困难的词是'同时性'。"

"同时性?"露拉说。

"就是说两件事同时发生。"唐说。

"我知道这个词的意思。"露拉说。都这时候了唐居然还有心情质疑她的英文,真让人发疯。他纠正过萨维特拉的语法吗? 萨维特拉可是在纽约大颈区长大的。

"我的意思是,"唐说,"就是现在,我上周在关塔那摩见到的一个小孩,这小男孩,还是个孩子,比齐克还小,他妈的,还是老一套,他们把他跟某个恐怖分子混淆起来了,不相信他只有十四岁,拘捕令上说他二十岁,他确实比实际年龄看上去老成。现在这孩子看上去像是一个小老头儿。他们把他从也门的大街上抓来,蒙着眼睛五花大绑地扔进关塔那摩监狱,严刑拷打,还不给饭吃。他朝一个狱警脸上吐咸肉,开始使性子。他们拿电棒击他,他就紧紧抓住不放,结果落得个半身不遂。他只是个孩子啊。他现在还活着,露拉,有可能他现在日日夜夜挨打,连觉都睡不了。而与此同时,你我却舒舒服服坐在这间租金昂贵的办公室里,听你对我瞎胡扯,就为了救那个一无是处的废物,他唯一的可取之处就是跟你是老乡,而且你曾经想跟他求欢。"

"废物也是人啊。"露拉说。

317

唐说："他不是你堂兄，也不是什么政治犯，而且他确实犯了罪。"

露拉说："我也不知道他犯了什么罪。要是他偷窃了呢？谁不偷东西啊。跟你处理的那些犯罪案子比起来，偷窃算什么罪啊？我们上小学时被教导说，拥有财产就是盗窃，后来他们又不这样教了，说这种说法太右翼了。等我进了大学时，拥有财产又变成好事，财产越多越好，尤其是房地产。没有财产就相当于偷窃，或者无论如何，给了你偷窃的理由。有人把收银台的钱洗劫一空？没什么大不了。又没人受伤！连狗都活过来了！让我堂兄把偷来的赃款还回去不就好了？我一定让他还钱。为什么要剥夺他十五年的宝贵生命呢？他的一辈子就这样了。这有什么公道可言？超市店主的公道吧。你不是经常说什么大谎和小谎吗？你们是美国人，你们有言论自由，可以随便讲真话。你都不知道你们有多自由。在别的国家，你惹毛了我，我就能告发你，或者就为了想霸占你的房产，我也告发你。他们会把你送到劳改营去劳教，就这样。"

唐说："你说完了吗，露拉？"

露拉耸耸肩膀。

唐看了看手表。"你朋友的事我很抱歉。但我实在顾不过来了。为犯人争取人身保护权我都还有二十年要忙，然后才有空顾及一件小小的入室盗窃案。也许，除非是水门事件这样的丑闻。但听我说，露拉。我一直喜欢你。而且你奇迹般地改造了斯坦的孩子。那可怜的孩子在你来之前就是个扶不起的阿斗。反正斯坦是这么说的。我相信他。你很有才华，又聪明，你是个斗士。你的祖国需要你这样的人。我们都忘记刚刚发生的这整件事吧。人人都会犯错。让我们都忘了这件事，永远不再提起，专心争取你的合法地位吧。接下来你就能成为一名法庭翻译或者律师或者随便什么，那么下次你的男友再抢了商店，你就能自己为他辩护了。"

露拉说："哪那么容易就能忘了。"

"你还年轻，"唐说，"二十年间你能忘记多少东西，会让你自己都吃惊的。跟你聊得很开心，真舍不得结束。不过我们约的五分钟到了。一有你绿卡的消息我会打电话给你的。需要一阵子。耐心等吧。代我向斯坦和齐克问好。"

露拉本想让他不要告诉斯坦利先生的，可是她不能开那个口，再说她知道他肯定会告诉斯坦利先生的。到那时整件事就真相大白了，斯坦利先生会勃然大怒，她在这里的生活就到此为止了。这件事更能证明，正如露拉想要证明的那样，你越是暗地里希望改变自己的境遇，情况反而越会逆转，让你被自己的希望反咬一口。她握了握唐的手，道了谢。虽然她说放心，她自己知道怎么出去，但他还是派了前面那个矮个子小伙儿送她出去。

直到进了电梯，她才突然想起来，金提还等在外面呢。越野车从马路对面缓缓驶过来，她爬上了后排乘客座。

"你那个律师怎么说？"金提问道。

"他说他尽力而为。"露拉说。

"干得好！那我明天来接你？我们一起去法庭。"

"我路上还要顺道办点事，"露拉撒谎了，"我们在法庭碰头吧。"

"那咱们就法庭上见，哈哈。"金提说。

"这玩笑开得有趣。"露拉说。

那天晚上，她等着斯坦利先生跟她提起唐的来电。可他一直也没提。齐克怎么样了？他的作业做了没有？唐不是说，他和露拉都把那件事忘了吗？也许仍然有机会，一切都会好起来的。

第二天早上，露拉迅速通过了安检，飞快地来到审判室，只见里面有两个年长的菲律宾男人正互相大吵大嚷，法官喝令双方律师让当事人停止咆哮。阿尔瓦诺到哪儿去了？尽管金提提醒过，可是露拉怎么也没想到他的案子这么快就结案了。早知如此，为什么不让金提开车来接她进城呢？

露拉走出审判室，冲进走道里，一间一间审判室地找，想问问有没有谁知道阿尔瓦诺的案子。一个警卫让她去找另一警卫，那个警卫让她去服务台问问，服务台的女人又让她到一间办公室去问问，办公室里的人给了她一个号码，让她打电话问问。这情形简直跟阿尔巴尼亚一模一样。

可能她永远也不会知道阿尔瓦诺的下场了。对于露拉来说，可能他们之间的故事就到此为止了。她拨打阿尔瓦诺的手机，里面传来抱歉的录音：您拨打的号码已停机。露拉神色仓皇地环顾四周，这举动更加引起了周围警卫的警惕，他们早就注意到她像个恐怖分子似的从一个审判室冲到另一个审判室。

她离开了法院大楼打道回家。也许金提会路过，告诉她最新消息。事到如今，他们很可能已经明白，唐根本没为阿尔瓦诺的事动过一根手指。

没人来过，也没有电话。

傍晚时分，齐克回家了。他的装腔作势让露拉不顺眼。他的皮笑肉不笑让露拉不顺眼。他黑色牛仔裤上的烟灰让露拉不顺眼。他的黑发吸收了房间里所有的灯光也让露拉不顺眼。可怜的齐克。可怜的小孩。有金姜那样的妈妈。露拉怎么能因为她而变得铁石心肠，一点爱、善良和同情都感觉不到了呢？

她说："你想来点热巧克力吗？"

齐克说："我是不是做了什么好事连我自己都没意识到？"他这种嬉皮笑脸的态度真让人难受。想想他长大了说不定一不小心就变成斯坦利先生那样，真可怕。就算他头发染成了黑色，打了那些耳洞，他也还是他爸的儿子。可那又有什么不好吗？斯坦利先生是一个为人正派、天性善良的人。

"你没做什么特别好的事情，"露拉说，"你本性就很好。"

"肯定是我爸付钱让你这么说的。"齐克说。

"这是我自己的话，不是他的。"这时，露拉的脑子里好像有一个声音在说，她有多么感激跟齐克共处的那些时光，多么感激他帮她适应了这个新的国家。这声音为什么那么严肃？因为她所听到的，是自己为结束跟齐克共处的这段日子发表的悼词。露拉走向窗前，她知道，窗外凄冷的雪光会让她觉得更加闷闷不乐。

她说："冰箱里还剩一点匹萨。我们不用出门了。"

"你还好吧？"齐克问道。

"我感冒了，"露拉说，"我给自己开了一剂：热巧克力。"

露拉想起曾经在橱柜背后看到过一盒可可粉。包装设计得很古典，不过现在里面的可可粉很可能也成了古董。不过多亏了神奇的防腐剂，冲出来的热巧克力依然相当可口。金姜以前给齐克冲调过热巧克力吗？齐克可不想回忆起妈妈，毁了他和露拉珍贵的热巧克力时光。

过了一会儿，露拉热了一个匹萨，留给齐克吃。调鸡尾酒太费工夫了，不喝也罢。于是她回到房间躺了下来。她和衣而卧，一觉醒来，还以为已经早上九点了，其实是晚上九点。她没脸见斯坦利先生。每天晚上的例行见面就免了吧。唐迟早会告诉他的好友斯坦，关于那个男人露拉没说实话，而且她还想让唐也撒谎。她不会一直交好运。好运气已经在一点一点地流失。

她吞下了金姜留下的最后几片药片。过了一会儿，她看了看手表。几个钟头已经过去了。她是一直醒着躺在黑暗里，还是刚刚睡着了？她觉得头痛得更厉害了，但是清醒了很多，还能清楚地分辨出有人正在敲她的房门，不是在做梦。

"露拉，"斯坦利先生在门外喊道，"我们能到楼下去谈谈吗?"

……

斯坦利先生对她很失望。斯坦利先生被她欺骗了。斯坦利先
生对她有更高的期望。露拉怎么能够背叛他的信任,跟窃贼和罪
犯们来往,置他慷慨出钱雇她来照顾和保护的无辜小孩的安危于
不顾?

斯坦利先生反复说:"你居然把一个罪犯带到我家里来!"

最糟糕的是,露拉从他的态度认识到自己错了。她太天真太
轻率了。她真不该让那三兄弟进门的。她本想告诉斯坦利先生
的,可是撒谎撒惯了的另一个坏处就是,等你改口说真话的时
候,已经没人信你了。

在厨房谈论这种话题显然太过严肃了,这也反映了斯坦利先
生考虑问题不周到。一旦在厨房谈话,再严重的事情都不怎么严
重了。她的奶奶就是死在厨房的炉子旁边。可是今晚,斯坦利先
生把她叫进了那间没书的书房,不用办公的办公室。这个阴暗潮
湿的正儿八经的会议室她还是上次被雇用时进来过,斯坦利先生
在里面向她讲明了规章制度,打那以后她就再也没踏入半步。及
时回家陪齐克、不准抽烟喝酒、开车最远不超过"好地"超市、
让齐克吃蔬菜等。所有的规定露拉都违反了,除了抽烟那条,是
齐克自己违反的。而齐克开车最远不准超过"好地"超市那条,
目前也还不算违反了。斯坦利先生又没想到立一条规矩,不准开
阿尔瓦诺的雷克萨斯。

那书房闻起来有股老年人的味道，像旧衣柜里的旧衣服。这里是校长办公室，送坏孩子进来的地方。美国人都有大房子，他们的每一个房间都有专门的用场。要是她的爸爸想找她谈话，不过他从来没找过，他会带她到他们最喜欢的垃圾堆靶场去。她真的好想爸爸！面对斯坦利先生罗列的罪状，都没人能为她申辩。如果那些罪名都有理由开脱呢？露拉也是人。是人就会犯错。她没有故意想伤害任何人。她只不过明知有风险，却没有抵住玩乐的诱惑罢了。

　　露拉看着斯坦利先生在房间里一边咆哮，一边踱来踱去。只要他能住口，听一听她的话，很多事情都可以解释的。其实阿尔瓦诺和他的两个朋友是冲进家里，拿枪指着我的头，胁迫我向唐求助的。不过，她也可以选择坦白。那把枪是阿尔瓦诺的。我撒谎了，说那是金姜的。我担心照实说会把警察牵扯进来，移民就麻烦了。可是阿尔瓦诺并没有杀人。齐克也从来没有危险。金姜才是危险人物，她潜伏在房子周围。而且你妻子用刀威胁我们以后，我一点也没计较。你怎么能把我对齐克的关爱贬低到用你付钱我服务这么廉价的物质标准来衡量呢？你又没付钱给我为齐克做热巧克力。我关心他，体贴他。在我没来之前，齐克还是个扶不起来的阿斗。

　　露拉一边历数着施加在她身上的种种不公，一边想，唐怎么能出卖我，全告诉斯坦利先生了呢？当事人有权要求律师保守秘密的权利到哪里去了？唐就以为我从来不看电视吗？我难道不能享有这项合法权利或者基本人权吗，就算我还不是合法公民，那我也总是个人吧？要是我有绿卡和巨额信托基金的话，就算控告你也有理由的吧？

本来老板的指责应该让露拉感到更加难过的，可是她却忍不住注意到，愤怒使得斯坦利先生完完全全变成了另外一个人，或者说，愤怒使斯坦利先生释放出一个全新的自己。他蘑菇白的脸气得铁青，没有歉意，有的只是盛怒，就好像身体气鼓鼓地变大了似的。他跟金姜一起时也会气成这样吗？跟一个人住在一起这么久，居然对他一无所知，真受打击啊！要不是这次，谁也不会怀疑，斯坦利先生出于护巢心切和护犊情深的动物本能，居然会变得像丛林野兽一样野蛮狂暴。他滔滔不绝地指责声中，不止一次地不直接说"我"，而是用"人家"来代替，而且每说一个字，他的声音都由胸腔深处传到鼻腔发出来。以前居然没察觉斯坦利先生的身体里竟隐藏了那么多尚未暴露的特质，这念头令露拉后悔不迭。她在这里也待不了多久了，他性格中还有什么不为人知的一面，她再也没机会去发现了。

不过，真让她想念的人只有齐克了。也许她和齐克能继续做朋友。她可以去大学看他。但是想到这里，意识突然塌方，一个深渊张着大口在面前等着她，她无从想象自己将从什么地方离开去看齐克。

以前的斯坦利先生脾气温和，连跟人目光接触都有困难，可现在的他俨然成了愤怒的化身，目光如炬地直视着露拉。但最后，他还是眼睛一眨，住了口，等她还击。

露拉纵有千言万语，最终都化作了耸耸肩这个取悦的动作。她似乎要把巴尔干的千年历史都融入这个小小的动作：侵略者的烧杀抢掠和国人的背井离乡我都见惯不怪了，还能有什么大不了的？君主国、帝国一个接一个灭亡，谎言、骗局一个接一个被揭穿，可你又能怎么样呢？你什么都不知道，什么都不能做，什么都不能说，你唯一能做的就是自己耸耸肩和教你的孩子们耸耸肩，你还能指望怎么样呢？她以一个在精神有病的专政者疑神疑鬼的统治下度过童年性格成型期的小孩，以及一个经历过经济危机、骚乱暴动和明盗暗匪把持天下的人的那种"有什么我不知道，还用你来告诉我"的神气，对斯坦利先生摊开了双手。

她说："齐克从来都没有危险。无论如何，阿尔瓦诺不会伤害他。"

"你凭什么那么肯定？"斯坦利先生嘴上虽这么说，心里却希望她当时真有那么肯定。

"我敢肯定，"露拉说，"相信我。"

"我现在已经做不到了。"斯坦利先生说。

"那就解雇我吧。"露拉说。

"还不到时候。"斯坦利先生说，"我们家里已经够乱了。我们一起想想别的办法吧。慢慢来。再好好想想。"

他说"再好好想想"的语气让露拉心里充满绝望。她说："也许我该辞职。"

"你凭什么以为可以说辞就辞的?"斯坦利先生说,声音又提高了八度。"你趁我和我儿子睡觉时把那个罪犯领进家门,又去求我的老朋友牺牲他的正义感、拿自己事业冒险去救他以后,难道你就没有考虑过你以后还有没有可能找到像我这样的资助人吗?"

"他不是罪犯,"露拉说,"你的意思是说,要是我不在这儿工作,你就不会再做我的资助人吗?"

"不是,"斯坦利先生说,"我说的根本不是那个意思。不过比那个更复杂,从法律上讲的话。先睡觉吧,明天再说。明晚等我回家时我们再接着谈。过二十四个小时,没什么比时间更能理清头绪了。"

第十四章

第二天早上，露拉一直等到十一点钟，即使世界上最养尊处优的整形医生的妻子这个点儿也肯定该睡醒了吧。可是丹妮娅接起电话时声音听上去仍然不怎么清醒。作为露拉最好的朋友，她本该更加关心一点，问问露拉怎么样了。

可她说："上帝呀，拜托杀了我吧！我酒还没醒，太难受了！"

"当心，别随便许愿！"露拉说。

"老学究，"丹妮娅嘟囔道，"你说话的语气简直像我奶奶。"

"你和史蒂夫医生昨晚开派对了？"

"什么史蒂夫医生？"丹妮娅说，"史蒂夫医生已经是上辈子的事情了。"

"什么？"露拉问。

"我们的婚姻结束了。马上要宣布离婚了。这样皆大欢喜。包括史蒂夫的家人。他们尤其欢喜。不用难堪地闹到上法院，也不用花钱请律师，家丑也不外扬。我们私下和解，他只要直接往我银行账户里转一大笔钱就完事了。居然让我发现史蒂夫和我那个有才的司机乔治在偷偷搞婚外恋。我都不愿去想，史蒂夫给他带了什么特殊味道的香水。我怎么可能不知道？你还记得吗，我说过史蒂夫做爱时喜欢听我说阿尔巴尼亚语？有一点我没提，他喜欢我用低沉沙哑的声音说阿尔巴尼亚语。原来史蒂夫这个变态是在意淫和一个阿尔巴尼亚男人做爱！说起这个，跟你一起去过圣诞夜的那个阿尔巴尼亚男人怎么样了？"

"没怎么样。"露拉说。

"也许没怎么样更好，"丹妮娅说，"总之，史蒂夫已经是过去时了。那句话怎么说的来着？如果一件事看上去好得都不像是真的，那很有可能它就不是真的？如果一样东西看上去像鱼闻起来也像鱼，那它很可能就是一条鱼。你了解我，我是个实诚人。可不是讹诈的那种类型。我答应不分走史蒂夫一半的财产，他激动死了。我本来能分到一半的，要是我那么有心计或者贪心的话。"

"恭喜你。"露拉有点不确定。

"谢谢。"丹妮娅说，"对了，我正准备打电话给你呢。你猜我现在在哪儿？特朗普大厦①二十四层。我正俯瞰休斯敦。跟耶稣被钉在十字架上时对彼得说的话一样：'从我这儿能看到你家。'我租了个两卧的公寓，我在想你能搬进来吗？租金你不用

———————

① 佛罗里达州最为舒适优雅的滨海居所，都市贵族寓所。

担心，至少眼前不用。我太无聊了。想有个人陪陪。看，这是你走出新泽西的机会！我们一起把史蒂夫的信用卡刷爆。以后的事情以后再想。"

"这儿有份工作我想要，"露拉说。就好像她想让丹妮娅相信，让所有人相信，她是一名诚实正派的未来美国公民一样，"刚开始，从法庭口译做起……"

"行了！我都说过我不会收你房租的。你想什么时候过来看看这个地方？"

"我不知道啊。你什么时候方便？"

"就现在，"丹妮娅说。

那天下午，露拉从丹妮娅那里回来时，她看待斯坦利先生家的眼光，已经有现在不是这里的住户了那种冷静和超然，或者说，她已经能以曾经的住客那种更加客观的角度看待这里了。仅仅几个月以前，她曾出神地盯着卧室的窗户，凝视着那辆给她惹来一身麻烦的越野车缓缓驶来。而现在的她，已经今非昔比了。

那个傻女孩的最后一丝踪迹已经被休斯敦的寒风吹走了。她冒着刺骨的冰冷，顶着寒风的抽打，一路从地铁站走到丹妮娅家暖融融的门厅，简直就像从拉斯维加斯赌场一下子穿越到莫斯科的豪华宾馆。穿制服的门卫把露拉领到另一个穿制服的警卫身旁，他为她指明了电梯的位置，接着由丹妮娅私家军队里的另一名穿制服的助手带露拉乘电梯升到半空中。

丹妮娅正在门外等候，仿佛就是为了看露拉如何艳羡她那双鞋跟深深嵌入走廊地毯里的高跟鞋。欢迎来到美国！终于到了！她们从地拉那长途跋涉才到了这里。丹妮娅狠狠地吻了吻露拉的脸颊，一股香烟味儿。她把朋友领进门，接着后退一步，观察她的朋友看到整条休斯敦河和半个新泽西州被踩在脚下时的反应。

"这地方很合我胃口。"露拉说。

"朝另一个方向看看。"丹妮娅边说边抓着露拉的胳膊，一起凝视着一座座摩天大楼从灰蒙蒙的云朵里钻出，顶部在阳光下闪闪发光。

"这是一间转租房，"丹妮娅说，"接下来的六个月，这间房的租金就能把史蒂夫给我的每一分钱花个精光。但是物有所值，你不觉得吗？"

"我有一千六百美元的存款。"露拉说。

"别逗我笑了。"丹妮娅说。

"这地方布置得我很喜欢。"露拉说。

丹妮娅说："所有这些有个性的小点缀，在我离开史蒂夫之前都已经预订好并付过款了，我有先见之明。"

"那得感谢史蒂夫医生了。"露拉说。

"我心里感谢史蒂夫，真的。"丹妮娅说，"司机乔治也感谢他。我想，史蒂夫现在应该跟乔治同居吧。"

"那司机是蛮帅的。"露拉说。

"那司机现在还是蛮帅的，"丹妮娅说，"你相信吗，这地方全部都是我收拾的，就我一个人，用了两周的时间。"

"你该打电话让我来帮你的，"露拉说。

"我现在不是给你打电话了吗?"丹妮娅说，"我们一起玩个痛快。让我们把时钟往回拨个两三年。"

"我们应得的。"露拉说。

"我们赢得的。"丹妮娅说。

既然离开的心意已决，连换乘三班公交回家的长途跋涉也正合了露拉的心意，这样她就有大把时间可以用来思考，该用何种措辞主动提出辞职。她明白，先通知自己老板，再通知他的儿子，这才是比较专业的做法。但她还是想亲口告诉齐克这个消息。

跟平时一样，露拉赶在齐克之前先到家，也跟平时一样，她说"走，我们去买点吃的"。正如她这一年多来的每个工作日下午一样。坐在车里的话，场面也不至于太悲情。齐克会坐在最钟爱的方向盘前，他比任何人都爱那方向盘，包括露拉。他开车时不会看着露拉，而且他的注意力也会因为看路而分散。在去超市的路上告诉他比回家的路上要好。万一他听到露拉要走的消息难过，等进了举目皆是陌生人的超市里，他也只好振作起来，戴上十几岁孩子那种无懈可击的冷漠面具。"好地"超市只有几分钟车程，露拉没时间磨蹭了。

于是他们才刚开上汽车道，露拉就说："我们永远是朋友。

但是情况会有一些变化。我要去法庭当一名口译员，我找了新的地方住，离曼哈顿市中心比较近。"

齐克说："什么找到新工作，纯粹扯淡。你不就是搬去跟那个男的同居吗？就上次在我家的那个……你知道的。你说他是你堂兄的那个男的。好像谁会信似的。就是让我开他的雷克萨斯的那家伙。"

"根本没有的事！"露拉说，"我知道那家伙现在在坐牢。"

"怎么会这样？我倒是挺喜欢他的。"齐克说。

"我也喜欢过。"露拉说。

"他为什么坐牢了？"

"因为傻呗。"

"我倒不知道原来傻也犯罪啊，"齐克说，"尤其是在新泽西这种地方。"

"有可能。"露拉说，"关键是，我不是搬去跟他同居。我去跟我朋友丹妮娅住一起。她住在特朗普大厦。"

"太棒了，"齐克说，"我能不能也搬去跟你们同住？"

"也许将来哪天吧。"露拉说。

"这么说你打算离开我们了？就这样消失？"

"你不是要去读大学嘛，"露拉说，"你也不需要我了。你不是已经长大了嘛。都可以自己往碗里倒麦片了。"

"我又不吃麦片。"齐克说。

"嗯，你应该吃点儿。"露拉说。

齐克本来懒懒地躺在驾驶座上，这时坐直了身体，说："我以后还能再见到你吗？"

"经常见啊，"露拉说，"经常到你嫌我烦为止。我会去学校看你的。我会变成令你尴尬的老阿姨。你和你朋友进城时都能来跟我和丹妮娅住一起。"可是到那时候丹妮娅还能住在她的公寓里吗？这件事留以后再担心吧。

"我们到了，"齐克说，"超市到了。"

"停近一点儿，外面结冰了。"露拉说。

"我一向停得近。"齐克说，"我是男的。反正停车场空得很。"

只见"好地"超市因为检修停业关门了，门口除了一辆皮卡车之外空空如也。一个工人推着一购物车的碎墙皮走了出来，对他们说："不知道哪里来的人渣撬了门，把超市洗劫一空。真搞不懂这些猪头偷了一卡车的花椰菜该怎么销赃。"

"我们出去吧，"齐克说，"这里的东西都没好货。"

露拉突然有点头晕。又是一起超市盗窃案？阿尔瓦诺在坐牢，不可能是他干的。这也就证明他是无辜的，不可能如地方检察官指控的那样，所有盗窃案都是同一人所为。露拉是不是应该把这件事告诉什么人？她该不该告诉唐？她对唐说得已经够多了。

这时她模模糊糊地意识到，有种像猫吃毛球噎住时发出的声音。原来齐克哭了。冰凉的眼泪从他苍白的两颊上滑落下来。

"一切都糟透了，"他说，"妈妈疯了，现在你也要走了。说不定我真是同性恋。"

"你会没事的，"露拉说，"我保证。"

"有时我真希望自己是个吸血鬼。"齐克说。

"为什么会有这种想法？"露拉说。

"因为吸血鬼不死不活的，好轻松。"

"吸血鬼可不这么觉得。"露拉说。

"很有可能。"齐克说。

露拉张开双臂拥抱着他。开车路过的陌生人说不定还以为他们是十几岁的早恋情侣呢。露拉尽力让自己大脑中友好和信心的意念汇聚成一道道光束直接发射到他的大脑，而此时此刻她真的感受到一股暖流朝她这边涌来，似乎自己的意念真的起了作用。

她说："要不我们去试试'好购'超市吧。我知道比较远，但你不是喜欢开车吗？"

齐克看着她说："太远了。"

"别担心，"她说，"没人会告诉你爸的。"

"我明白，"齐克说。他笑了，笑得很僵硬很做作。但接下来，露拉看着看着，就发现那笑容慢慢地、慢慢地展开了，变成了发自内心的笑。

齐克把车开到街道上时，露拉就把头靠在他的肩膀上。他们就这样开着车，也不说话，一路开到超市，再开回家。

如果说露拉从住在斯坦利先生家的经历中学到了什么经验教

训，那就是，拿你自己的生活跟你通过别人所住的房子所想象出的他们的生活相比较，这是很愚蠢的做法。曾经，经过像斯坦利先生家这样的房子时，她很可能会羡慕里面的住户，羡慕他们美国式的幸福，所有美国式的物质享受。现在她懂得真相并非如此。尽管如此，她仍然发现，塞满自己所有财物的那几只皮箱和丹妮娅那间装满名牌家具的公寓相比起来，两者的差距那么大，要想让自己的心灵不被嫉妒吞噬可真是一件难事。尽管那些家具是她相当于通过出卖肉体赚来的，只不过并不是露拉本来所担心的那种意义上的卖身罢了。不过，至少露拉来去自由。等哪天她俩被人从特朗普大厦赶出来的时候，她不需要那种大型货车，就能轻松搬过休斯敦河，而丹妮娅，希望她到时还付得起搬家的车钱。露拉就像自己的祖辈，把所有财物用皮绳往驴背上这么一扎，就可以向地势更高的草原迁徙了。

打包行李真正的麻烦在于，脑子实在太空了，总是不由自主地想起昨晚和斯坦利先生之间那场难堪的对话。露拉一想到斯坦利先生让她去书房就有点发怵。好像蜘蛛对苍蝇说，请君入瓮。露拉生怕自己到时下不了决心，于是趁两人都在厨房里还没走开时，就说明了去意。直到现在，露拉回想起斯坦利先生当时的反应还会脸上发烫。他先是震惊和失望，然后拼命装出一个中上层阶级单身父亲面对一场惯常的家政服务危机时那种合情合理的担忧。

"我想你至少应该提前通知，"斯坦利先生气鼓鼓地说，"都这么长时间了，至少提前两个星期——"

"我先不走，如果你需要我的话，"露拉说，"如果你需要找人来代替我的话。斯坦利先生，恕我直言，齐克今年秋天就要去上大学了。我其实没什么事可做。他可以自己去超市，自己用微波炉做饭。我很抱歉，可是他已经长大了。而且齐克已经知道我要走了，我不确定再在这儿多留两个星期是不是对他有好处。"

"对齐克有好处"这几个字是打败斯坦利先生的咒语。他说："我昨晚跟你谈完就该预料到今天会是这样。"

露拉说："齐克是个乖孩子。既坚强又漂亮。你为他所做的一切很不容易，很了不起。"她说的每个字都发自内心，与此同时，她自己都能意识到自己有多希望斯坦利先生赞同她。拿到绿卡只是其中一部分原因。斯坦利先生是她的资助人不错，但资助人也只是一部分原因。斯坦利先生是她的亲人，他将永远是她在美国的新生活中必不可少的一部分。

斯坦利先生说："你在他身上创造了奇迹。我们都应该为此感谢你。"

"应该*谢你*。"露拉说得有点心虚。

"你是一个很励志的人，露拉。不仅是对齐克，对我们大家都很励志。你看你的生活，你的胆量和决心。你离开一种生活，到另一个地方去重新开始的勇气……几乎让人觉得自己也能——"

"你也能!"露拉说，"你可以辞掉工作回去教书啊，如果那是你想要的生活。肯定有成千上万的大学争着抢着聘你！你完全可以……"两人都等着露拉想象斯坦利先生会做出另一种积极的人生转变，"你可以的……"

"我觉得可以吧，"斯坦利先生说，"除非有可能发生金融危机，或者说，金融改革吧，那我很可能会回去教书。"露拉和斯坦利先生隔着厨房注视着对方。在露拉看来，他此时眼神里所传达的真相，比她在这儿工作这么久以来所有的真相都更纯粹、更确凿。斯坦利先生是不会辞职的。他会一直干下去，直到退休或者直到如他所料，爆发了危机。齐克会离开家，斯坦利先生会独自住在这里，尽心尽力地探望金姜，她的病情也许会好转，但也许会复发。

露拉移开眼神。她觉得斯坦利先生的前额上仿佛烙上了"绝望"（hopeless）这个词。在阿尔巴尼亚语里，是 pashprese 这个词。它意味着一个孤儿在地拉那沿街乞讨，意味着一家八口挤进机场附近远房亲戚家公寓的一个房间里，意味着亲眼见证你的祖国独裁者专政，暴徒横行，凶残的政客当道。Pashprese 跟 hopeless 不一样。Hopeless 是美国式的绝望，是斯坦利先生独自守着他舒适的大房子，拼命工作赚钱，一直赚到他儿子老婆不必再跟他同住一个屋檐下。

露拉走了几步，这样斯坦利先生就站在她和灯的中间。她把斯坦利先生背光时发亮的耳朵记在脑海里，万一将来穿过黑暗的通道时，她需要用这个画面为自己照亮前程。

露拉说:"斯坦利先生,你挽救了我的生活。"

"叫我斯坦利就行了,"他说,"求你了。"

"谢谢你,斯坦利。"露拉说。

"不客气,"斯坦利先生说。

第二天早上,露拉把自己的毛衣一件件叠好,一层层放进行李箱,她下意识地发出一声自怨自怜的叹息。可为什么要感到惭愧呢?当她说感谢斯坦利先生挽救了她的生活时,她是百分百发自内心的。而现在,是时候享受这种生活了。当上帝敞开了一扇门,你必须走进去。假设那扇门,或者任何一扇门,都可能再也不会开第二次,这到底是太多心了,还是比较现实?到底是太悲观了,还是太乐观?

露拉检视了一下自己的行李,她的新手提电脑装进了箱子。事实上,她也没有那么来去自如。她搬来这里的时候,是斯坦利先生开车来市区接她,包括她所有的行李。而现在,要请他帮忙把东西都运到丹妮娅那里去,似乎太残忍了。能找到出租车帮她把所有行李运过去吗?或者需不需要订一辆卡车?应该问问丹妮娅的。今天有什么人能来一趟吗?还是她今天只能这样过下去,翻来覆去地整理着一箱箱衣服,呼吸着这对再次惨遭抛弃的父子俩周围揪心的悲哀和惭愧气息?要多久才能找到人帮她离开新泽西?

这时只听到外面响起了轮胎摩擦路面的刺耳噪声。露拉跑向窗户，看见两辆车停在外面，一辆是旧款的美国车，车身漆成了闪亮的茄紫色，司机是古力。后面跟着的是那辆黑色的雷克萨斯。他们来得正是时候，怎么这么巧，露拉不由得开始想象更加不可能发生的事情，比如，阿尔瓦诺正坐在雷克萨斯后座上等着她。

算了，问这些太不是时候了。露拉看着两人锁好了车，古力用的是一把普通钥匙，金提用的是遥控钥匙，夸张地一挥就锁上了。

见到他们，露拉居然很高兴，真是愚蠢得不可救药。她还以为他们跟以前一样吗？他们是两个友善的窃贼，他们的头儿圣诞夜还带她去跳了舞。他们心存感激，以为她能帮忙把头儿从牢里救出来。他们知恩图报，帮她搬家，送她到丹妮娅的住处。可是据她所知，这两个正从庭前人行道上匆匆走来的大汉一向就是两个罪犯，两个恶棍，他们是来惩罚她的，因为她让他们失望了。他们来这儿是因为他们的头儿被送进了监狱。多么讽刺啊，这多像她为唐和斯坦利先生写的那些老掉牙的故事：最后，那两个恶棍露出了他们的本性，正当一切终于都开始对她有利时，他们把她打了个血肉模糊，再也没有哪个男人会要她了。一旦你让魔鬼进门……她使劲回忆奶奶曾说过的谚语。一旦让魔鬼进门……接下来会怎样？

当露拉把门打开一条缝儿，只见两人满面春风，笑意可掬。这笑脸不管是古力还是金提，都不可能有本事装得出来。

"小妹，"古力说，"见到你太高兴了！快开开门。"

"你不是去宾夕法尼亚州了吗，怎么样?"露拉说。

"康涅狄格州，"古力说，"是去诺沃克出差。快开门呀。"

"你错过了所有行动。"露拉说。

"让我们进去呀，"金提冻得缩着脖子，肩膀都快碰到耳朵了，"快呀，外面冻死了。"

"为什么开门?"露拉问道，"你们想怎么样?"

"我们来谢你啊，"金提说，"我拿我孩子的小命发誓。"

露拉解开了门链。她说，"其实，你们两个来得正是时候。"

金提说，"都是我让这懒鬼来的。你得感谢我把他从沙发上拖出来。"

他们等着露拉请他们进来，再拿些点心招待一下。可这已经不是露拉的地盘了，她也只是个客人而已。

"阿尔瓦诺怎么样了?"露拉问道，"我是指阿克伦。"

"不管你那律师做了什么，反正起作用了。"金提说，"头儿不会蹲牢房了。不过他被驱逐出境了。对我们来说很糟糕。但是他觉得无所谓，就当是免费回国了。回到家他就能挑三拣四的，找咱们阿尔巴尼亚妞了。更何况他妈妈是个很棒的厨师。"

"很高兴听你这么说。"露拉说，"我可不敢邀功。"是不是唐最后打了电话? 露拉很怀疑。其实这事情也是顺理成章的。让美国的纳税人为一个高大强壮的阿尔巴尼亚男人未来十五年的吃住买单? 某个法官肯定想出了比这个更好的点子。有人被驱逐出境了，大家却皆大欢喜。自从露拉来到美国，这种事情还是头一遭碰到。

"谁能说谁做了些什么？"金提说，"谁想知道那个？关键是结果。我们都想感谢你。也许我们能帮上你什么忙，算是报答——"

"行啊，"露拉说，"你们能不能载我一程？我要搬去市区，到我朋友丹妮娅那里去。"

"你有多少东西？"古力说。

"不多。那辆雷克萨斯就够了，轻而易举。"

"就知道你迟早要搬。"古力说，"别误会，但我们一直在想，我们小妹到底要在这个坟墓里住多久。"

"这里不是坟墓。"露拉说。

"怎么不是，"古力说，"这房子是死人住的。"

金提说："住嘴，你这白痴。搭车是小事一桩。我开越野车载你和你的行李，古力在后面跟着就行了。"

露拉领两人上楼，到了她的房间，不免想到那晚带阿尔瓦诺上楼的情景。他可以挑个阿尔巴尼亚女孩当媳妇了。他妈妈是个很棒的厨师。两人手臂上提满了大箱小盒，只要一趟就够了。露拉紧紧抓着自己的新电脑。要是忘带什么东西，还能回来拿。她说过会跟齐克保持联系，她是说真的。

那两个家伙正在外面等着，没时间伤感。露拉穿过房子，在寻找……什么？以前每次她想象着离别的场景时，她都打算要把去年圣诞节送给斯坦利先生的那只水杯拿回来，那是奶奶留给她的遗物。可她不能就这么拿回来。倒不是怕斯坦利先生会发现，而是会让她有负罪感。

她正在跟那只水杯道别，这时，奶奶的在天之灵突然让她注意到了什么，差点错过了，原来是一只信封，上面写有她的名字，放在厨房吧台上。信封里面装着五张百元美钞，还有一张斯坦利先生亲笔写的便条，"聊表心意，谨致以我们最美好的祝福，祝你好运。保持联系，斯坦、齐克敬赠。"

亲爱的，亲爱的斯坦利先生。露拉没有看错人，真的。她帮了他的儿子。她不可能永远待在这里。她很抱歉让金提说斯坦利先生家是座坟墓。即使真是坟墓也不该这样说。这里不是坟墓。她真希望自己当时想过反驳他，说这里可住着活生生的人。

露拉爬进了雷克萨斯。

"东西都带齐了？"金提问道。

"都带齐了。"露拉说。

他开车上了路，古力开着那辆茄紫色的轿车尾随其后。

"我们两个都跟你进城，"金提说，"东西我们帮你搬上去，然后我们就自己回去了。"露拉想象着金提和古力在门卫的监视下，拖着行李吃力地穿过丹妮娅住处大堂的情景。她看了看后视镜。被人跟踪让她感到紧张兮兮的，即使她知道谁在跟踪她，为什么跟踪她。

开过了几个街区，金提说，"还有一件事。我们记得你不会开车。"

"阿尔瓦诺本来要教我的。"她说。

"从前是从前,"金提说,"现在是现在。不过我能给你上一课。你必须得开车。要想成为美国人,你就得开车。比你要知道谁是美国第一位总统和圣旗上有多少颗星还重要。"

"是个人就得开车。"露拉说,"哪有人类不开车的。"她很识趣,最好不要告诉他,不要告诉阿尔巴尼亚男人或者任何一个男人,美国根本就没有什么"圣旗"。

"你学起来会很快的。"金提说。

"什么时候?"露拉说。

"就现在。"金提说。他们正行驶在居民区一条幽静的街道上。他把车停在一栋房子前,走过来帮露拉打开车门,说:"下车到这边来,上车。"

"就在这儿?"露拉说。

"还能到哪儿?"古力把车停在了他们后面。透过挡风玻璃,他朝露拉热情地挥了挥手——在鼓励我,露拉想。

"不需要驾驶学习执照吗?"露拉从齐克那里得知需要的。

"不用。"金提说,"别担心。一点也不要紧。在这个国家,连拉屎都要执照。"

露拉坐到了方向盘后面。金提说:"踩那个油门踏板,轻轻地!好,现在转动钥匙。"露拉笨手笨脚的,转动钥匙时手都发抖了。这时引擎一发动,露拉惊得一声尖叫。

"第一课，不要尖叫。"金提说。

"不叫。"露拉保证道，"我是说我不会再叫了。"

"转动方向盘，轻轻地开出路边。很好，小妹很有天分。"

也许她真有天分，因为开车真不难，只要一边照直开一边感觉道路的宽度就行了。金提找了一个停车场让她靠边停下。古力跟在后面，当露拉启动汽车再刹车，练习走"8"字形时，他就在一旁等着。

"你找到窍门了。"金提说。

"我没有啊。"露拉说。

"你马上就找到窍门了。"金提对她说。露拉开向街道。"看着后视镜。我兄弟跟在后面。你需要刹车就刹车。有我们兄弟殿后。"

开到了一条更宽的马路路口，这条路车比较多。金提说，"别慌。有我在，有我在。"

如果你信仰上帝，那么这就是你希望上帝说的话了。露拉不害怕；她慢慢驶入车流，头脑冷静得很，虽然理智告诉她，她可能被逮捕，可能害死自己，更糟的是，可能撞倒无辜的人。甚至孩子。但如果可怕的事情一件也没发生的话……她开始想自己能做得到。有金提在旁边替她当心着。她一犯错，他会马上伸手抓住方向盘。

"往右，朝那儿开。"金提说。

"上大路？我不行。"

"不行也得行。"金提说。

然后，露拉居然真的做到了。她会开车了！她开得非常小心，别的司机都看到了，他们用一种无声的语言交流着，这种语言是她打齐克那儿学来的，她自己不知不觉，齐克也没注意。她就像一个会开车的人那样，打信号灯、瞟后视镜、打手势。她发现两辆车中间有一个空当，于是硬是把庞大的越野车挤了进去。

"这就是丛林法则，"金提说，"小车都要给大车让位。大车生存。这就是为什么你得开大车。"

这情景越来越像露拉的那些梦境了，在那些梦里，她开着车却不知道该怎么开，而只有这次，她知道怎么开了。就像那些梦境里，飞机原来是一辆装有机翼的大巴，安全地行驶在地面上，从来没有上过天。

"从那个出口出去。"金提说。

"不，"露拉说，"不上桥。"

"上桥。"金提说。

出现在她前面的正是乔治·华盛顿大桥。看上去多么雄伟壮观哪，就像中国的长城一样宏伟坚固，历史悠久！

"我做不到，"露拉说，"对不起。"

"别说对不起。你行的。你要相信我。"金提说，"只要小心点就行了，慢点开。"

桥上车水马龙，但是露拉觉得还好，因为她只要集中注意力，尽可能地跟前面的车保持最大距离，跟随车流像蜗牛似的慢慢开就行了。让其他的司机超到前面去好了。他们有的是时间练习。她要练习的还有好多，比如如何掌握刹车和油门之间的转换技巧。

金提说："开到最里面那条车道，最里面那条！"

有人揿喇叭了，但不是很响。露拉从慢速车道移到里面更慢的车道。

最后车流完全停止了前进，金提说："再见，祝你好运。我要是你的话，我会找个地方弃车走人。你不会希望有人来问东问西，你懂我的意思吧。"

露拉说："这辆车是偷来的吗？"

"当然不是。"金提说，"你这么问真是看不起人。完全合法，全额付的款。购车文件都在仪表盘下面的小柜子里，签字移交到你名下。以一美元的价格卖给你了。你有一美元吗？"

"应该有吧，"露拉说。加上斯坦利先生给的退职金，她有两千一百美元。这让她感到充满希望，有那么一会儿，她突然觉得对金提很有好感，不过那种好感还没有温暖到诱使她敞开心扉，说出突然产生好感的原因。

"我能直接从你钱包里拿一美元吗？"金提说，"只是为了让这程序正式点儿。"

"请别拿！"露拉说。车流又开始移动了。一辆旅行车突然插进她的车道，她连忙踩下刹车。

"干得漂亮。"金提说，"我只是逗你玩儿的。女人的钱包——我永远不会动！那一块钱就算了。算你欠我的。好了，这回我们又得停车了。一时半会儿没车动弹得了。交通全线瘫痪。就是这样了。"

"这样？"

"我就在这儿下车吧。"

"你去哪儿？"露拉可怜巴巴地问道，"我以为你会帮我把东西搬到丹妮娅家里再走的。"

"那儿有人会帮你的。"金提说，"我得上我伙计的车了。从现在开始，你得靠你自己了。"

"就在大桥当中？你换车会被人看到的。这怎么合法？"

"交通瘫痪了，"金提说，"我们兄弟就在后面。每个人都有自己的麻烦。谁会注意我下来上另外一辆车啊。要是有人问起，我就说跟妻子意见不合，所以我决定搭我朋友的车。"

接着，没等露拉来得及说点什么，金提就下了车，转身砰的一声关上了车门。

"等一下！"露拉喊道。这时交通开始恢复了。古力的车从她的左边经过，金提坐在副驾驶座上，两人朝她挥手致意。等她扭头再看的时候，他们已经开走了。

这时候，最聪明也最负责任的做法，就是停下来弃车离开。可她不想那么做。她可以开得很慢（每个人都开得很慢），极其小心。她可以通过华盛顿大桥，一路驶往曼哈顿。这要花一天的